黄裳集

古籍研究卷Ⅵ

梦雨斋读书记 惊鸿集 插图的故事

山东人民出版社·济南
国家一级出版社 全国百佳图书出版单位

黄裳晚年在上海家中

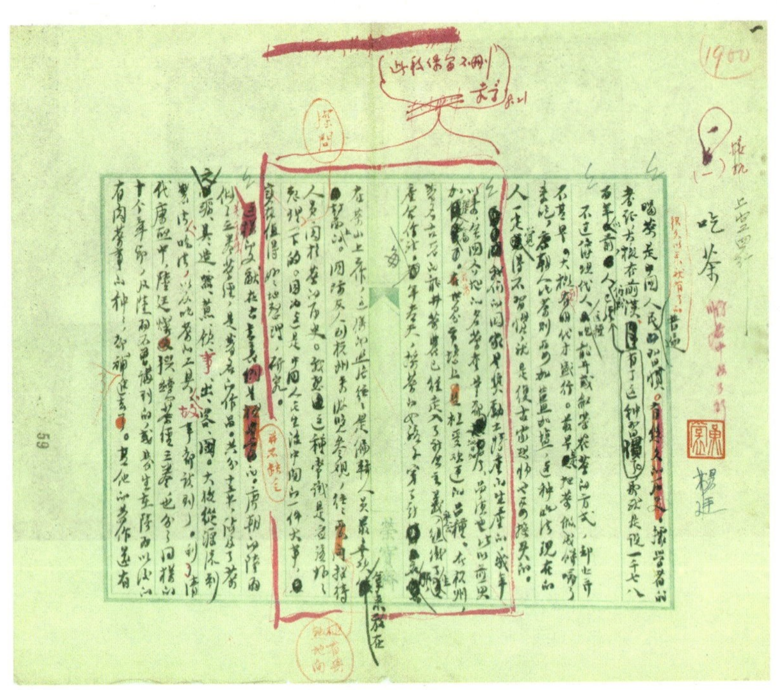

《插图的故事》黄裳手迹

《梦雨斋读书记》2005 年岳麓书社初版封面

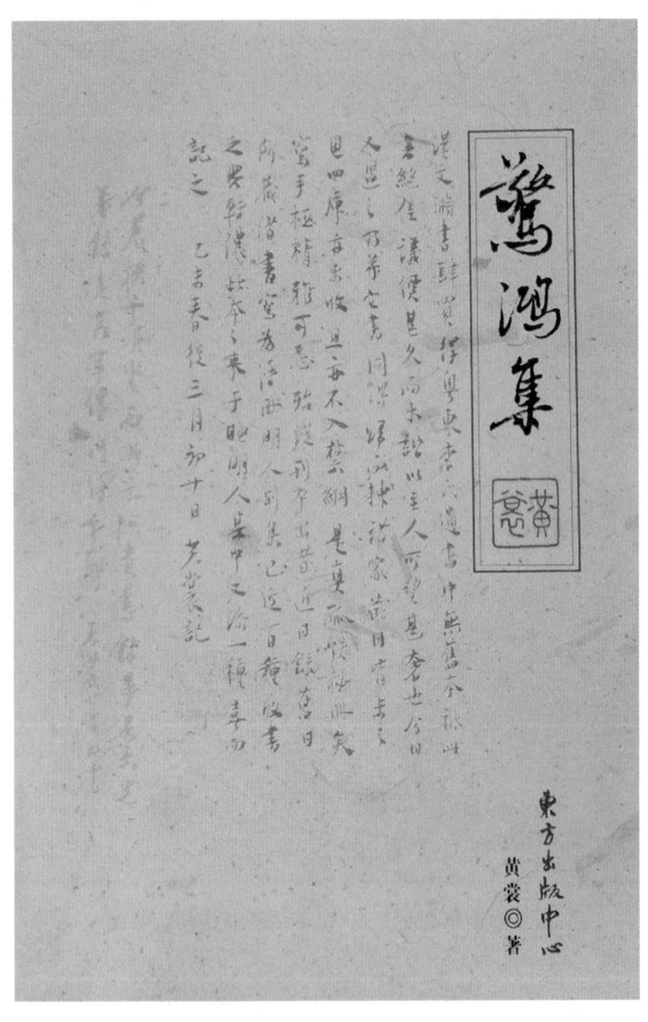

《惊鸿集》2008 年东方出版中心初版封面

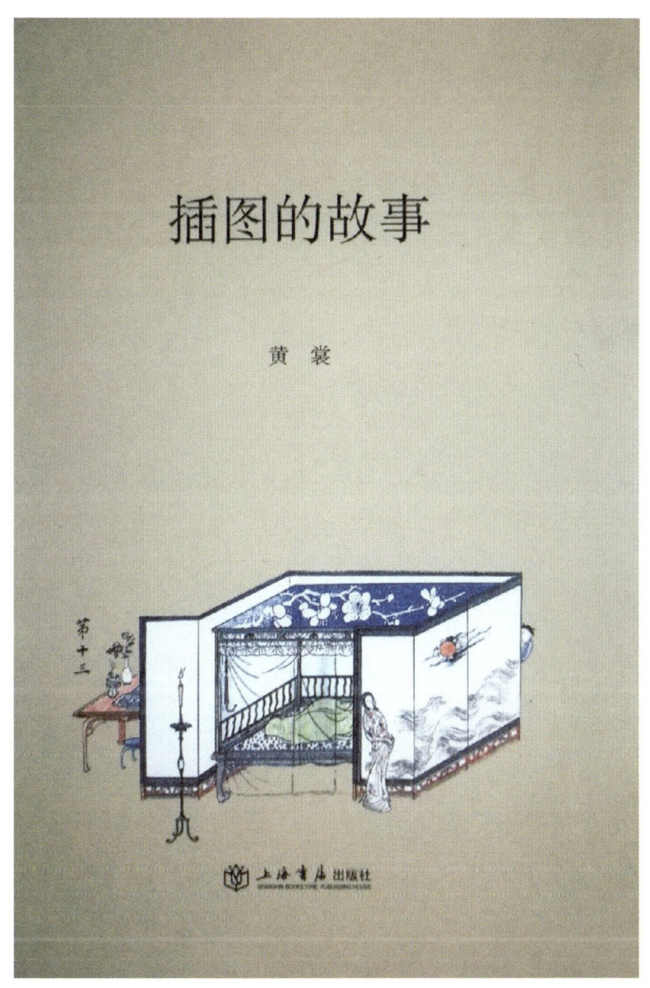

《插图的故事》2006 年上海书店出版社初版封面

目　录

梦雨斋读书记

惊鸿集

插图的故事

梦雨斋读书记

《梦雨斋读书记》，这是黄裳先生继《来燕榭书跋》《来燕榭读书记》之后，从其所撰藏书诸跋中辑成的第三种书跋专集。书后所附《天一阁被劫书目》，则为其据当年所见书肆旧存“书账”等抄录、整理而成。此书2005年3月由岳麓书社出版，今据以编入。

序

二十多年前，我从干校逃回，住在家里，美其名曰“养病”，过着“闲适”的日子。书被抄得一本也不剩，只承恩放免没有字的旧纸还有一大堆，于是就利用破笔旧墨，写字消遣。写些什么呢？还是回忆被抄去的藏书较有兴趣，而且材料也多，不愁匮乏。不久就写成了一册，手自装订。最近又找出来看，所用纸是红格旧笺，版心上题“咸丰辛亥岁制”，下题“少廉氏仿古”，所收书凡四十五种。前有自写题记：

“三十年来每得一书，辄为题记，未尝汇录也。壬子（一九七二）秋日，群书既去，乃悔之。因检其有存稿者，少少录之，成三册。大抵只三十分之一耳。然则全稿诚富矣。尚冀他日可补录而为全书。以视荛圃之题跋，不知何如。必不免为通人所笑矣。梦雨斋者，三十年前偶治一印，取玉溪诗意。印材不佳，而印人为许伯遒氏，刻元人朱文绝妙，今此印亦随群书俱去矣。甲寅冬十月廿二日，黄裳记。”

卷尾有跋：

“此本原订三册。今晨发兴重装，以乾隆高丽笺为衣，楚楚可爱。饭后重阅一过，虽无甚发明，然颇异于黄缪诸君，意在使故书增价者。后之览者知之。甲寅十月廿二日，严寒炙砚书。”

甲寅是一九七四年，两跋对写这些跋尾的缘起、写法，已说得颇明白。跋中所记得书经过、书坊情状、板刻纸墨、个人感慨，有如日记，与旧时藏书家的著作，颇异其趣，其实只不过是另一种散文而已。就连我素来看重的黄荛圃，也明知不是一路。幸还是不幸呢？三十年后，有朋友说到拙文，戏称之为“黄跋”，不料竟引起了一位“藏书家”的“义愤”，认为比拟不伦。其实用不着“义愤”，论藏书时代、藏品质量、藏书趣味，二者相去何止霄壤，以时代风习而论，黄荛圃重视的是宋板元钞，对明代浙东天一阁几乎就不着一字。当然他更无缘看到天一阁的几度劫难，终得幸存的事实。我则幸而从来青阁民国初年积存账册中得见收购大盗从阁中盗出阁书的底册，校以赵万里所作毁于日寇的涵芬楼所藏阁书，海日楼藏书底册……并自见诸种，校成一帙“被劫书目”，虽不完不备，也不失为一种藏书掌故。这是与苏州派藏书家异趣的实例，也是藏书风气变迁的实例。

幸还是不幸呢？我在后跋中所说异于黄缪诸君，意在使故书增价的一节，后来也竟成为一种口实。我的意思是在跋尾中对书册的缺点，并不讳饰。是完本还是残本，是否经书估做了手脚，染纸充宋，割裂序目以充完书，伪刻牌记以缺为完，题跋藏印的真伪……都一一说明。当然这不是卖书的广告，何况当时藏书已扫数被“按政策没收”，即使想做广告又有何用？只是新时代以后，渐有发还抄家物资之说，这时我的一位老友就写信来劝说，劝我将藏书全部捐献，后又劝说可由图书馆价购，都被我谢绝了，还请他代为说项，早日发还。这就惹恼了他，后来屡屡作文，说人的藏书有如收存珍珠宝贝。那还是上世纪八十年代初，拍卖市场尚未出现，放在今天，他的预言真不幸而变成了“真理”。

近年来写不出文章，每有约稿，无从应付，辄抄书跋与之。而承编者的宽容，时予刊载。集久成册，已有两种问世。鱼目混珠，滥竽于书话之林。且喜我在前序中所期部分得偿，今后有暇，且将续有所作，姑悬一愿于此。又前序所说为我篆“梦雨斋藏书记”印者许伯遒，治印外人称“笛王”，梅畹华演昆曲多请渠伴奏，谢世久矣。

黄裳

二○○四年六月十七日

史祸纪事本末

乙未上元前一日，吴下估人持此册来。此有关庄史之狱文献，于卷中可窥清初文网之密，书坊情景亦曲曲可观，良史料也。来燕榭坐雨记此。

魏公为范骧子。骧亦庄史参阅者之一，与陆丽京、查继佐同因书未寓目、事前检举得脱。然范名不彰，不及查、陆远甚。丽京后逃禅远游，不知所终；继佐《罪维录》稿本亦得覆印行世，只骧事几无知者。非此稿本仅存，其事迹殆将淹没而无人知之矣。卷中有宗楷笔，则陆氏子也，似狱解两家亦凶终隙末矣。震霆之下尚何友朋之可言，读毕为之三叹。得书后四年，寒窗记。

谢国桢《晚明史籍考》作“范氏记私史事一卷”。所据为吴兴刘氏嘉业堂藏抄本，北京图书馆藏抄本，南林丛刊本。谢氏案语云：“骧字文白，号默庵，性孝友，工书，环堵萧然，日以经学自娱。因史案被逮，释后志气如常。卒年六十八。门人私谥清献先生。是书为文白之子韩记史案情事，述其原委颇详。”谢书又著录《秋思草堂遗集老父云游始末》一卷，钱唐女史陆莘行缵任氏撰。傅以礼有跋。丽京脱罪后往粤，从金道隐为僧，法名德龙，字谁庵。又从函是游，改名今竟，字与安。云游东南，每至易姓名，不知所终。被难时莘行方七岁，后适祝鲲涛子棐，字龙自，年九十余乃终。《鲒埼亭集》卷二十六有陆丽京事略，记其事颇详。今日午后雨风大作，灯下检书更记。黄裳写于来燕榭中。

“陆圻字丽京，鲲庭之兄也。为文长于俪体。乱时避至东浙，馆于吾家。言当此兵戈载道，无不闭门听难，而宾客满座，盗贼不犯者，惟朱湛侯与黄氏两家耳。庚寅同宿吴子虎家，夜半推余醒，问旧事，击节起舞。余有怀旧诗，‘桑间隐迹怀孙爽，药笼偷生忆陆圻。浙西人物真难得，屈指犹云某在斯’。史祸之后，丽京以此诗奉还，云自贬三等，不宜当此，请改月旦。其后不知所终。人有见之黄鹤楼者，云已黄冠为道士矣。”此黄宗羲《思旧录》一则，记事可珍。史祸之后，丽京盖深有所悔，展转刀斧之下，未能抗言，只有泥首偷活，此殆后来弃家出亡之因也。甲子闰月初十日，黄裳漫录。

史祸纪事本末，七十有二范韩魏公谨述。手稿本。八行，二十字，朱笔改书名为《私史纪事》。通体朱墨笔校改。后有自跋，“壬午冬十二月，太史毛大可先生顾余荒斋。细讯南浔史事，余一一详言之。先生年高，不能记忆，后为友人作叙，见其前后遗忘，年月失次，殊为可惜。今年春王正月，吴庆伯先生命令子过索史难始末，余恐当代名人，不知其中覙缕，徒为好事者粉饰其词，敬直书之，以质诸高明长者。恳鉴而分明辨别之，幸甚幸甚。七十有二老人范韩拜启。”后钤“范韩之印”（白方）、“魏公”（朱方）二印。卷中有墨笔批，属“宗楷笔”，皆陆氏子为陆丽京、梯霞辨诬之词。收藏有范韩二印又“寄情处”（白文方印）。

史阙

此《史阕》六帙，余见之传薪案头。写手极旧，而复为割裂重黏者。首序二叶，写法甚类启祯间刊书格式，钤三印，俱佳而古，定为当日待刊稿本。书出桐庐山中，在一地摊上，估人挟之示余，遂居奇货。余亦不吝重直易之。此殆新春来第一快事也。同得尚有康熙间写刻《西湖梦寻》五卷，亦极罕见。此书有道光间刊本，分十五卷，不知与此异同若何，当求其书并观。辛卯春二月初八日，得书归来，灯下漫书。黄裳。

辛卯六月半，更得宗子《琅嬛文集》手稿一册，八千卷楼故物也。取对此本，手迹如一，皆宗子手稿也。黑格纸半叶八行，亦同。明人著书，每作长编，以稿纸倩人抄之，后加整比，汇为一书，如祁彪佳撰《守城全书》是也。宗子此书则手自移写，剪成条块，汇为完书，粘贴成册。二百年后，乃多脱黏，余倩故友曹有福君装治，数月始毕。平整如新，绝无剪贴痕迹，真装池妙手。余曾为文张之。后又得道光本，少加比对，无大异处，刻本所据则细字狭行抄本也，分卷十五，非其旧矣。宗子《史阙》序，收入《琅嬛文集》卷一，

史闕

古劍陶菴張岱紬

三皇五帝紀

伏羲氏

太昊伏羲氏之母、居於華胥之渚、履巨人跡、意動、青虹繞之、有娠、歷十二年而生帝於成紀、以木德王、故風姓、有聖德、象日月之明、故曰太昊、都陳、在位一百一十五年、

一

史阙

取对此稿，亦不相同。第一句“春秋夏五”，阙文也，春秋下有书字。“由唐言之，六月四日，语多隐微，月食而匿也”句，稿本作“月食而不匿”。此下“太史令史官直书玄武门事，则月食而不匿也”句，无之。此其大较也。

《史阙》六帙，古剑陶庵张岱细。手稿本，竹纸黑格，半叶八行，行二十字。起三皇五帝纪，讫元史。前有自叙，五行，十四字，楷书，属“古剑陶庵老人张岱撰”。钤二印，“张岱之印”（白方），“天孙”（白方）。引首朱文长方一印，“琅嬛□□”。

演山先生文集

此金星轺家精抄本《演山集》六十卷，余获之抱经堂朱氏，所耗甚巨而不惜也。书极罕见，世无刊本，只此钞帙流传，诸家目录甚少著录。此册末有衔名四行，当是源出宋本之证。书中完字缺笔，又南渡后刊板之证也。初余闻九峰王氏有此书，后为朱氏所获，屡过市问之，靳而不出。孙助廉获其家书不少，余倩渠议价，亦不谐。其居奇之故，盖以余与演山先生名字偶同也。忆余初取此笔名与世人相见，事在十五年前。偶翻一册书，偶遇之遂偶用之耳。今人皆知余此名矣，估人亦知之而为要索口实，余亦不吝重直而获之，是真好事者，不徒书痴书福加人一等耳。庚寅十一月十二日记。

此文瑞楼黑格抄本《演山集》，余悬之梦寐久矣。今卒以归余，欣幸何如。此册写手极工，全书焕如新订，二百年前物保存若此，不易也。余以弘治本《新安文献志》，嘉靖本《艺文类聚》《辍耕录》，崇祯本《吴歈小草》四书易得，而犹贴米石许，可谓昂矣。交易既成，辄书卷耑。一九五〇年冬十二月廿一日，黄裳记。

《演山先生文集》六十卷，黑格旧精抄本。十一行，二十一字。白口，左右双边。板心下有文瑞楼三字。首莆田王悦序，自序，目录。卷尾有龙图阁学士左中大夫提举江州太平兴国宫鄱阳县开国伯食邑七百户赐与紫金鱼袋程瑀撰宋端明殿学士正议大夫赠少傅黄公神道碑，紫元翁塑像记，左从事郎充建昌军学教授廖挺题集后，乾道丙戌黄玠跋。后有建昌军学判官谭寿卿、通判廖挺、张衮、黄玠等衔名四行。收藏有“醴陵文濬读有用书斋藏书印”（朱长）、“醴陵文雪吟珍藏印”（白方）、“雪吟过眼”（白长）、“九峰旧庐藏书记”（朱方）、“绶珊收藏善本”（朱长）、“琅园秘笈”（朱方）、“浙东朱遂翔五十以后所见善本”（朱方）。

野客丛书

去岁余于文海见苏州许氏售书目，即商洽购事，复与西谛、辰伯、圣陶、予同游苏，便道往观，不意书已由来青阁杨寿祺居间售之金城银行某氏矣。其中佳本“黄跋二种”则中途为人取去，即放慵楼某氏也。后一年某以窘迫又出所藏请郭石麒代售，嘱持书来，黄跋二种《茅亭客话》《麈史》，悬价高奇，余则属意于天一阁旧藏《中兴间气》《河岳英灵》二书，索值甚昂，且必与此《野客丛书》合售乃可，遂以十五万金获之，殊不廉已。得书后即去金陵镇扬小游，更于南京夫子庙得汲古阁本《揭文安公诗》，亦有咏川张宗橚三印，与此本钤印正同，都为涉园旧物。书缘甚美，至今快慰。此本极初印，纸用黄色棉料，郭石麒云，只天一阁散出书中，多见此种。归沪后小休数日，家居不出，灯下理书漫记。三十八年九月廿九日，黄裳。

昨夜读《寒瘦山房鬻存书目》，卷三著录此本，知书曾经邓氏收藏，然书中别无印记，书衣杂识亦复不存，因为补录，以存故迹：“此亦莫氏遗书也。野客丛书，世称佳本。市价颇昂，书亦稀见。讲书为长洲名宿，又为裔孙所精刻，故可重视。吾本洞庭旧族，父母墓在尧峰，将使子孙长守松楸，爱护此邦文献，意不能已。凡兹莫氏遗籍，皆鬻书后所收，吾于此事不免出尔反尔之诮矣。己巳盛暑，正暗。”又莫友芝《宋元旧本经眼录》亦载此本，藏印悉同。注瞿氏藏，然卷中别无瞿氏印记，不知何也。连日积雨，今日中秋令节，天忽快晴，晴窗展卷记。一九四九年十月六日，黄裳。

野客丛书三十卷，野老纪闻附，长洲王楙著。嘉靖刻，十行，二十字。白口，左右双边。板心下有刊工姓名。前有皇宋庆元改元三月戊申下稷长洲王楙书于不欺堂之西偏小序，又嘉泰二年再序，次目录。卷尾有宋王先生圹铭，嘉泰壬戌高邮陈造跋，嘉靖四十一年十世孙穀祥跋。每卷尾有双行云：“长洲吴曜书，黄周贤等刻。”有张雨岩跋云：“是书旧刻颇少，见于秘笈者大半删去。就其所存亦妄为改窜，不经勘对，不知此本之完善也。题野客丛书后。雨岩。”下钤小印。收藏有“渔书草堂”（白方）、“曾在张雨岩处”（朱长）、“松下藏书”（朱长）、“绿蓑青笠村居”（朱长）、“宗橚”（白方）、“咏川”（朱方）、“古盐张氏”（白文套边方印）、“香草山房藏本”（朱长）、“李印兆洛”（白方）、“申耆白事”（白方）、“独山莫祥芝善徵父读过”（朱长）、“莫棠字楚生印”（朱长）、“独山莫祥芝图书记”（朱方）、“莫棠楚生”（朱方）、“莫天麟印”（白方）、“九峰旧庐珍藏书画之记”（朱长）、“绶珊收藏善本”（朱长）、“琅园秘笈”（朱方）、“放慵楼”（朱长）。

四家藏墨图录

前日偶过书肆，见此《四家藏墨图录》，系近时所印，颇精好。纸用暗花笺，系特制以印瓷谱者。所印未必甚多，此册印识上有墨书“似”字，不知为第几册也。遐翁藏墨颇精，此四家所收大抵皆解放后得之京师厂市者。余亦尝数过之，买得若干，然无一明墨，只供临池之用而已。得此一册玩之，亦可少知其中妙绪。暑热不堪，凭几阅此，烦琐俱忘，亦人生乐事也。丁酉六月廿五日，蝉噪声中记。黄裳。

四家所藏自以子高为第一。非徒所藏至精，考订亦详确，于鉴赏家中不可多得也。遐庵只寻常收藏者，絅老所考多疏阔，润生市气太重，四家品评，大致如此。

近来以颇得旧墨之故，亦多留意此事。得与周绍良先生通讯请教。今得其来书，告以京中藏墨种种。叶遐老之墨已全归故宫，尹润生所藏亦然。张絅老明墨全去，清墨尚存二三千笏，只张子高所藏尚保存未失。又昔京中藏墨家取径各不同。张纲伯所收以诸家市品及套墨琴墨古币墨为主；张子高则以名家名人之可考者为主；绍良则以纪元干支为主；珏良则以婺源詹氏制墨为主。又言京中墨价远较海上为廉，汪近圣制不过五六元，若十元则巨挺或超顶烟矣。又康乾诸墨如胡星聚吴天章辈尚不少，廉者不过十余元耳。凡此皆是墨史，因为琐琐记之于此，以存一时故事。乙巳七月廿六日下午，用王一品旧制冬紫毫、汪近圣“和州太守圭璧光”及汪氏为蔡友石制“濠上延绿亭吟诗墨”书。颇觉笔砚精良之乐也。溽暑月余，昨始新凉，中秋风味甚浓。黄裳记。

公瑜，明清之交墨人，所制究在何时，不易断定。此录所藏皆明墨，而尹润生以公瑜两种归之，张䌹老颇不以为然，今日访之闲话，偶然道及。昨于市上得公瑜尊胜幢小挺，背面楷书铭云“真实斋程公瑜按易水法墨”，只去三金，䌹老以为大廉。偶然拾得，遂为箧中最旧之品，记之。丙午三月初八日。

此墨自佳，马图极妙，明人小品之精，往往类此。（潘嘉客九玄三极墨）

此墨甚佳。明人制墨。绝无市气。即名款亦然。书法更雅饬绝伦，往往类此。（汪勋父苏家有墨）

胡开文乾隆中曾仿此式制药墨，极精。有大小二式，俱漱金，顶书药墨二字，天膏下题“徽州胡开文仿古法制”双行。䌹老来斋中观墨，见之极致叹赏。箧中有小挺者二丸，即以其一辍赠之。丙午四月（叶玄卿天膏墨）

近䌹老南来，周绍良君作介，今日往访于香山路寓庐，快谈移晷。张老宁波人，年已八十二，健甚。出示中国新闻社为摄玩墨照片及藏墨名品照片，归寓更读此册，记之。渠言此册托钱君匋印于沪上，颇不满意云。丙午三月初八。

庚申小满，此册历劫归来。四家中叶张张三氏皆下世，尹润生不知尚在否。此册遂成名物矣。可胜叹息。黄裳记。

明人制墨虽小品亦极工致，雅韵欲流。清墨之工者或逾明制，然气息判然不同矣。藏书家辨明清刊本亦凭气息而定，瓷器款识亦同此理，凡事皆然。特以明墨太少，无从比较，遂人少知此理耳。（汪鸿渐青麟髓墨）

四家藏墨图录，玻璃板印本，有“张子高叶玉父张䌹伯尹润生四家藏墨图录之印”，白文长印，上有墨书“似”字，是印本计册数标记，终不知共印几册。前有叶恭绰序。每家藏墨有目录。张子高为石顽墨艳之室，张䌹伯为千笏居，尹润生为意竹簃。每墨后有自撰解说。

唐女郎鱼玄机诗

今冬宝礼堂藏书归公，自海道运归。入京之先，徐伯郊氏招余往观。匆匆得见宋本三十许种，皆精绝。此册亦在，已裱成册叶矣。云烟过眼，未能忘情。今乃无意中获此影本，抚印精绝，与原迹不累毫黍，观之忘倦。漫书卷尾。辛卯岁暮，黄裳。

今晨石麒来，以嘉靖刻《会稽三赋》一册见售。会此本留案头，即以示之。渠曰，曾于某故家见片玉词一部，结体与此正同，亦是书棚本。请为余踪迹之，而以不易谐价对。聊记于此。天壤间奇书正多，安得一一见之乎。辛卯腊月十四日。

壬辰正月初四夜，坐雨读此。一月前曾睹真迹，今有此本，虎贲中郎，可慰素心矣。漫书。

此为建德周氏所制。此笺犹是荛翁原椟拓出。余得之周今觉家散出群书中。后沦盗手十年，昨忽归来，展卷惊喜，恍如梦寐。叔弢先生近以所印《屈原赋注》见赐，此册恐自庄严堪中亦无之矣。是可珍重，不徒以故剑之情，依依不忍去也。癸亥冬至前日。

唐女郎鱼玄机诗，秋浦周叔弢珂㻏板影印本。阔大精印。为是书在袁克文家时弢翁假得印本。首有黄寿凤书首，余集作鱼玄机小景。陈文述跋，袁克文五跋，曹贞秀、王铁夫、李福、吴嘉泰、瞿中溶、戴延介、孙延、顾莼、董国华、袁延梼、徐云路、黄丕烈三跋，夏文焘、归懋仪、韵香、潘奕雋、释达真、石韫玉、潘遵祁、徐渭仁、盛昱、刘妍题词或跋。

蔓堂集

今日晨起，秋阳甚丽，海上最佳天气也。偶过旧肆，于徐贾绍樵许买得清初刻和尚集四种，皆罕见佳本也，皆南陵徐氏故物。余近收旧本诗余百许册，无乾隆以后物，亦积余旧藏。余历岁所得，不下数十百种，因叹积学斋中，信多秘册。迄今十余年，遗芬残馥，犹未尽也。积余所收书，庞杂无序，以言宋元旧椠，固限于力，无甚名品，然生当鼎午之际，故家之书，流散最钜，乃从容而收，清刻秘本，所积乃充栋宇，凡此皆大可重。此本尚是原装，有黄梅寺木记，传世恐不更有第二本，当重装藏之。乙未九秋。

己酉中秋后一日重展阅。数年未理此册，银鱼已啮断丝线，伤及护叶，不再收拾，将化为乌有矣。

宜兴善权百愚净斯，南阳桐柏谷氏子。卒丁康熙四年，年五十六。方拱乾为撰塔铭。有语录，陈其年撰序。玉林琇据善权而有之，时师已寂，弟子寒松智操继席。为玉林凌逼以去。后玉林之徒白松丰继主善权，为争陈祠，寺爇焚死，为清初僧诤一大案。详见新会陈氏书。此册罕传，且有此段故实，亦可重已。甲辰腊月十二日，黄裳记。

百愚禅师蔓堂集四卷，嗣法门人智朴编，桐城方拱乾甦庵阅。康熙刻，十行，二十字。白口，四周双边。前有康熙甲辰嘉平既望甦庵老学人方拱乾书于广陵之随园序。收藏有“黄梅寺记”（朱方）、“积学斋徐乃昌藏书”（朱长）。

藕华园诗

今日午后早出，访实君不遇。闻其姬人言，近来几日在文化部文管会坦白，前日且为伊兵拍案痛斥，苟不坦白，将索其头云云。无可坐谈，即出而之严阿毛许。夫妇方对坐愁叹，言将尽秤其书以交税款云。于案头捡得此本，掷五千元与之。又为一黠估拉去，强以荆川所评史汉及崇祯刻文山集售余，索五万金去。书市惨戚如是，殊可悯也，此册自是罕见本，非余过而袖归，必入还魂纸炉矣。壬辰二月初三日，黄裳记。

藕华园诗二卷，乐清释德立鹤臞著。康熙刻，九行，十八字。白口，左右双边。康熙十九年虞山帚庵居士钱朝鼎序，冷香兴渤序，康熙戊子朱昌绪序，目录。

爱日精庐藏书志

此张金吾藏书志最初本，尚有得于谁何注语，其后重刊本即无之矣。别增序跋，增为十许册，反不如此之简明可喜也。刘燕庭旧藏，书签及护叶，皆手书也。得于嘉庆己卯，较两序所记庚辰，尚早一年。书名下间有小印，眉端亦有朱规一或两圈，李木斋云，单圈者刘亦有之，单圈者张书为方伯所得，钤小印者虽有之而板本不同也，验之故籍源流，此语或不尽妄。壬辰七夕后二日，撰白蛇传剧本竟，去北海观书后，漫游隆福寺旧肆，于抱经堂得此，同得尚有崇祯壬申刊《治藁纪略》之蓝印本，亦可喜也。漫志于此。壬辰秋黄裳识于王广福斜街旅寓。

撰前跋竟，漫阅一过。乃知李椒微之言，实臆测之词也。如宋刊残本《旧闻证误》（实为明初活字），宋刊残本《东山词》一卷皆有双朱圈，而燕庭方伯皆未尝见及，就余目验，二书皆未离虞山，实无由入刘氏之藏。更记此以彰余勇于题识之失。小燕更书。

张月霄自撰言旧录云："二十四年己卯二月，从锡山得活字十万有奇，夏日排印《爱日精庐藏书志》四卷，受业师黄琴六先生序之。”此本前有燕庭手书“嘉庆己卯丁卯桥以此册见贻”，其言正合。然琴六月霄二序俱属庚辰，不知何也。至道光六年丙戌七月，藏书尽为从子承涣取去矣。共十万四千卷，为偿债也，前后不过七年耳。丁酉闰中秋后一日更跋，黄裳。距初得此亦已五年矣。

此册为袁寒云赠李少微者。少微木斋子，后从贼，遭诛死，遗书散佚。先是木斋遗书归北京大学图书馆，中多秘册。少微死后书散，精本已不多。木斋藏书印亦归市估手。一时隆福寺所售书往往有木犀轩鉴藏印，印文真迹，而实非李氏书，皆估人后钤者。一时为所愚者不少，亦书林掌故也。此本罕见，世传张志亦为活字本而印在后，卷帙甚繁。此则最初印活字本，又有燕庭手迹，大可珍重。乙未正月初六日，携手赴苏重装，辄记数语于此。黄裳书于来燕榭中。

张月霄藏书未为甚富。然亦时有佳绝之本。综计宋本十一，元本四十四，活字本九，明初本二十六，旧钞明钞以非目见，未之计。此中元板独多，必有明刻混杂其中。去岁于北京团城晤张葱玉，出示刘燕庭旧物十许种，皆明初刻宋元人集，知嘉荫簃中善本必不较月霄为逊，惜无从见其目耳。乙未端阳前一日更书。

爱日精庐藏书志四卷，昭文张金吾。嘉庆木活字本。九行，二十字。白口，左右双边。前有嘉庆庚辰黄廷鉴序，张金吾序。目录，收藏有“半□楼藏”（朱长）、“燕庭藏书”（朱方）、“刘印喜海”（白方）、“燕庭”

(白方)、“双莲花庵”(朱方)、“高氏校阅精钞善本印”(朱方)、“臣印克文”(朱方)、“上第二子”(朱方)。卷前刘燕庭手书一行云:“嘉庆己卯丁卯桥以此册见贻,藏书志之初本也。”袁克文手书双行:“癸亥七月题贻少微十兄鉴存,洹上袁克文时客海上。”钤“克文私印”白文方印。

阮怀宁集

壬辰六月初二日得此阮怀宁诗三集八册于南陵徐氏。黄裳题倩小燕书。

十年来余数过金陵，深喜其地方风土，曾撰为杂记如干篇，於晚明史事尤喜言之。曾于暇日经行凤凰台畔，故家园囿，鲜有存者。乃忽于委巷中得阮怀宁故居，今名库司坊，当日之裤子裆也。一医士居之，导余入后院，废圃荒池，依稀当日，云即咏怀堂故址。大铖执红牙檀板拍曲处也。翌日乃登盋山，谒柳翼谋丈，求丁氏旧藏咏怀堂集观之，云已于战中失去矣。意甚惘惘。每过旧肆，必求其书，绝无知者。大铖诸集刊于崇祯季年，板存金陵，未几国变，兵燹之余，流传遂罕。况其人列名党籍，久为清流所不齿。南明倾覆，更卖身投敌，死于岭峤，家有其集，必拉杂摧烧之而始快也。念当无由更得之矣。乃忽于书友郭石麒许见此，为南陵徐氏遗书，欣喜逾望。所存凡三集，迄于丙子，其辛巳戊寅二集，今不存矣。书旧藏钱塘丁氏，丙子诗有钱箨石印，更有翁常熟观印，盖早日流出之物，非端午桥携入盋山之本也。盋山旧有活字印本，所据即丁氏所藏别本，其丙子诗仅存上卷，下卷别据丁初我所寄钞本补完，丁氏所钞，当出此本，以其当日曾流转于常熟也。至南陵徐氏何从得之，今不可知矣。卷中更有樊山老人手迹，则假于积余读后所书也。丙子诗二卷，崇祯九年大铖隐居金陵时所作，时居祖堂山献花岩，金陵郊外绝胜之境也。辛卯春浓，余曾往游。欲寻怀宁题壁，渺不可得。祖堂寺在深山，隐于浓荫之中，攀花附柳，历诸险始得达。遗构弘伟，破败已甚，怀宁集中颇存写景之什，瑶草遗篇亦赖此序仅存。深机二句，殊不凡俗。小人无不多才，此又一事也，得书后一年，雨窗重展漫记。癸巳五月十五日，黄裳。

余闻甬上人家藏有大铖撰《和箫集》一册，崇祯刻，白棉纸印本，索重直，且秘惜之至。天壤奇书何限，托人往议，后终无耗。曾允写一副本，亦未亟亟求之。因重阅此更记之。丙申寒露后一日。

蒋心馀有《过百子山樵旧宅》二首，诗云："一亩荒园半亩池，居人犹唱阮家词。君臣优孟麒麟楦，毛羽文章孔雀姿。复社空存防乱策，死灰难禁再燃时。城隅指点乌衣巷，只有南朝燕子知。""中兴歌舞荒淫日，群小风云际会年。乐器谁焚亡国主，词臣分劈衍波笺。名高十客平章重，网尽诸人党祸连。一样蓬蒿埋旧宅，白头江令较他贤。"此一诗作于乾隆丁亥戊子之顷，是其时阮集之故宅犹熟知之。按此宅在金陵库司坊，即裤子裆也。余曾过之，旧圃园池，犹有存者。为文以记，并摄一影，今恐无之矣。今晨坐雨，阅忠雅堂诗，于卷十七见此，快甚。因移录入此外集卷首。乙巳八月初三日试乾隆汪近圣豆花书屋墨书。

瑶草此序，妙说禅机，读之意远。其许集之诗为明兴以来一人而已，可见推许之至。然此固未见阮髯晚节狼藉之言耳。瑶草以兵败削发四明山中，终为清师擒戮。黄端伯被执不屈，答豫王拷问，称士英为贤相，且下一案语曰，不降即贤。此可为瑶草平生论定，不可诬也。乙巳四月初一日酒后漫记。黄裳。（以下数跋在丙子诗士英序后）

新会陈援庵《明季滇黔佛教考》有论马阮一则云："弘光阁臣贵阳马士英兵败后亦削发，为清兵擒戮，事见刘銮五石瓠。老友安顺姚大荣先生谓明史以士英入奸臣传，不当，撰马阁老洗冤录以驳之。其说允否，自有公论。惟士英实为弘光朝最后奋战之一人，与阮大铖之先附阉党，后复降清，究大有别。南京既覆，黄端伯被执不屈，豫王问，马士英何相，端伯曰，贤相。问何指奸为贤，曰不降即贤。谅哉，马阮并称，诚士英之不幸。易曰，比之匪人，不亦伤乎。可为士英诵矣。尝见阮大铖咏怀堂丙子诗，有马士英序，妙说禅机，又颜从乔撰僧乢说，有士英及大铖序，足证士英平日之喜谈禅，惜乎其辄与大铖偕也。特附论之于此。"乙巳四月初一日，晴窗漫录。

阮髯诗乙部以后，皆历年单刻，此丙子诗外尚有丁巳诗，原刻未见。数年前估人告于甬上更见和箫一集，白棉纸印一小册，亦阮集之诗也。以为绝秘。努力搜求，终不可出，聊复记之于此。可见天壤奇物何限，惜不得一一收之耳。乙巳四月初一酒后漫题。黄裳书。

癸巳十月十五日重展。古香袭人，心目为爽。此余数年来精力所聚，每一取观，烦恼都去。古书之妙如此。燕子春灯流转尚多，惟此乃是孤笈也。小雁书。

余藏张宗子《琅嬛文集》稿本，有《阮圆海祖堂留宿》二首，诗云："牛首同天姥，生平梦寐深。山穷忽出寺，路断复穿林，得意难为画，移情何必琴。高贤一榻在，鸡黍故人心。""剧谈中夜渴，瀹茗试松萝。泉汲虎跑井，书摊豕渡河。无生释子话，孰杀郑人歌。边警终萦虑，樽前费揣摩。"郑人歌下原有注云："时圆海被谤山居，故为解嘲。"此二诗人所未见，阮居祖堂，常以优酒结清流，宗子亦不免。明末越中人论东林事，多有原恕怀宁之词，于此可见消息。癸卯正月初三日，黄裳记。

此《和箫集》今在天一阁。先是余曾商阁中主者，请为议购，允以阁书十种赠之。后文化大革命起，其人乃密告，余刻意求奸臣著作，并藏阁书甚富，遂遭抄没，群书尽失。此阮髯三集，近始还来，睹之兴慨，遂更跋焉。庚申五月廿八日，黄裳书。

《咏怀堂诗集》四卷，石巢阮大铖集之著，南海邝露公露较。崇祯刻，九行，十九字。白口，单边。崇祯乙亥眷弟叶灿序，岭南门人邝露序，目录。叶序板心下有"白下毛陛梓"五字。卷尾有崇祯乙亥自叙。扉叶大书书名，并阮圆海先生著，吴门毛恒所梓行字样。钤本衙藏板朱文大方印。书皮题书名，并"积馀藏樊山署"。

收藏有“调生过眼”（朱方）、“南陵徐乃昌校勘经籍记”（朱长）、“徐乃昌读”（朱方）、“积馀秘笈识者宝之”（朱长）。卷前有墨书诗：“燕子春灯写艳词，国亡身去欲何之。风流失计遭人唾，孤负还山外集诗。”“当日吴中刊刻行，文章传世有门生。胜他一纸佳山水，改窜青楼冯玉瑛。”题“大清光绪二十九年后五月颔道人漫题”。又一纸原夹书中，文云：“前示阮圆海诗集，卷前题诗所称颔道人者，昨忽想及，此系江都吉柱臣孝廉（光绪己丑科）物。孝廉名亮工，能诗画，尤善于书法，具包吴神味。曾往来于臧饴孙太史之间，偁曩日肆业太史时，固熟人也。厥后诗酒自晦，晚年不食而饮，狂而近痴，牢落以殁，亦隽才也。”

华亭钱葆酚《金门稿》卷五，有题咏怀堂集一绝句，“甘陵部正分，江表事将去。不及彦回年，犹胜总持句”。丁酉九月廿五日录。

钱塘朱鹿田《一半勾留集》有“吴绣谷新得咏怀堂诗，明季阮司马大铖集也。题句并寄宛陵七绝四首”。知瓶花斋亦曾藏此刻，当时亦引为佳书矣。鹿田诗亦可诵，爰漫录之。“官𤖹门户总呈身，珰幕纷纷锢逐臣。太息东林余愤尽，方收点将录中人。”（王绍徽《东林点将录》，大铖名亦与焉。初与李忠毅应昇、魏忠节大中友善，后党魏阉，绝于诸君子矣。）“毒如孔雀有文章（用弇州钤冈诗语），遗集徒存阮籍狂。一马同翻江左局，千秋齿冷咏怀堂。”（阮籍亦猖狂，李

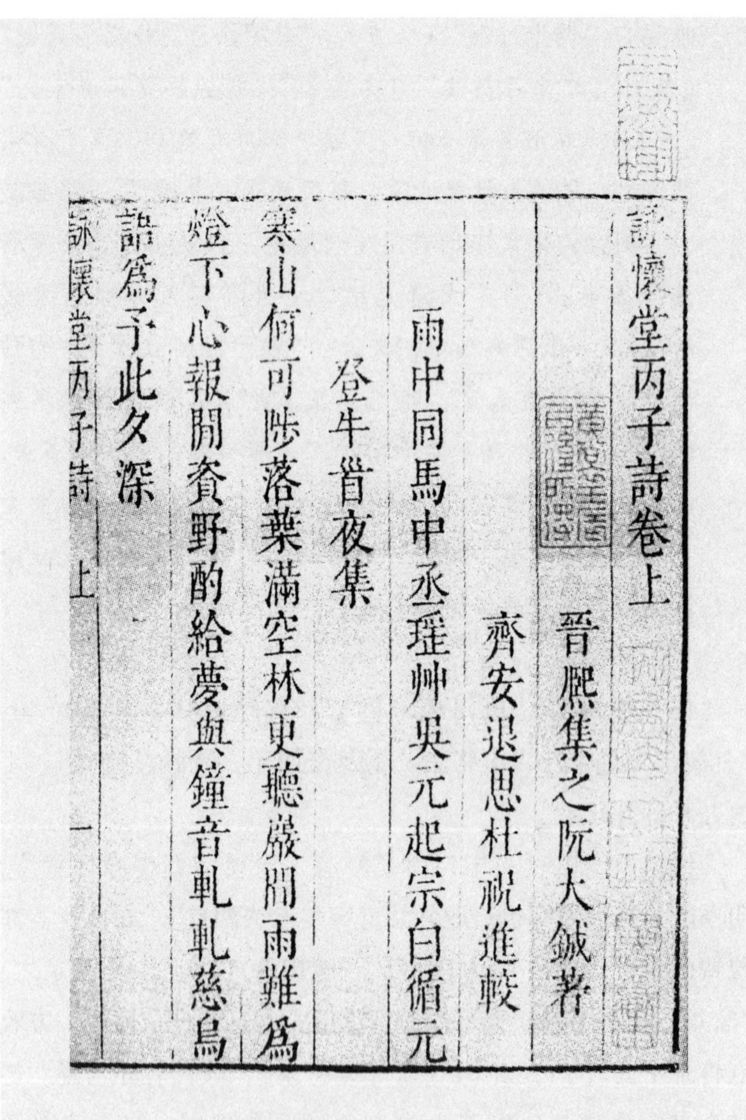

詠懷堂丙子詩卷上

晉熙集之阮大鋮著

齊安退思杜祝進校

雨中同馬中丞瑶艸吳元起宗白循元

登牛首夜集

寒山何可陟落葉滿空林更聽巖間雨難爲

燈下心報開賓野酌給夢與鐘音軋軋慈烏

語爲予此夕深

詠懷堂丙子詩　上　一

咏怀堂丙子诗

忠毅被逮诗也。阮盖指大铖。）“流传稗史恶名多，怨结清流不奈何。纵使阳台歌一曲，却愁谁是窦连波。”（大铖得志，欲兴大狱，贵阳止之。士英诗云云，盖以苏拟刘以赵拟阮也。刘谓念台副相。）“倚楼红袖桃花扇，入院朱丝燕子笺。都是江南亡国事，秦淮水濶散灯船。”甲午端阳后三日镫窗记，黄裳。

《咏怀堂诗外集甲乙部》，石巢阮大铖集之著，衲子德浩宗白较。崇祯刻，九行，十九字。白口，单边。首石巢阮大铖自序。目录。扉页题书名，“樊山署检时年六十有六”。卷中有樊山校字。收藏有“徐乃昌读”（朱方）、“积馀秘笈识者宝之”（朱长）。

《咏怀堂丙子诗》二卷，晋熙集之阮大铖著，齐安退思杜祝进较。崇祯刻，八行，十七字。白口，单边。首“丁丑仲冬廿有三日，弟马士英具草序”，自序，目录。收藏有“钱载”（白方）、“箨石”（朱方）、“嘉惠堂丁氏藏书之记”（白方）、“翁同龢观”（朱长）、“南陵徐氏”（朱方）。

两朝从信录

此《两朝从信录》三十五卷，山阴祁忠敏公手阅本也。每册前有题记，始于崇祯三年庚午秋，迄四年辛未夏。蓝笔批注极慎，是守制家居时自课也。夷度公于崇祯元年冬十一月初一日弃世，葬于三年冬十月。卷九之十二两册所记“庚午季冬阅于化鹿山之墓舍”，即庐墓中所读。此书读迄即于辛未五月入京矣。此书记朝政甚详瞻，虎子读之亦甚精勤，惓怀国故，名臣风度在在可于此中见之。其所辑《万历大政汇编》《东事始末》取资于此者不少，皆可于卷中见之。余所见所收祁氏书不少，只此书有藏印多方，至可宝爱。不徒以禁毁之余流传绝稀见珍也。癸巳献岁后十日，绍兴估人挟来沪上，余以重直易之，并记。

刘尚宾文集

此永乐刊《刘尚宾文集》五卷，续集四卷，刊刻古雅，至可爱玩。今晨书估杨某携以示余，喜而留之。近日佳书屡出，三数日来所收将近十种，而以此册为罕秘。其余如旧抄《马石田集》，竹垞旧藏，有渔洋及陈西畇手跋；又旧抄《河东集》，惠定宇、张讱庵校藏；隆庆刊《昆山杂咏》；吴枚庵手批张祖昌粤游草稿本；闵刻精图本《西厢记》，皆佳书也。辛卯春分后二日，黄裳记。

得此书后一日，访孙实君于其肆中，谈及此书，因知此本为渠得之王季玉家者。季玉为虞山赵烈文娅婿，所藏颇富，多获之旧山楼。抗战中游蜀，其家人困居金陵，尢以为沽，乃举所藏售之估人，精本不少。此外尚有兰雪堂活字本《春秋繁露》，鲍以文手抄校《湖山类稿》等书，《玄览堂丛书》中所印亦有数种为渠家物。此册首有郑西谛手书书名，当是书出时所题也。又谈及滂喜斋书将散出，有荛翁跋宋椠《颜氏家训》等，力不足以获之，聊记所闻于此。近日异书间出，而苦无买书钱，云烟过眼，此事殆亦不足深慨，惟积习未尽，闻之殊不能不动心也。后日估人约余往观海宁钱氏所藏，闻有柳如是手抄书及荛翁校跋《周易本义》、傅节子手抄《明末五小史》、稿本《国榷》，及劳季言所校书等，恐亦未能谐价，只能过屠门而称快而已。又闻北京有宋本《孙子十家注》为天禄琳琅书，又沅叔藏宋椠《王注苏诗》，配以元刻半部者，苏州有《弁而钗》一部，凡此皆只能姑妄听之而已。辛卯二月十七夜，坐雨书于草草亭。

海宁钱氏书终未见，只曾见一书单耳。最佳者为宋板《定浩和尚语录》，有黄荛翁顾千里吴兔床跋。又柳如是手写书，有牧翁跋。此外则《万历海宁州志》、劳校《海宁州志稿》、钱泰吉吴兔床批《周布衣诗稿》《拜经楼未刻稿》等，已倩石麒约往一观，不知能否谐价，姑记于此。辛卯三月十二日记。

十日前余为金陵之游，去城北图书馆观书，客座遇王季玉氏，快谈良久。偶及是书，知果为渠家旧物，为琐琐道其得书经过，深致憾惜。其家书多散于劫中，盖为家人所斥售也，告尚有黄跋本三数种，今在虞山家中。渠为赵惠甫娅婿，琐琐道天放楼旧事及所获旧山楼书种种。坐谈忘倦，不易忘也。辛卯端五后二日记。

郑桐庵笔记

此钞本《郑桐庵笔记》一卷，士礼居抄本。有荛翁手跋。今秋从王季烈家流出，余以厚价获之修绠堂孙助廉许，甚以为快。余获旧本不少，惟士礼居旧藏一种都无。辛苦求之，无所见。盖近来荛翁题识之书，已疏若星风，不啻宋元矣。今乃一月中得见七本，不可谓非眼福，亦罗掘获其二三，亦不可谓非书淫也。得书后饮于酒家，归寓手加钤记，并识卷耑。庚寅九月廿六日，黄裳。

所见黄跋书尚有旧抄《东国史略》、校明本《大唐创业起居注》、旧抄《道余录》、嘉靖本《救民急务录》等五种。后二种无锡孙氏小彩大遗书也。吏记。

前跋佚去《史通》一种。《救民急务录》后亦归余。今年助廉南来，复收得荛翁校跋《庾开府集》一册，当与议直归之。辛卯十月。

近闻孙助廉已破产倾家，颇为之惜。此人为书估中有识力者。每至一地，多得异书。余获善本于其肆最多。今乃不可问矣。壬辰春二月十八日重阅记。

壬辰夏秋之际，余两至北京，曾数访助廉于东四修绠堂，已无书应市矣。其人意兴亦大劣，只得鲍校一种、吴枚庵校一种于其家耳。十月初一日，小雁记。

此士礼居钞本，虽只嘉庆中物，不过去今百许年，而展卷书香自生，名家钞笈，自是不凡也。小燕记。

附：

王季烈手跋

“此郑桐庵笔记一卷，荛圃先生抄自海宁陈氏。光绪初新阳赵静庵丈让归先君子。烈以乡贤遗书，先人手泽，携之行箧，护持维谨。前岁冬静丈哲嗣学南明经以新印乙亥丛编见贻，内有此笔记，则据虞山庞氏天石斋藏本印行，仅二十二则，此本溢出二十八则，弥可珍贵。学南明经坚请假抄，流播古籍，艺林盛事。况在两世交好，烈何敢自秘欤？时丁丑正月十日，螾庐王季烈记。”下钤“王”“季烈”联珠白文印。押角有“青箱济美”白文长印。后抄存目录，跋云：“此书凡五十条，卷耑无目录，补之于此。其加朱圈者，皆天石斋藏本所缺也。庚辰五月七日，季烈识。”下钤“王季烈印”“君九长生”两印。

御霜簃曲本二种

此罗瘿公手稿《赚文娟》《红拂传》二种，皆为程御霜撰。用猗移室黑格稿纸写，半叶八行。红拂一种前有手题“□□□撰曲第四卷”字样，似当日原稿不只此二册也。见之李散释先生许，介以归余。当重装藏之。乱弹脚本，每为梨园抄本，亦多不知撰人，此则近日名作，出之名手，自可珍重。惜砚秋久不演此，无从更窥妙相矣：程御霜葬瘿公事，人多知之，传为佳话。此原稿可为二君永留翰墨因缘，亦善本戏曲矣。丙申二月尾，黄裳漫书。

顺德罗瘿公，为程御霜制曲甚夥，有名于时，此《红拂传》尤奇肆，忆侯喜瑞搬演虬髯公，俞振飞饰李郎，砚秋时尚未痴肥，一曲新歌，九城传诵，宣南旧事，最不易忘。今瘿公墓有宿草，而侯程近俱辍演，仅振飞尚不时登场奏曲耳。此际而得此书，亦可令人兴感。丙申四月廿七日，装成重展，漫识卷耑。来燕榭记。

天顺日录辨诬

嘉业堂书于劫中散出，先有部分归朱嘉宝，后张叔平更巧取豪夺以去，后张以事遁香港，不敢归，其书则由三马路新张之文海书店售出，余买得多种。今所见刘翰怡书之前后有朱张二印者，皆如此展转以出者也。其抄校本有一目，余录有副本。不尽精而亦有精绝者。亦为南京某君（或云系图书馆）先取一部分去，余者庋于一弄堂书店之阁楼上。余因为西谛购赎纫秋山馆行箧藏书，得入内纵观。所余如明钞《说郛》《国朝典故》等皆不恶，而翁方纲《四库提要》稿尤为巨观。以直昂力有未逮，终乃得明抄旧抄三数种，以为纪念。此册及《吹剑录》《幻迹自警》三册皆是也。后韩估士保以金价微涨，余本已谐价付款，终乃悔约，郑氏藏书终归四川商人李某捆载入蜀矣。此事不成，甚令憾惜。今日书价日昂，而时世更非，余亦久不收书。灯下无事，辄取旧本翻阅遣闷。因漫识数语。时三十八年五月七日也。天燠如仲夏，期人民义师不至，令人闷闷。黄裳。

吹剑录

去岁冬，郑西谛质于某氏之纫秋山馆行箧书将出售，余为谋所以赎归之道，商于文海，以黄金八两议定，先付出半数，时金圆券方暴跌，翌日书贾遂悔前约，事终未成，余则于文海购取嘉业堂劫余书数种归，以抵前付之书款。此其一也。书为明抄，卷前钤印累累。其石湖卢氏家藏印甚旧，不知谁何。适于铁琴铜剑楼书影中见宋板《温国文正公文集》后黄丕烈跋中所记，卷中（第八十）后空叶，有墨书三行云，国初吴儒徐松云先生收藏温公集八十卷，缺第九卷，雍谨抄补以为完书云。弘治乙丑秋九月望日，石湖卢雍谨记。是吴中藏书故家，卷首藏印，当即其人也。后又归王雅宜、范承谟、季沧苇、揆文端、叶名澧、结一庐诸家，皆足为是书增重。今日午后早归无事，爰记此一段故实，大气阴晦，斋居翻书，不觉移晷。一九四九年十一月八日，黄裳。

旧闻证误

此《旧闻证误》四卷，残存卷一之二。秀岩李心传伯微甫撰。旧铜活字本。半叶九行，行十七字。白口，左右双边。副叶有旧人墨书三行："庚申八月上辛，吴郡周承明林若抚倪驯之盛子九同过徐君韶斋中，鉴定宋板。"又袁克文手跋云："旧闻证误残本存一二两卷，张氏书目断为宋刊。缪艺风丈为文购自常熟某氏。乍见疑是明活字，继以明初活字唐人小集相较，始觉判异。此刻字之精健，直是铁画银钩，盖为宋时铁盔活字也。况墨色浓洁，纸质坚柔，尤足为宋本之证。复历经名家收藏，益见珍奇。文藏宋本百余种，精刻外写本有元丰司天监写进景祐乾象新书，拓本有薛氏钟鼎彝器款识，法帖诸格俱备，独缺活字，今获此秘籍，可无憾矣。丙辰十一月二十二日，寒云记。"丁氏善本书室藏书志虽定为宋刊，亦未断为活字，古活字之不易觏可知已。下钤"人间孤本"印。

案此是明初铜活字，非宋板亦非宋时活字。寒云一跋，实好奇之过。以拟明活字唐人小集，固有差异，然与明铜活字曹子建集，则颇肖似。且卷二多为截纸所印，宋时固无此也，只明初书偶有之耳。然字画端凝精整，固非通常明活字比。书用金粟山藏经纸作面，寒云泥金端楷题书名，又“后百宋一廛续收”字样，又丁氏朱红小印“八千卷楼珍藏善本”。卷二末有精楷小字一行云：“庚申中秋前三日王人鉴字德操阅一过。”德操为钱牧斋故人，牧翁尺牍中有其姓字。

书历经诸家收藏，藏印累累。“倪自当印”“韩氏家藏”二印甚旧，是明人印。“子晋”“汲古主人”二印，汲古毛氏印也。“[illegible]雨斋”印，“爱日精庐藏书”“张印月霄”，张氏印。“济阳文府”“八千卷楼藏书印”，丁氏印也。“常熟丁钧字秉衡藏”“丁氏秉衡”。“杨灏之印”“继梁”。“寒云子子孙孙永宝”“八经阁”“抱存”“上第二子”“臣印克文”“佞宋”“后百宋一廛”，袁氏印也。“吴兴刘氏嘉业堂藏书记”，刘翰怡印也。

案八千卷楼书后归盋山图书馆，运载途中为人抽取精本，流入常熟。余所知见，有明初黑口本吕岩集，清初内府精抄本曲选，清初精写本《麒麟阁》，张宗子稿本《琅嬛文集》，崇祯本阮大铖《咏怀堂集》等，此《旧闻证误》亦其一也。诸书每有“翁同龢观”印。藏家多有抄本，俱从此出。

里居越言

此《里居越言》一册，石麒遗余者，原书十二册，今分储异地，所存仅八册。前见二册于杭估，为崇祯壬午辛巳岁救荒芜草，以索价昂，遂未之得。此远山堂抄本山阴祁彪佳尺牍底册。近读其日记，所记致诸公函札与此全合。其致于颖长公祖札言及《守城全书》中有“其中尚缺数卷，容另日再奉”之语，是当日原稿，迄未毕功。检日记甲申一卷十二月初三日条云，“先是余辑《守城全书》一部，内有防边而未及防江防海，守备袁尚泽请刊刻，予乃以防海纂要送孝廉许孟宏补此二种”云云，此后即不复记，乙酉闰六月初六日，遂自沉殉明矣。甲申三月初二日记云，“观皇明世法录，辑防边一书”，今守城全书十八卷已归余斋，无防边书，中佚卷十三十四二卷，尚为毛订之册，彪佳朱墨杂下，手迹宛然，皆戊寅至甲申六年中所作也。取证此越言致于颖长书，是当日亦尚未毕功也。以其足资考证，遂少记于此。先贤手泽，皆足珍重，正不必有完缺之见存也。壬辰闰五月廿一日，小雨廉纤，夜凉似水，灯下漫志。黄裳。

此《里居越言》及《远山堂抄本尺牍》，共百许册，归华东文化部者五十许册，归中央文化部者亦三四十册，存余家者只此而已，癸巳谷雨前日更跋，小雁。

书集传纂疏

此天一阁朱丝阑抄本《书集传纂疏》六卷七本，玉简斋范目著录洽合。文选楼本阁目亦著录之，云“红丝阑抄本”，薛目无之，是流出于太平之役者。犹是原装，旧写书根尚存，蔡序后有泰定梅溪书院牌记，是从泰定本出者。卷四尾有粘签，题“对书吏郭昂”，亦明人书，岂东明侍郎属吏耶？余得此本于海上，卷中绝无藏记，亦不知何从流散也。余藏范氏书甚富，大半散去，今检箧存，抄刻尚数十种，此本为群经之首，当善藏之。乙未四月二十日，来燕榭检书记。

此书泰定原刻世久不传，诸家藏目著录，惟鄱阳邹氏音释本耳。陈氏带经堂有元刻，是为仅见。然兰邻之书久为虫蚁蚀尽，徒存一目耳。此天一阁写本犹从原本抚出，亦可珍矣。书装成后检书更记。乙未八月廿日，西风初起，秋意满襟。小燕。甲午正月漫录。

书缘

过去有些藏书家在得到一种好书时，往往要得意地表示自己的高兴，夸说“书缘之美”。这本来是很自然的事，不过在某些人笔下，说得有些玄乎其玄，仿佛真有那么一位掌管着这类事的神道在暗中起着神秘的作用。远者如黄荛圃，近者如傅增湘，都是喜欢说这种怪话的人物。当然，这样的神道是没有的，没有谁会保佑人们得到书，也没有谁会使谁失去书。钱牧斋的绛云楼失火时，说是看见火光中有穿着红袍的神道在坐着指挥，不过是昏了头以后说出的昏话。

在买书的过程中，有时会碰到某种巧遇——却并不稀见，也不是不可解释的。我自己就有这样的经验。

郑振铎喜欢收藏明清人诗文集，尤为注意画人和曲家的别集，赵万里在《西谛书目序》里说：“他对于……戏曲家的集子如《水浒记》《橘浦记》作者许自昌的《卧云稿》……非常重视，都是他经常向人津津乐道的”。这里提到的许自昌的集子，我就曾先后得到过六种。这是在三四年中间，在苏州和上海陆续得到的。除《卧云稿》外还有《咏情草》《唾余草》《秋水亭诗草》（二卷）、《樗斋诗草》（二卷）、

《百花杂咏》。这些书卷前都有作者许自昌自己的名印，有自昌的儿子元方、孙子虬、曾孙心扆的印记和校改、题跋，可以证明这是许家世守之书，收藏了大约三百多年了。除此以外，我还得到许自昌的父母亲的墓志、行状、行略的原刻本，分别由陈继儒、钱允治、董其昌、赵宧光等撰书。还有一部《甫里高阳家乘》（十卷）稿本。有刻有抄，最后的增定者是许心扆。许自昌不只是曲家，又是出版家、藏书家。他家世居长洲甫里梅花墅，是一位富有的经营地主，明亡以后逐渐衰败，大约在康熙后期大家庭彻底解体。许心扆的妻子是昆山叶家的女儿，就是有名的菉竹堂叶氏，也是著名的藏书家。心扆夫妇的藏书印是“高阳葵园藏书”，在清内府藏书《天禄琳琅》中就有钤有此印的卷册，《京师图书馆》目录中也颇有一些。这说明他家藏书中的精本早在康熙后期就已开始散出了。这个流散过程是缓慢的，一直到二十世纪五十年代初期才最后完成。照例，藏书家最后保存着的总是先人的著作和手泽本。等到这些也一并流出时，就说明再也没有剩余了。

这些书我是通过上海、苏州的三四家书店得到的。后来知道他们就是用小船从苏州乡下运出的废纸中选出的，其中大量的是虫蛀水湿的抄本和刻本。后来在上海的地摊上也发现了，那破烂的程度使人一看就能知道是同出一源的东西。这说明，这些都是堆在乡下的老屋里，已经多年无人过问了。

就是这样一位刻书家、藏书家，他的同乡、著名的金石版本学家叶昌炽在《藏书纪事诗》中的有关记录也是不完备甚至是错误的。可见关于梅花墅的故实，三百年来在苏州一隅也已少人知道。许自昌有《梅花墅五种曲》，长洲陈叶筠《含翠轩诗钞》有题诗。他所刻的书有《太平广记》《分类补注李诗》《集千家注杜诗》《十二家唐诗》（二十四卷）、《甫里集》《皮日休文薮》《皮从事倡酬诗》等，他还著有《樗斋漫录》十二卷，也刻于万历中。祁承爜《澹生堂集》卷十三“戊午历”，记万历四十六年七月初四日，“早起，得许玄祐寄至《松枢十九山》，阅之，多小说家语。效颦洪景庐，而轻听漫书，多不可解”。看来，这《松枢十九山》也是他编著的一部笔记。他一共刻过几种传奇，也不清楚。《灵犀佩》传奇二卷也是他的作品，今有传抄本。除了自作以外，也刻过一些《梅花墅改订》的曲本，都付有精图。他的诗并没有什么突出的特色，看来他所刻的书影响还是较大的，他的《水浒记》曲本，至今也还有一些另出在剧场上传唱。

许自昌的刻书，并不只是为了附庸风雅，传播文化。其实是明代经营地主的一种业务。像《太平广记》那样的大书和李杜的诗集，都是书坊中必备的重要商品。他必然拥有一定数量的雕板，印刷雇工，和常熟毛晋汲古阁经营的事业是相似的，只是规模不及毛晋的庞大，但以时代论，他却是前辈。《家乘》卷八，有陈继儒寄许自昌和儿子元溥的尺牍十六通，讨论编辑出版诸事，是很有趣味也很有价值的史料，透露了许多明末出版业资本主义的经营色彩。

像许氏梅花墅这样的藏书旧家，和山阴祁氏澹生堂一样，都经历了三百多年的社会动乱，而没有彻底消失，只是在更大的社会变革中才完全解体。正如一座早年被盗的古墓，在重新发现时依旧保存了一些遗物。这事实本身就说明了封建文化顽强的附着力，它是很难用简单的手段消除净尽的。

跋姜德明藏《东山酬和集》

三日前游湖上，在孤山图书馆得见如是诗及尺牍原本，系白棉纸印，刻甚秀整。后得馆中影本，笔画少肥，大失原意。又《尺牍》及《湖上草》，为黄纸印本，已为赵次侯裱成帐册，旧山楼主人奈何唐突如此。十日前姜德明君以新得《东山酬和集》见示，索为一跋。其书明末刻本，九行十六字，白口单边。前有崇祯十五年二月望日吴门寓叟沈璜璧甫序，又岁在壬午孟陬之月门人孙永祚稿上之《东山酬和赋》三叶。字体与二冯集甚似，当是虞山开板。草草为写一跋，略云：

此《东山酬和集》原刻本，极罕传。当刻成于钱柳结缡之后。自半野堂初访起，讫于鸳湖画舫迎归赋催妆诗，盖老奴最得意时也。后收入《初学集》，颇经删定。同人和作亦多刊落。陈寅恪撰《柳如是别传》曾取此集详加考释，然所据似是传抄之本，颇有异字。是陈氏亦未得见原刻也。余留心钱柳故事，三十年来阅肆借人，未能见此。一日，德明自北京寄此册至，展卷惊喜，如此俊物，竟偶然得于丛残废楮中，书缘墨福，何可言耶？十日前去湖上小住，访孤山图书馆，请观柳是《戊寅草》《湖上草》，俱明末刻本，亦只早于此刻数年，二书已付影印，如更俪以此册，则钱柳因缘案卷毕具矣。归来之日，案上置德明一札，颇道其珍重之意，不敢久留，致增贪恋之念，因草草为写此跋，无暇更加论定矣。古书善本，非必宋元始足珍重，似此种书，绝非高文典册所可并论，惜知此者少，亦幸以此得入德明箧中也。壬戌立夏前六日，黄裳记。

沈序孙赋，俱属壬午年，是甲申前二年，刻成当在此时。未几而谦益携如是入金陵，百计媚阮怀宁，致使河东侑酒，移席近之。当日必有倡和诗，未续此付刻，牧翁虽颜甲千重，亦不敢也。又记。

跋李一氓藏《宋元词三十一家》

汇刻宋元人词自明末毛氏汲古阁始大行。前此明人每有汇抄之本，多棉纸蓝格，家数多寡亦不一。巨帙最易残失，市肆流传，多是零册，写手精粗各不同，然每存佳字佚篇，可供雠校，不可废也。毛子晋所抄宋元人词，底本佳绝，写手工妙，然多不据入《六十家词》，其事颇不可解。抄本身后由斧季笃守，遇佳本更反覆校之。其书后亦间为人翻雕，多零种。尝见道光中五马山楼刻石孝友《金谷遗音》，即据毛抄，然于扉页则径标宋本，实即斧季所校毛抄宋本耳。此毛家世守之抄本宋人词，展转流传，仅存抄帙。盖自汲古阁汇刻词后，惟见康熙中侯文灿刻名家词，其后此事即寂然无闻，又二百年始有王朱诸老之丛刻。其间不绝如缕，端赖藏家好事，汇集传写，此旧抄宋元人词，即当日汇抄之一也。此种抄本，家数多寡不一，实亦无所谓完缺，零缣碎锦，皆当珍护。南昌彭氏藏书，身后似未尝载归江南。三十年前道过南昌，曾过旧肆访知圣道斋遗书，渺无踪迹。后于常熟翁氏得知圣道斋所藏黑格写本数种，亦皆得之京师者。其家书卷前往往钤四印，仿淡生堂祁氏例。其末一印文左旋，曰

"遇者善读"。此本前无彭氏印，或钤于首叶，经火毁失。癸亥夏日来游北京，一氓同志出此见示，火余卷帙，古芬袭人。主人珍重护持，不为完缺之见所囿，此意近来知者少矣。客中无书，不能于此书有所发明，仅琐琐记旧日闻见，了无胜义，聊博老人之一笑耳。癸亥端阳节记于东单客寓。

剧谈录

《剧谈录》余旧藏嘉靖刻，只余下卷。有抱经学士手校甚多，已重装藏之矣。屡欲配补而无有也。昨日过市观书，于架上抽得此本，旧抄甚精，为江山刘氏故物，亟挟之归，亦一快也。高秋晴爽，摩挱故纸，亦人生乐事，因遂跋之。丁酉闰八月初四日记。黄裳。

嘉靖残刻抱经校外尚有劳季言细字校语甚多，曾于清吟阁目中见之，后归结一庐朱氏，不知后入谁家，仅存下半，余收得于郭石麒书包中。旧本因缘，琐琐记之。癸亥大暑前日展书记。黄裳。

涵芬楼有明写本，汪启淑家书。十行，廿四至七字不等。序后有"陈道人书籍铺刊行"一行。前有乾宁二年二月池州黄老山白社序。有士礼居跋二通。是此书佳本。甲子春分日，试尺木堂造研经校史之墨跋。

《剧谈录》二卷，宋池州康骈述。旧精抄本。抄白，十一行，廿一字。收藏有"江山刘履芬观"（朱长）、"彦清珍秘"（白方）。

劇談錄卷下

將仕郎崇文館校書郎康 駢 述

劉相國宅

通義坊劉相國宅本文宗朝朔方節度使李進賢舊第進賢起自戎旅而倜儻瑰瑋累居藩翰富於財寶雖豪侈奉身雅好賓客有中朝宿德常詣在名場日失意邀遊進賢接納甚至其後京華相遇時亦造其門屬牡丹盛開因以賞花爲名及期而往聽事備陳飲饌宴席之間已非尋常舉杯數巡復引衆賓歸内室宇華麗楹柱皆設錦繡列筵甚

剧谈录

诗翼

此嘉靖刻《诗翼》，精整可爱，惜仅余其半。余箧中残本多矣，抽暇展观，每每忘倦。此意少有人知。所谓玩物丧志、古董家数，殆难免此讥嘲，然犹贤博奕也。今日博已禁断，奕则颇盛，并为显学。然则持一卷书，赏其纸墨之光莹，刻工之劲秀，似亦非甚恶事也。暇当以此意发挥之，为版本学家张目。辛酉八月初二日，余暑尚炽，挥汗整书，戏为此跋。黄裳记。

《诗准》四卷，《诗翼》四卷，宋何无适程希编。嘉靖三年江都郝梁万玉堂刊。南京图书馆有全书。甲子闰月更记。

《诗翼》四卷，存卷一之二。嘉靖刻。十行，十八字。白口，左右双边。前有目。

杨太真外传

《藏园群书经眼录》著录此书，云宋讳玄贞树皆阙末笔，书为正德嘉靖间翻宋本，却不言是顾元庆刻。蒲江陈氏、嘉兴项氏、北海孙氏及石君、荛圃诸印皆著录。然则此册当随藏园它种同归王绶珊者。余得此册于徐绍樵，盖王氏身后诸子售书最先所出之物。甲子春分日重展卷记。黄裳。

去岁春晚游西安，居五日，遍历临潼马嵬诸胜，归而取此书阅之，取数事入纪游中。此本刊于有明正嘉之际，系翻宋刻，古香袭人，历经诸家收藏，似在明时已珍重之矣。士礼居三印皆真，独无荛翁一字为可惜也。然如有之则非我架上物矣。嘻嘻。丙寅正月初一日，漫书。

《杨太真外传》上下卷，题“史官乐史撰”。明正嘉中翻宋本，半叶十行，行十八字。白口，左右双边。黄皮纸印本。收藏有“有明王氏图书之印”（白方）、“项子京家珍藏”（朱长）、“蒲江陈氏藏书之章”（朱长）、“叶万”（白方）、“石君”（白方）、“天弢居士”（白方）、

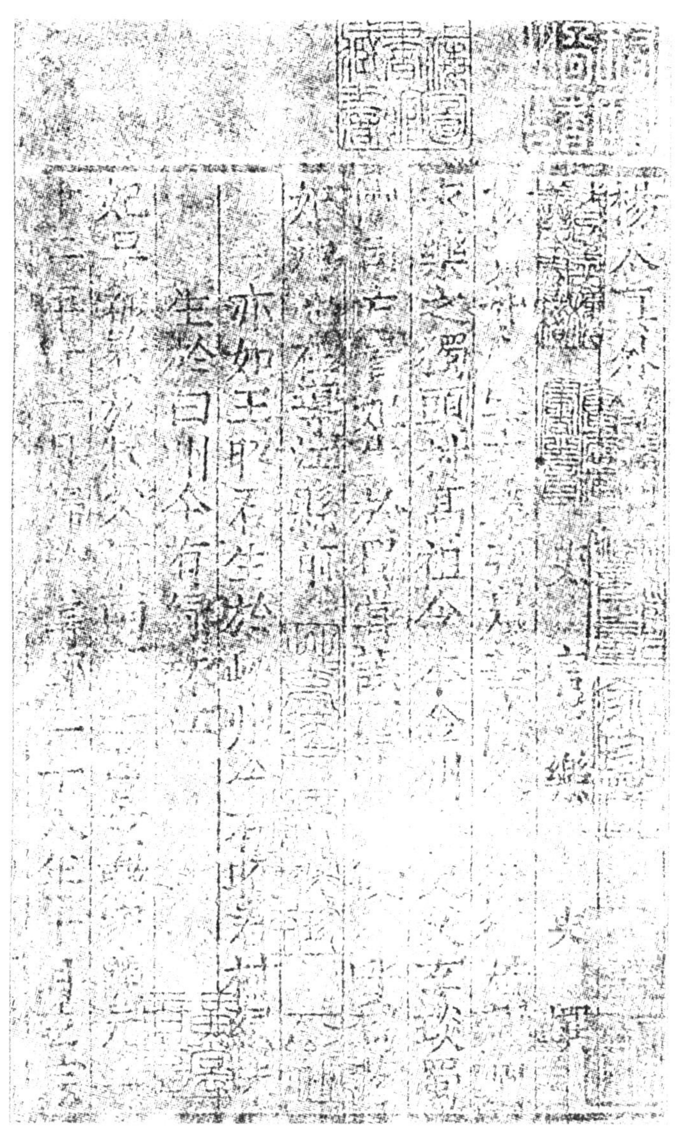

杨太真外传

“北海孙氏收藏印”（朱方）、“黄印丕烈”（朱方）、“荛圃”（朱方）、“士礼居藏”（白方）、“杭州王氏九峰旧庐藏书之章”（朱方）。

草书集韵

乙未三月初五日，收此天一阁旧藏书一卷。黄裳记。

薛福成《天一阁见存书目》卷三有“《草书集韵》四卷，缺，不著撰人名氏，存去声”一条，即此本也。书根犹存，阁书旧式也。

祝允明《评书帖》，录赵秉文《〈草书集韵〉序》曰：“草书尚矣。由汉而下，崔张精其能，魏晋以来，钟王擅其美。自兹以降，代不乏人。夫其徘徊闲雅之容，飞走流注之势，惊竦峭拔之气，卓荦跌宕之志，矫志游龙，疾若惊蛇，似邪而复直，欲断而还连，千态万状，不可端倪，亦闲中之乐也。”此虽非其全，然可知书成时代，因为录之于此。甲寅元月初三日。

《草书集韵》，存去声一卷。明初刻。八行，行七字。上下黑口，版心题“草韵去声”四字。四周双边。每草书字下著楷体原字，作阴文。别注书手姓氏一字，如史、锦、鲜、卫夫人等，而以鲜于枢为最多。收藏有“积学斋徐乃昌藏书”（朱长）。

通典

壬辰之冬，余归自京师，得佳本不少于石麒许，盖皆自绍兴甬上来者。林某闻讯，亦挟旧本来沪售之，余辗转得见于石麒许者有明抄残本最多。如《册府元龟》《文苑英华》《说郛》《御览》等，皆大部书，无所用之。只得天一阁钞本数种耳。今日乃又见此，写手极精，展阅忘倦，遂又发兴买之。计存卷百五十五至终，凡四十六卷。此书宋椠尚存，元板则只有《详节》四十二卷。此钞系从大德本出，可备《通典》异本之一。钞手亦旧，当在嘉靖墨板之前也。十月廿七日，灯窗漫识。

《通典》存卷百五十五至二百。明人黑格蓝格精钞本。半叶十四行，行二十六字。白口，单阑。卷末有王虎跋，略云："大德丁未春，蜀杨侯应发守临川，嘉惠后学，得善本刻诸郡庠。正录王舟周端礼偕所隶学院，鸠工惟谨，计二百卷，至大戊申仲冬，余来为杨侯代，首谒孔庙，访所刊梓，乃犹未濡墨，敦勉诸老，重加校勘，于是得为完书。"末属"嘉议大夫抚州路总管兼管内劝农事符离王虎英雄甫跋"。

荆溪词初集

此亦清初刻地方词总集罕本之一，诸家藏目俱未见。陈其年、潘原白、吴天石尝有《今词苑》之选，康熙中南硐山房刻，余旧藏一帙，则不限于荆溪一隅矣。亦绝罕也。此本旧藏云轮阁、积学斋，叶玉虎亦有经眼印，知为藏书家珍重久矣。乙未七夕后二日灯前漫记。黄裳小燕。

《荆溪词初集》七卷，同里曹亮武南耕、陈维崧其年、潘眉原白选，吴雯天篆评。康熙刻，九行，十九字。白口，左右双边。康熙戊午曹亮武序，潘眉序，吴雯赋。次姓氏。收藏有“三乐堂”（白方）、“群玉山房藏书记”（朱长）、“紫筠堂”（朱方）、“漱芳”（朱长）、“曾在龚野夫处”（朱长）、“潜绿”（朱长）、“野夫”（白方）、“野大”（朱长）、“字字禅”（朱文腰圆）、“种松野夫文照之印”（朱方）、“云轮阁”（朱长）、“荃孙”（朱长）、“积学斋徐乃昌藏书”（朱长）、“叶恭绰”（白方）、“遐庵经眼”（白方）。

续词苑丛谈

此《续词苑丛谈》稿本，毛订六帙，尚未分卷。长洲严豹人原稿，未经刊刻，甚可重也。吴下估人挟来沪上，索重直，未之收也。估人告豹人与荛圃为朋辈，黄跋旧钞《纬略》中曾及之。日昨检得原跋，荛翁云，余友严豹人向住县桥巷，家多藏书，曾见其收得唐诗手录《纬略》一册，心甚羡之。后迁居甫里，豹人亦故，所藏书往往散佚云。是豹人亦吴下藏书之有名者，且较黄氏尚早逝二十余年，行辈亦较先也。估人更告此书原藏之人更有杨复吉手抄《北轩笔记》一册，有题识，系杨氏录赠豹人者。书在吴下，亦允归余，遂更忆之，今晨估人又来，询知此本尚在，遂嘱持来，以重直收之。家藏词籍遂又多一秘本矣。时方得故书十数种于徐绍樵许，词本有康熙刻《林下词选》，为徐紫珊旧藏，两美作合，书缘美甚。灯下展卷，因题记焉。乙未春分后一日，来燕榭记。

《续词苑丛谈》十卷，长洲严蔚豹人编辑。手稿本。半叶十一行，二十字。抄白。有朱墨笔校。分体制、音韵、品藻、纪事、辨证、谐谑、外编等七部。重装二册。

情田词

此《情田词》三卷，旧抄本。有周松霭藏印。余得之沈某许，甚得意也。此书道光中六世孙甲名曾墨板于粤东，此钞远在百年以前，岂不可重。挟书归来，漫记数语于此。壬辰五月十八日，黄裳小燕识。

上月在京观周叔弢氏藏书，中有宋板《陶集》，有松霭藏印累累。前有荛翁长跋，言其挥泪去书之状，殊堪怅惋。此册亦出礼陶斋，故自可珍也。壬辰九秋，黄裳记。

《情田词》三卷，大兴邵瑸柯亭著。旧抄本。九行，二十二字。前有康熙二十年辛酉龚翔麟序，康熙戊子自叙，石帆山人自识题词，目录。收藏有“周春”（白方）、“松霭”（朱方）。

风雨闭门词

此书余旧有一册，系徐积余物。割去天地头，装裱成册，颇不耐观。今又见此册于袁估西江许，尚是毛订，因更收之。丙申三月廿五日，黄裳记。

列星诗《旧雨草堂集》，余亦收一本。嘉庆刊，却非写刻。知非同时刊也。此本掠去十年始归，检书漫记。癸亥岁晚。

《风雨闭门词》，秀州顾列星撰。乾隆刻。大题“深竹闲园集附　词一　风雨闭门词”。十行，十九字。白口，左右双边。乾隆写刻本。前有辛卯秋吴下兄德懋序，杭世骏、盛锦、王藻等题词。

忆江南馆词

此陈兰甫词，余儿时曾有一册，后失去。近广搜词集，所积都数百册，乃未更遇此本，甚憾。今日过市得之，如逢故人，快慰何似。丙申芒种前四日，黄裳记。

廿五年前，余家始来海上。僦居徐家汇。有纸铺在小街上，以秤入旧书报为生理。主人唐氏，不识字而好书，余每日放学必过其肆，于杂书堆中选买一二杂志以归。饼饵之资，几尽捐于此肆。更见旧板书亦少少买之。力不能得佳册，所得忆有此册及汲古阁残本书，极珍重之。其肆后于储礼堂家秤得精本不少，几皆为袁估西江以廉直易去，余所得有元刊《诏诰章表机要》及万历刻《六代小舞谱》等。后间关入蜀，遂断知闻。战后归来又过之，而新居远在十里以外，踪迹浸疏。主人亦以所得储氏余烬，珍藏密锁，不更肯出矣。余以故人，尚时出一二小册见遗。忆有嘉靖黑口本张大家《兰雪集》，天一阁钞《道藏六种》等。四年前以中风不治。近更过其肆，其妇尚在，书已扫数归之他人矣。此亦书林一段小沧桑，不可不一记之。其人唐姓，名伯花，南汇人，妇则奉贤南桥人也。尝镌一章曰不读书人藏，钤于所得书上，亦有趣致。辛丑小雪前二日，黄裳书于来燕榭中。

《忆江南馆词》，番禺陈澧兰甫撰。甲寅微尚斋刻。十一行，二十一字。白口，左右双边。甲辰自序，壬子男宗颖跋。卷末门人汪光镛跋。

花影吹笙谱

古书肆楼上，余已数年未登。今日友人邀过一观，书亦充栋，惟旧本则稀若星凤矣。无已，仍选数种以归。此《花影吹笙谱》，有光绪重刻，此尚是原刻，可喜也。灯前作记。壬寅二月初七日，黄裳记。

《花影吹笙谱》，大题“横经堂诗馀”，二卷，钱塘张泰初安甫撰。道光刻。九行，十九字。上下线口，左右双边。道光乙未戈载序，咸丰元年金安清序，评语，题词，戈载跋。

西北文集

丙申四月十七日收。卷前有子晋手跋。或是《前尘梦影录》著者也。集颇罕传，亦明清易代之际集部善本之一，刊刻当在清初，西北刊书体式，此为样本。黄裳小燕记。

《西北之文》四卷，长平毕坚毅先生手著，太原傅公他先生鉴定，市王门人牛兆捷月三评次，湘口后学朱正晖澹若书镌。康熙刻，九行，二十二字。白口，单边。前有西北之西北老人傅山序，毕坚毅先生传。徐子晋手跋云："三十年前藏毕方伯《西北文集》，为尚友斋主人豪夺去，毛氏散书，归诸张氏崇素堂。每读《霜红龛集》，辄用耿耿。昨意行城东，忽于无意中得之，校旧簏本更完善。枕戈磨盾余生，可谓苦中一乐境也。辛酉二月中旬，子晋。"下钤"海上浮鸥"白文长印。

西溪丛语

此本为天一阁旧藏，仅存卷下。余旧有全帙而佚去三叶，石麒乃以此册见售，欲配全之。细审却非一板，笔画锋棱，处处有异，文字亦不同。虽行款俱合，牌记宛然，终非同出一板，是可异也。辛卯九秋。

《西溪丛语》二卷，存卷下。宋剡川姚宽撰。嘉靖刻，十行，二十一字。白口，单边。板心下有“鹈鸣馆刻”四字。天一阁旧藏，书根旧迹犹存。

古今词选

沈时棟《瘦吟楼词》，余收得康熙原刻于吴下，颇自珍重。知其尚有此选，而一时难遇。今于闽县林氏遗藏中得此，大为快意。刊刻精好，而选词手眼，非竹垞《词综》一路，可为吴江词派说法。漫识卷耑。乙未九秋十五日。

《古今词选》十二卷，吴江沈时棟焦音选。康熙丙申至山堂刻，九行，二十字。白口，左右双边。板心下有“瘦吟楼”三字。前有康熙丙子长洲尤侗序，康熙甲午梁谿顾贞观序，康熙乙未沈时棟自序，总目，选略八则，历代词名家目。收藏有“暗香姜白石残月柳屯田”（白文大方印）、“词原倒流三峡水”（朱文大圆印）、“南陵徐乃昌校勘经籍记”（朱长）、“讱庵经眼”（白方）、“讱庵老人六十以后所聚之书子孙保之”（白方）。

玉壶山房词选

此亦云间沈氏所刻也。余与《四妇人集》及《梅花喜神谱》同得之。余旧藏一本系竹纸印本，似别有所增，忆跋尾有题光绪纪年者矣。此尚是初印本，雷氏跋尾后尚钤二印，可珍重也。南陵徐氏所藏清刻，至富而精，年来散佚殆尽矣。余所得不少，近尚时时得之其家也。此是早岁流出者，展转又集余斋，故书有缘如此。癸巳新春二月初二日，黄裳记。

《玉壶山房词选》二卷，大题下双行题“玉壶山人改琦自编，华亭鹤使沈文伟校刊”。道光刻，八行，十六字。白口，四周双边。前有道光戊子沈文伟校刊词引，同里姜皋撰诔辞。次目录，目后有文伟识语三行，云“先生词凡四种。是编校勘既竣，爰列目次如左。尚有《寒玉词》一卷、《壶中词》一卷、《画馀词》一卷行将汇钞，续付剞劂”。次王芑孙、曹言纯、陈文述、姜孺山、郭麐跋，次小像，卷尾有道光庚戌雷葆廉跋。每卷尾有双行牌记："道光戊子冬云间沈氏来雀楼镌行。"收藏有"云轮阁"（朱长）、"荃荪"（朱长）、"华亭雷良树权人父校藏"（朱长）、"积学斋徐乃昌藏书"（朱长）。

玉泠词

三十五年九月十七日，漫步山西路旧肆中看书，得见端木子畴先生手校本多种，检得此册。卷首泥金识语，端整可爱。先生金陵耆宿，旧寓春明。战前移家南来，遗书散出。同见者尚有潘祖荫著书多种，都有先生手批。四日后秋雨新凉，题记于小虹桥畔寓庐。裳。

此书归我三十三年矣。六年前群盗过我家，藏书尽失。近乃得归，此册先至，展卷如遇故人，因更题记卷耑。己未立秋前六日，黄裳记。

十二年前余曾以文汇报事，小住金陵，寓户部街，即南唐宫禁小虹桥故址也。余是时始收旧本，而不知书籍美恶，市估每出通常明刻见示，幸其时无钱，未受其愚。暇过城北图书馆观书，街上有小肆，书不甚多，而时于人家买得故书，有精本多以之转售大肆。主人颇知书，亦熟于故家门路，一夕秋雨中过之，见案头旧书不少，皆端木子畴先生手校藏书。余知先生为词人而不知其校本之可重，徒取此精刻小册而归。泥金小楷，悦目赏心，叹为名物。当时赏鉴目光如是，可为一笑。转眼此已十年前事。近日故书垂尽，余亦不更收藏，暇理故簏，又见此本。以其为始收书时所得，故剑之情，其何能已，遂研朱跋之。戊戌九月，重阳前七日，秋雨廉纤，记此。

《玉洤词》，吴县潘曾玮季玉撰。咸丰刻。九行，十六字。白口，左右双边。咸丰四年冯桂芬题耑。道光甲辰姚燮序，陈克家序，徐子苓序，汪锡珪序，兄曾莹序，自序。张曜孙、董思诚、尤坚、韩崇评跋，宋翔凤等题赠词。写刻殊精，然是馆阁体小楷，颇肥重。卷尾有苏城徐元圃局刻一行。磁青书皮上端木先生泥金端楷题“吴县潘曾玮著庚申初春寿阳师相持赠古建康端木埰藏”一行。

比竹馀音

吴兴沈砚传与大鹤山人交甚密。二十年前曾得《樵风乐府》，前有沈氏手跋云，曾先为叔问刻词数种，而流转颇稀，阅市十年，未尝一见。近乃于书肆架上得此，为吴眉孙遗书，甚可喜也。此为郑氏少作，后多删替，以是可重。癸卯夏至书。

润州吴庠眉孙，颇有藏书。其人尝客湘中，得旧本不少。久居沪上，十五年前曾得其手批莫氏书目，所藏尚谨守未去。后乃于肆中得所藏正德翻宋本《黄御史集》，甚得意。又数年身故，书籍扫数为古书店载去，无缘得见，只得此奇零小册以为纪念耳。甲辰十一月廿九日重阅漫题。黄裳。

《比竹馀音》四卷，北海郑文焯叔问撰。光绪刻，十行，十七字。白口，单边。扉叶题“光绪横艾之年吴兴沈氏墨板　鹤记”。壬寅王闿运序，次目录。收藏有“润州吴庠眉孙藏书”（朱长）。

忍草堂印选

此何雪渔《印选》一册，不知何年收得，久忘之矣。近理箧藏，忽又见之，抚印精妙，似非出摹手者，抑何精耶？前序三通俱存，大可考见明人评雪渔治印议论，亦印史中名物也。余藏明人印谱如学山堂诸种不少，降至汪氏飞鸿堂诸种，皆可珍爱，偶一展玩，如对古人。更辑明清藏书家藏印，多至数百种，皆取之原钤册籍上，都为一书，亦可谓好事矣。因阅此并识之。丙申又三月十二日灯下漫书。

《印选》，海阳何震长卿篆，同邑程原孟长选，男程朴元素摹。每半叶四印，棉纸朱钤。丙寅长至眉道人陈继儒序，丙寅冬日韩敬序，东海友人陈赤忍草堂印选序，天启丙寅广平程原敬识于茗上之忍草堂自序。

李义山诗

余生平酷爱玉溪生诗，见旧本辄收之。箧中所储，明刻有嘉靖毘陵蒋刻《中唐十二家诗》本，毛汲古《八唐人诗》本，清代所刻几俱有之，更多收批校本，凡十许种。明刻尚见傅沅叔藏一万历本，棉纸精印，亦丛刻也。余更藏万历朱之藩刻《中唐诗》，中有《李集》，惜残去不存。明刻所见所藏，只此四种。此顺治刻朱注李诗，过录虞山钱木庵、冯简缘批，过录者陆士坊不知何许人，以笔迹印章证之，当在乾隆中也。旧为秦曼青藏书，今日见于古书铺，即买得之，亦好事之尤者矣。古书铺书，佳本闭锁楼上，不能入观，惟架上尚时可得一二小册。前闻孙助廉告，某君曾抽得知不足斋刻宋人诗余一册，原刻初印，以文手校底本也，价只三金，诚是奇缘。因附识于此。己亥八月廿八日记。黄裳。

《李义山诗集》三卷，顺治刻。目后有朱笔临钱跋一通："往闻石林师笺义山诗最佳，为朱长孺奄有而改窜之，世莫见其原本，故吾家东涧序中有微词焉。予评义山诗，有出己意处，虽未必果得古人之心，要必近似有理，然后以己见求之，不敢妄为穿凿，稍涉疑似，则直以不解阙之耳。论题处多用冯氏论诗法，非摹定远先生而学步也。曾见时辈于古人诗随声附和，吟讽叹赏，及扣以作者之旨，往往茫然失对，况义山诗尤为深奥难读，故抉剔其义，以便初学，所以深绝含糊之意也。良择识。”卷尾墨笔题：“午未之际重读，凡百日而卒业。此公真是少陵后身，不可造次吟过。诗者两间之文，文必先著词，著词之法此君为第一。不然里巷鄙语，决不可以为诗赋也。七十七虞山老人简缘冯武识。”“后学陆士坊临”。下钤二印，“陆印士坊”（白方）、“艮序”（朱方）。收藏有“许仪”（白方）、“南野”（朱方）、“秦印更年”（白方）、“秦曼青”（白方）、“婴暗秦氏藏书”（朱方）、“扬州古文选里西寿慈堂收藏印”（朱文单行长印）。

履斋示儿编

此书有明钞本，又有顾千翁校旧抄本，明刻惟见此本，罕传颇甚。此本佚去末六卷，目录至十七卷止，细审之，知割去末数行，装治甚妙，估人作伪亦巧矣。

《履斋示儿编》二十三卷，宋庐陵孙奕季昭父撰，明荥阳潘膺祉方凯父校。万历刻，九行，十八字。白口单边。有开禧元年孙奕自序，序末一行云："新安如韦馆藏板。"次大泌山人李维桢题词，目录。收藏有"孙印钟萸"（白方）、"研露斋"（朱长）、"邹印大镕"（白方）。

水经注释

此赵氏小山堂刻《水经注释》四十卷，附《刊误》十二卷，初印精善，见于沪市，即买得。取校《永乐大典》本，《大典》亦有误字，且断句多误，一仍其旧。他日当更以绿笔重点一过也。乙未六月初七日全书送来，遂题记藏之。黄裳记于来燕榭之南窗下。

乙未六月十二日，小燕廿岁生日，夜奉母饮于市楼，夜归校毕此卷。（卷三十三末）

乙未六月十三日，大暑。客至。夜游园归，浴后点朱至夜半，竟此卷。好风时至，为之快然。（卷三十四卷尾）

此书买得二十四年矣。初得时曾取《大典》本手校数卷，未能竟读也。后世变益亟，迄无宁日。五年前藏书尽被攘去，片纸无存。乃近日忽得发还，此书先善本而归，展卷兴慨。旧跋书于三十四卷尾者，题乙未六月十三日，今日为己未六月十五日。余初跋此年四十，今花甲矣。廿载光阴，付之虚掷，孰为为之！尚幸体气粗健，当尚有读书之时。因记数语，以志岁月。己未六月半，黄裳。

《水经注释》四十卷，《水经注笺刊误》十二卷，首一卷，仁和赵一清诚夫录。乾隆小山堂雕。十行，二十二字。白口，左右双边。板心下有“东潜赵氏定本”六字。前有乾隆丙午镇洋毕沅序，全祖望序，乾隆十九年东潜赵一清序。次郦亭原序，次参校诸本，次《北史》本传，次目录。

欧阳詹集

此明刻本欧阳詹集，何义门、严长明两家旧藏，棉纸初印精丽，颇罕传本，惜失去五六两卷。余旧有休宁汪氏古香楼故物明抄此书，即从此本出，曹序缺一番，可据此补完，遂更收之。此系虞山铁琴铜剑楼劫余物，杂陈市上，多不全本，余买得数种，而以此为最佳也。甲午十一月十二日，装毕记事。

《唐欧阳先生文集》八卷，附录一卷，唐国子监四门助教闽欧阳詹著。万历刻，九行，十八字。白口，左右双边。万历丙午曹学佺序，李贻孙旧序，目录，校梓姓氏，叶向高以次凡三十二人，皆闽人。收藏有“义门藏书”（朱长）、“归求草堂重藏”（朱长）、“严长明校藏印”（朱长）。

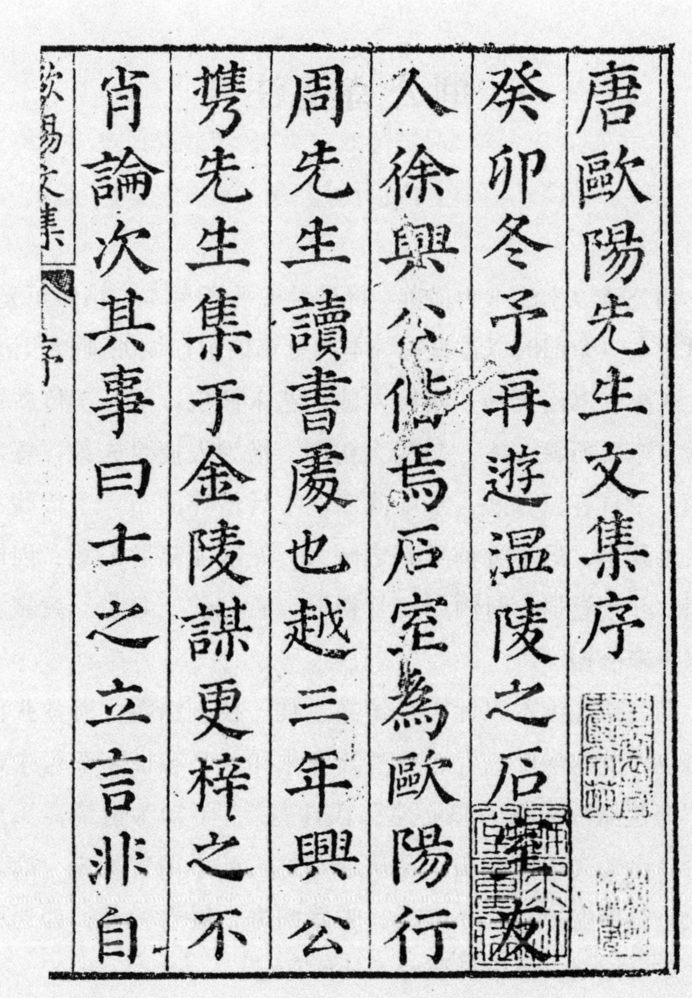
唐歐陽先生文集序
癸卯冬予再遊温陵之石友
入徐興公偕焉石室為歐陽行
周先生讀書處也越三年興公
携先生集于金陵謀更梓之不
肖論次其事曰士之立言非自
歐陽文集 序

欧阳先生文集

荆公诗笺注

荆公诗以李注本为最善。此清绮斋张氏刻本，精雅可爱，为世所重。余旧时以重直得一本，有李伯雨江城如画楼印记，藏之久矣。书出北地，颇有风蚀，意未惬也。前月于传薪得见甬上李氏所藏一本，甚阔大初印，惜为人捷足先得，意甚惘惘。今日春风作恶，零雨薄寒，午后偕燕阅市，于传薪案头又见此本，虽不如前见本之阔大，然明丽颇胜旧藏，因即携归。并记卷耑。时丙申二月初七，春分前二日也。黄裳小燕书于来燕榭。

荆公诗注读本以此为最便亦最佳。校刻精善，海盐张氏所雕也。此本扉叶尚存，有清绮斋朱印，又有楷字双行朱记云“海盐城隍庙西首筠心堂张氏印行”，不知为清绮斋昆弟行否，惜菊丈久归道山，无从请益矣。此本旧曾加朱，尚未卒业，乃罹盗掠，暌隔五载，昨始归来，展卷怡然，如遇旧欢。欢喜记之。已未夏至后二日黄裳记。

《王荆文公诗》五十卷，雁湖李壁笺注。乾隆刻，十一行，二十一字。白口，左右双边。乾隆辛酉武原张宗松序，次重刊笺注略例，次《宋史》本传，次目录。每卷尾有“武原张宗松青在校刊”一行。收藏有“毋自欺室藏本”（朱方）、“苕东吴氏宜园珍藏印”（朱方）、“湖上读书楼”（朱方）。

苏诗

庚寅春正月廿三日，获此明黑口本《苏集》三十一卷二十册于海上。原书共百十二卷，此诗集独全。成化七集本世恒有之，此本却不经见，亦可宝也。黄裳手识。

此残本《苏文忠公集》凡一百十二卷，今存首三十一卷，余获之叶铭三许。以诗集独全，乃喜而获之。出旧藏宋黄州大字本《东坡后集》校其异字，研朱煮茗，灯下勘定，况味清绝。余更有翁松禅过录严思庵批本《王注苏诗》，其本殊不佳。严公寒士，跋中常有明日无米之叹。严氏原本盖以一金得之书估者，断烂至不可读。严君生当顺康之际，松禅亦光绪时人，所读乃皆劣本。余何幸得此旧刊遍施丹铅乎。庚寅正月廿七日夜校毕漫书。黄裳。

初书友郭石麒持明西爽堂本《晋书》见示，请留之，谓是叶铭三物。余初不识叶，但知其为中国书店旧人，曾售残本与郑西谛者。一日余午后过市，遂访之于极司斐尔路上，叶导余入其内室观书，乃绝无旧本，俄而持此残本《苏集》见示，索十三万金，书虽不全，然止于《和陶诗》，知诗卷当不缺失，又是明初黑口本，遂携归，倩石麒为谐价，石麒

蘇文忠公集卷第一

古賦

天慶觀乳泉賦

陰陽之相化天一為水六者其壯而一者其穉也夫物老死於坤而萌芽於復故水者物之終始也意水之在人寰也如山川之蓄雲草木之含滋漠然無形而為往來之氣也為氣者水之生而有形者其死也死者鹹而生者甘甘者能往能来而鹹者一出不復返此陰陽之理也吾何以知之盖嘗求之於身而得其說凡水之在人者為汗為涕為洟為血為溲為矢

苏文忠公集

返告叶颇重视此书，不允少让，闻之惽然，时已以宋本校得诗百数十首矣。一经丹铅，终难舍去，用是戚戚。今晨石麒又至，告叶允以十二万金见售，遂筹款付之，是书乃为余有。快慰之至。今夜饮于蔡家，尽黄酒斤许，归寓饮浓茶，醺然犹有余酲也。因书卷尾。庚寅春正月初五日夜十二时。黄裳。

傅沅叔《经眼录》著录《东坡集》四十卷，《后集》二十卷，《奏议》十五卷，《内制集》十卷，《乐语》一卷，《外制集》三卷，《应诏集》十卷，《续集》十二卷，成化四年程宗刊本，行款与此同，却非一刻。又著录《苏文忠公集》一百十二卷，十行二十字，黑口，四周双阑，云字体圆湛，刊工精美，似成化弘治间刊本。按语云，此本传世极稀，各家书目均罕著录，惟邓氏群碧楼有之，然亦失序跋，未能考其源流，分类颇有伦次，疑其源出旧本，非明人率尔编辑所有能为，即此本也。《坡集》明刻甚富，其黑口十行廿字本只此两种。以余观之，写刻殊草草，未为精美，然自是旧刻可存。此三十余年前所收，曾用家藏黄州大字本《后集》残卷校之，编次大异，检阅不易，惜所用朱锭非佳品，日久变黑，甚不惬意。三十年来旧藏陆续散去，只此本及王状元注本尚存。春朝展观，漫记数语。甲子四月初一日，黄裳。

《苏文忠公集》存卷一之三十一，又首一卷。明初刻，十行，二十字。大黑口，四周双边。首有宋孝宗御制集赞并序，赠太师诰词，颖滨撰墓铭，《宋史》本传，王宗稷撰《东坡先生年谱》。

八唐人集

余近来着意搜李义山诗，而旧本难遇。所藏皆清初精刊本也。今春偶过温知书店，于架上见此汲古《八唐人集》，初印而装潢精好，即欲得之。议价未谐。前日又登楼观书，于架上又见此集，尚未别售，索价百元，以三十元成交。较今春已涨至九十倍矣。此本首有杨龙友写刻序，至可爱。郘亭目云，李集以汲古本为佳，卷中惊字缺笔，知从宋本出。忆初见此书，展转经年，终归余有，快何可言。今日台风过境，豪雨竟日，灯下书此。时三十七年九月七日，黄裳。

余酷爱义山诗，见异本必得之。然旧刻难觏，箧中所储，明椠仅二种。此木外只嘉靖毗陵蒋刻耳。然其书强分六卷，不如此之善也。此本犹自宋本翻雕，刻颇精。宋刊断种已久，阮圆海、钱牧斋皆有之，乙酉兵燹，绛云一炬，遂无消息，令人颠倒梦想。犹冀他日重现人间，旦暮遇之，不禁馨香祷祝之矣。庚寅盛暑六月初七日记。

义山诗明刻绝罕，余有毗陵蒋刻，在嘉靖中。又尝见傅沅叔有一万历本，是三家合刻，白棉纸精印，宋体字，刊颇楚楚。余又藏万历朱之蕃汇刻《中晚唐人集》，李集为卷十二，已残失。是皆汇刻，单行之本则无闻焉。传世校宋本不少，尝见所谓虞山早岁手写校宋一本。似亦不能无疑。短中取长，则此汲古毛氏刻，信为佳椠。分卷已妙，宋讳亦往往缺笔，似从旧本出者。又往往有小注一作某云云，又似所据为校本。汲古藏书旧家，惟所刻书所据往往非尽善本，是极可怪事也。此《八唐人集》传本甚稀，子晋身后，诸子不肖，闻以此板片作薪，以烹蒙顶新茗，谓味当绝胜，印本乃不更可得。此非《书林清话》之又一事乎！闲窗展卷，遂牵连书之。已亥四月十四日，雨窗。黄裳记。

余收此本于三十二年前，未能常常读也。后遭盗掠凡七年，今始还来，展阅一过，见此龙友旧序。《洵美堂集》尚有传本，《山水移》则未见，两者皆诗集，遗文仅见有此。庚申端阳后二日，黄裳。

《八唐人集》，崇祯汲古阁刻，半叶十二行，二十字。白口，左右双边。每卷首第一叶及末叶板心刻“汲古阁毛氏正本”字样。书前有崇祯己卯杨文骢行草书序。

《丁卯集》二卷，郢州刺史许浑。

《甲乙集》十卷，余杭罗隐昭谏。

《李文山诗集》三卷，唐弘文馆校书郎沣州李群玉著，前有进诗表、敕旨、荐状、制词。

《碧云集》三卷，登仕郎守新淦县令知镇事赐绯鱼袋李中。孟宾于序。

《长江集》十卷，唐司户参军贾岛浪仙著。前有唐宣宗赐墨制，苏绛撰唐故司仓参军贾公墓铭。卷尾附《唐书·贾岛传》，绍兴二年王远后序。

《台阁集》，袁州刺史李嘉祐。建炎三年谢克家序。

《薛许昌诗集》十卷，节度使检校礼部尚书薛能。前有张咏序。

《李义山集》三卷。

燕在阁唐绝句选

此精刻本《燕在阁唐绝句选》，三年前得于吴下护龙街旧肆，今日理书，重观此本，因题。庚寅四月初十，黄裳。

此集得之吴下，于今将十年矣。久欲付之装池而终不果。今日检得，再阅一过。唐人小律，入口欲融，刊复精雅，亦书林俊物也。程氏兄弟，徽人，业盐于淮上，颇好风雅，余所收有《若庵集》，即庭撰。又有程洪丹问，尝与先著选为《词洁》六卷，不知亦其家昆弟否。又《蓉槎蠡说》，程哲撰，亦其家人也。余曾藏清江敖英《唐人七绝类选》，又甫里许王俨选唐人绝句一厚册，又扫叶庄薛雪所选《花雨集》二卷，则已是乾隆刻矣。诸选手眼各别，比而观之，乃可见所好有酸咸之殊矣。乙未腊月初一日，来燕榭炙砚书。

《静思轩藏书记》著录《燕在阁文稿》一册，有罗振玉跋云，勿翦先生以古文考订之学名于国初，在京师日阎百诗、朱竹垞目为今之韩、欧。卷中如《宋陵始末》诸篇，尤足补史乘罅漏，云云。此稿本不知流落何许。又《扬州府志·艺文》有王棠《知新录》一种，以棠尝寓扬州也。

《燕在阁唐绝句选》十卷，丰山王棠勿翦选阅，岑山程庭且硕、程增蝶庄参订。康熙刻，十行，十九字。上下黑口，左右双边。康熙己丑新安王棠序，次凡例。

古槐书屋词

此平伯所撰词稿，未之前见，偶见于来青阁，遂以一金得之，亦近时善本也。丁酉四月初十日，黄裳。

《古槐书屋词》，刊本，十行，十六字。白口，四周双边。不记叶数，亦不著撰人。惟于卷首著两印，“平伯所作”（朱方）、“德清俞氏”（朱方），卷尾一行云“钱塘许宝騄书”。

金陵卧游六十咏

顾起元有《客座赘语》，记金陵故事甚悉。余有原刻，仅存四卷，《嫩真草堂随笔》诸集皆未见，藏家亦少著录之者。余去岁重游白下，撰游记十篇，忆有此书，以尚沦盗窟，无从取观，怅叹无已。近始获归，亟阅一过。起元为万历中入，所记较余淡心父子更早，可见金陵旧事，暇当补入一二事也。庚申芒种后一日书。距收得已三十年矣。黄裳。

《金陵卧游六十咏》，江宁顾起元太初著，六世孙士惺惕旃、国光震东、鼎新佑申校对重刊。乾隆庚辰镜澄堂刻。八行，十八字。白口，单边。前有天启乙丑顾起元自题，次目录。收藏有“积学斋徐乃昌藏书”印。

金陵览古集

丙申始秋，海上所收。黄裳记。

余鸿客《金陵览古集》一卷，康熙中万玉山房刻，殆亦汲古阁代刊之书也。余于二十年前并淡心所著数种同得。此集刻于乾隆中，世无著录。六十年中金陵风土之变化，乃可于此中窥得一二，著作人各系以小传，佚诗赖此以传，殆非无益事也。丁酉六月初二日晨窗记。

此卷中皆小家之作，徒吟风月，未具故实。然自是金陵文献，且明著继余宾硕书而作者，亦可存也。近重访白下，归而撰小记十篇，遍检旧藏之有关金陵故事者，因重阅此，并作题记。乙未残腊，黄裳。

《金陵览古集》，镇洋闻斑书岩选。乾隆敬业堂刊，八行，十九字。下黑口，单边。乾隆三十三年闻斑序。

华阳散稿

此《华阳散稿》原刻本，颇罕见。余无意中得于估客书包中，未暇展读也。悟冈所撰《西清散记》世多知者，为文袭晚明家数，故作清丽语，而气息纤弱，余颇不喜之。此集较朴质，而未尽涤轻薄之气，徒以一家撰作存之。壬辰七月廿七日，黄裳记。

《华阳散稿》二卷，金沙悟冈史震林撰。乾隆松槐书屋刊。九行，二十一字。白口，单边。前有乾隆丁亥自序。有目录。收藏有“经香堂秦藏”（朱方）。

录鬼簿

庚子春三月，归自奉贤。偶过博物馆观画，见吴梅村《南湖春雨图》，绝得意。后更过古书店，见此书新刊，遂得之归。夜饮归寓，煮茗阅此，见西谛、斐云二跋，不禁感慨系之。印行此书，固可为西谛之最好纪念，非徒夸古籍孤本已也。此本抚印亦佳，虽非珂罗版印，亦非俗滥，殆近时佳制矣。余收天一阁书之有蜗寄庐抱经楼印记者亦颇多，然皆不如此本之秘。其足相颉颃者，或《远山堂曲品》稿乎。他日印行，当更识之。三月十一日夜。

天一阁蓝格写本正续《录鬼簿》，一九六〇年二月中华书局上海编辑所据原本影印。

李义山诗删注

余每见玉溪诗辄收之，所储旧刻不下十数。此本得之林乔梁许，亦罕见。钱序即在朱鹤龄注卷首者，所删存亦大抵出之朱注。有旧人墨笔手批，因亦收之，以为玉溪诗异本之一。甲午寒露日，黄裳记。

玉溪诗清人注本极富。此删注不见著录，刻亦在康熙中，自是异书。前无序例，刘嗣奇一行似是剜改，删注二字亦非原刻，然全书衔接处却无删补之迹。终亦不知何以如此也。书出甬上，林乔梁挟之来沪，因入箧藏。五年前盗失，今幸返旧主，检书记之。试汪时茂墨书。己未六月半，黄裳。

此本有旧人批注甚富，不知谁何，然非浅人笔墨。“锦瑟”诗批云：“此诗多以为悼亡之作，亦未见确。以‘思华年’起，以‘此情’二字总承，盖始有所欢，终有所阻，故追忆之耳。四句迷离惝恍，所谓‘惘然’也。”可见一斑。

《李义山诗删注》二卷，莘野刘嗣奇尔常编辑。康熙刻。十行，二十一字。上下黑口，双鱼尾。前有钱谦益序，《旧唐书·文苑传》本传。扉叶题者英堂藏板。

绿净轩诗钞

女史徐德音诗清丽，颇不凡俗。卷中有“唤起斜阳绿”诗，小序云：“昔在吴山，闻山中鸟声，偶得句云‘唤起斜阳绿’，虽不可索解，而情与景合，适若得之自然。”此诗人之言也，虽若不辞，而实为佳句。其他作多类此。有《王明君辞》长律，又有《出塞》绝句：“六奇枉说汉谋臣，此日和戎是妇人。若使边庭无牧马，蛾眉也合画麒麟。”批判显然，贤于倡和亲为得计者远矣。此册偶得之海上，迄今五十年矣。重阅跋此。癸未五月十七日。

《绿净轩诗钞》五卷，西泠徐德音淑则撰。康熙刻，十一行，二十一字，精写刻本。上下黑口，左右双边。乙酉九秋吴门咒花闺人李淑仪序，康熙丁亥餐霞老人序。淑则，江都许迎年室。

东莱先生标注三国志详节

三十八年五月九日海上收得，黄裳藏书。

此南宋坊本《三国志详节》，三十一年前得之沪上，以黄蜡笺覆面，盖旧出内库之物。杂置书丛，未遑装治。八年前遭盗掠，遂与群书俱去。后还来已失数卷，然重装一新，殊出意表。劫余书卷，乃以此为最旧之本，可笑甚矣。收书三十年，未尝以宋本为争逐之的，然先后亦有数册，后皆赠之国家图书馆，宋刻《尚书图》在京师，蜀刻《东坡后集》在上海，汪阆源藏之残宋大字本《柳柳州集》则不知流落何处。凡此皆初收书时所得。元本有十许种，皆非所重。此意殆无识者，记此慨然。辛酉正月初九日，黄裳记。

此《东莱先生标注三国志详节》二十卷，宋刊本。日本内阁文库藏有之。长泽规矩也《关东现存宋元板书目》著录，南宋末建阳刻。图书寮又有刘氏静得堂刊《东莱先生十七史详节》，刊刻正同，惟半叶十三行，与此微异。又有《东莱校正五代史详节》，则与此行款如一，书眉标注亦同，当是一书，亦汇刻本也。此本三十余年前得之海上，抚印未佳，未甚重之。今存卷一之四，十四之十六，十九之二十，

東萊先生標注三國志詳節卷之一

魏帝紀

太祖武皇帝

东莱先生标注三国志详节

凡十二卷。余家所藏旧刻，乃以此册为最早之本，亦可珍也。今年暑热非常，几无人生之乐，二十日后始少差。晴窗展卷，聊书数语遣日。癸亥立秋前日，来燕榭书。

《东莱先生标注三国志详节》二十卷，存五册。宋刻本，半叶十四行，二十四字。上下线口，左右双边。前有三国疆理之图，元嘉六年七月二十四日中书侍郎西乡侯臣裴松之“上三国志注表”，次目录。

柳堂诗词稿

来青阁老估人杨寿祺，时来往于苏沪路上，昨日偶遇之，方来自姑苏，携来旧书一叠，此两册佳甚，康熙季年所刻，刊于羊城，纸用桃花，传本稀绝。词稿乃有一册，其富赡不下于舜民也。荆溪董氏，词人辈出，只蓉仙之作未见著录。当什袭藏之。丁酉八月初八，金风送爽之日，黄裳记。

《柳堂诗稿》五卷《词稿》一卷，阳羡董儒龙蓉仙氏撰，第九男时若校。康熙刻，十行，二十一字。上下黑口，单边。《诗稿》前有康熙甲申徐瑶序，康熙甲申周肃度序，康熙壬辰自序，目录。《词稿》前有甲申离墨词人徐瑶序，康熙己卯陈伊序，目次。

太璞山人集

丙申残腊所收，黄裳。

项琳，字人玉，号太璞，又号完庵，歙人。遭时丧乱，绝意进取，放荡湖山。得吴梅村、王士禛称赏。此集有吴伟业序，手书上板，不见于《家藏稿》。康熙九年，殁于江都，年五十一。其自序云：“今日戎马蹴狐田，脂液润野草，燕巢林木，兔穴周行。……渐渐兴箕子之歌，离离引大夫之泣。赋山川，咏风物，吊古唁兹，是安可无言……或勉言恐文字触讳。”是集所存，皆草野吞声，缅怀故国之作也。刊于康熙初元，传本稀有，亦清人别集秘册也。

《太璞山人集》三卷，娄东吴伟业梅村鉴，古歙项琳人玉著。康熙刻，八行，二十一字。白口，左右双边。慕贤堂藏板。首娄东吴伟业拜题并书序，洪之坊序，顺治庚子自序。玉峰徐秉义撰传，黄以立、程邃等题辞，目录。有“兴酣落笔摇五岳”白文长印。

山中白云词

乙未春晚，荔枝初熟，流酸溅齿之时收此。

此雍正中海上曹氏城书室刻《白云词》，传本甚稀。余月前得一后印本于吴下，《乐府指迷》已失去。板心下“城书室”三字亦剜去，曹序亦无，殆板片落于伧父手重印之册也。此册见之来青阁，犹是原装，且存扉叶，有翰林院大方印，当是四库底本，不知何时流入南中也。余近肆力收旧本诗余，一时所得甚富，虽戋戋小册亦出重直，书遂毕集。此殆收书惟一捷径，惜人不之知也。书此以当一笑。乙未后三月十八日，来燕榭记。

《山中白云词》八卷，西秦玉田生张炎叔夏著。雍正刻，九行，十九字。白口，左右双边。板心下有“城书室”三字。前有玉田先生《乐府指迷》，次目录，壬寅暮春曹一士跋，雍正四年杜诏序，郑思肖、仇远、舒岳祥、陆文奎、殷重、井时、李符、龚翔麟序，附戴表元、袁桷赠序。收藏有“云间第八峰周氏藏书”（朱方），又翰林院大方印。

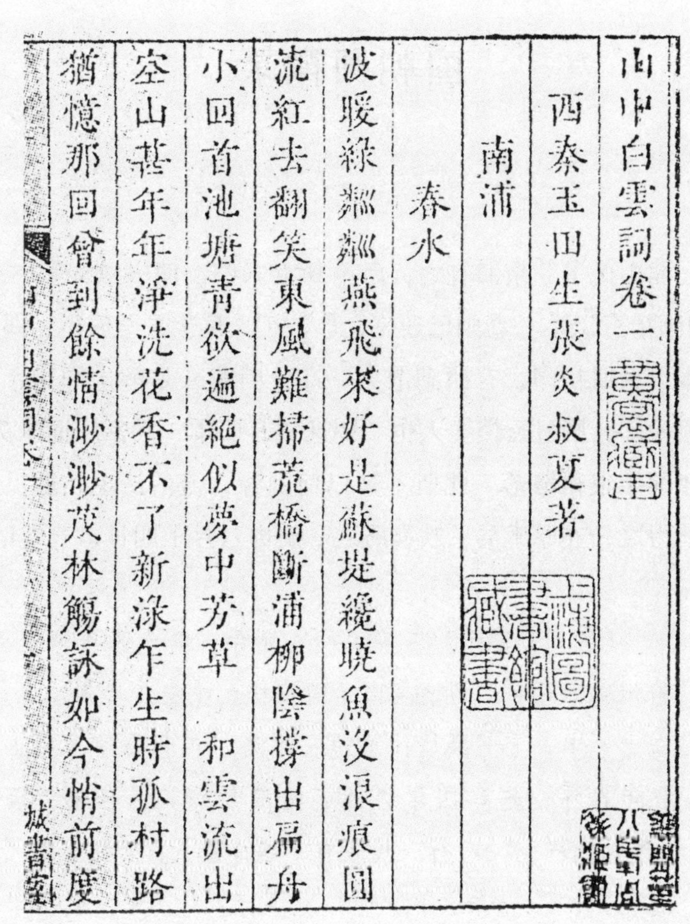

山中白雲詞卷一

西秦玉田生張炎叔夏著

南浦

春水

波暖綠粼粼燕飛來好是蘇堤纔曉魚沒浪痕圓流紅去翻笑東風難掃荒橋斷浦柳陰撐出扁舟小回首池塘青欲遍絕似夢中芳草和雲流出空山甚年年淨洗花香不了新淥乍生時孤村路猶憶那回曾到餘情渺渺茂林觴詠如今悄前度

山中白云词

国朝画徵录

浦山此书，余旧有之，后沦劫火未归。而《续录》二卷《图画精意识》一卷则已还来，《文集》五卷亦得珠还。偶见此本，大册初印，有西湖散人一印，旧跋云是醇士图记，又有顾氏印，则过云楼主人也。鹤逸颇有旧本，其家守而未失，十年前始狼藉散落。此册不知以何因缘，流落海上，偶见之而偶得之，亦厚幸矣。欢喜跋之。庚申六月十四日，黄裳记。

《国朝画徵录》三卷，明人附录，秀水张庚浦山著，睢州蒋泰无妄、汤之昱南溪同校梓。乾隆四年刻，十行，二十一字。上下黑口，单边。乾隆四年蒋泰序，雍正十三年自序，乾隆四年自跋。侯肩复题词，目次，后有“男时敏覆校”一行。收藏有“西湖散人”（白方），“书隐”“卧香”（朱文联珠印），“见天心”（朱文腰圆印），“顾鹤逸藏书印”（朱方），“小梦墨亭主人鉴藏本”（朱方）。有墨笔跋：“内有西湖散人一印，是戴文节之印记，知此为习苦斋中翻阅之本，尤足珍也。西津记。”

敬事草

《千顷堂书目》卷二十六："万历四十七年乙未科，孔贞运《敬事草》五卷，又《行馀草》十卷。字开仲，句容籍，池州府建德人，太子太保礼部尚书兼文渊阁大学士。"此残卷存二之四，凡三卷，余检得之于北京来薰阁肆后残书堆中，蠹损已甚，今日理书又见之，乃逐叶去其碎屑，逐蠹鱼数条，藏之樟木匣中。此秘册也，诸家藏目俱未有此，《禁书目》亦不收，疏草中"奴""虏"字屡见，实为晚明史一秘册也。辛卯二月初四日记。

《明代版刻综录》云，此为胡曰从刊板，板心下有"十竹斋"三字，此本无之，不知是一是二，姑漫记之。癸亥十一月十三日，晴窗。

《敬事草》五卷，孔贞运撰。崇祯刻，九行，二十字。白口，单边。存三卷，卷二为视学恭记，制策，馆课；卷三为奏疏；卷四为经筵讲章。收藏有"骆弘室印"（朱方）、"字仲□"（白文套边方印），明人印也。

铁庵诗稿

三十八年春三月廿二日，雨作，微寒，饭后于传薪观书，检得此残本一册。黄裳。

铁庵不知谁何，书绝罕传，世无著录。卷中所记游踪，多在蜀中。刊刻当在万历初元，或是蜀刻。辛酉八月初二，热甚，展书重记。得此已三十二年矣。黄裳记。

《铁庵诗稿》，存卷二。明刻本。八行，十八字。白口，四周双边。

赐馀堂集

此嘉善钱士升集，刻于乾隆中。原目云卷八之十嗣刻，恐终无全书也。集绝罕传，所收尺牍二卷最可读，明末政局所记甚详，有致祁彪佳、钱谦益诸札，多存故实。其答瞿起田书云："时事至此，言之痛心。以今日人事，参之天道，征之史册，万无不乱者。直争旦晚耳。"其议论沉重多类此。士升所撰《表忠记》，余藏崇祯刻本。又有所刊梅道人遗墨。此册得之海上，颇快意也。丙申小满前二日，黄裳记。

今晨阅报，惊悉西谛于三日前飞苏途中因飞机失事死，悼惜之余，为之累日不怡。余交西谛于今十六年矣。忆十一年前春晗辟地来沪，曾与西谛、圣陶、予同诸公陪之为苏州之游，木渎会饮，城内观书，春晗饮甚豪，西谛亦复健于饮，每与余倾怀轰饮，相顾而笑曰，座中最少年也。此境宛如昨日。解放后曾访之于北海团城，方居斗室，暗如夕。有大案，所陈皆古物，座后有绿漆铁柜，开之，取一长卷出示余，为唐无款青绿长卷，惊心动目，历年久，绢素脱落。西谛曰："此卷观一次即少一次，今珍重为君开之。"余时携宋板宋印《尚书图》一册，西谛强为国家图书馆留之，余亦脱手相赠，此状亦如昨也。后即不复更遇，只时时于友人许得其问讯，今竟死矣。西谚兴甚豪，对祖国文物有挚爱，性复脱略，喜为巨业，往往不能终事，亦以此多启研究之端，十年来文物之救于其手者无限，今后遂失此人，亦国家之不幸也。人生如风雷电火，何事不可作解脱观。掷笔爽然。秋阴向晚，弄笔为此，以为纪念。戊戌重阳节日，来燕榭记。

《赐馀堂集》十卷，卷八以下嗣刻。嘉善钱士升塞庵著，曾侄孙家堅、元孙佳编校。乾隆刻，十行，二十三字。白口，左右双边。首史官陆奎勋《明史列传》，乾隆四年陆奎勋序，徐石麒纶扉奏草原序，李陈玉原序。目录。

选诗补注

此残本《选诗补注》尚是明初旧刻，余二年前得于姑苏旧肆，同得者为嘉靖养吾堂本八卷，为朱竹垞、项药师两家旧藏，置于桃花坞寓，未尝携归。今始寄来，因题记焉。时戊戌六月十四日，四十明朝过矣。黄裳。

此残卷偶得之姑苏旧肆，未措意也。后为盗掠，于今将十年矣。一日归来，为付装池，楚楚可爱。此二卷中所收汉诗名篇及魏武、陈王诸作皆佳制名作，暇日讽读，亦快事也。此刻罕传，远逾养吾堂本，更可珍重。秋雨初霁，灯前记此，时庚申七夕。小燕黄裳。

《明代版刻综录》著录此书云，弘治十四年王玺刻。玺字仲信，庐陵人，弘治九年进士。海盐令。行款俱合，不知即此本否。甲了中秋前日。

《选诗》八卷，存卷一之二。上虞刘履补注。明初刻，十行，二十字。上下黑口，四周双边。至正二十三年金华戴良风雅翼序，至正乙巳夏时序，凡例，目录。收藏有“易安斋”（朱方）。

太平御览

明钞《御览》一册，精整可爱。非寻常明人恶钞比也。二十年前偶然拾得，今日成珍物矣。感慨记之。甲子白露后一日。

《太平御览》存卷二百一之二百十，皮纸蓝格，明人写本。十二行，二十二字。四周双边。

露华榭词

此卷中多与频迦倡和之作，当是当年手赠之册而频迦加题者，可珍也。原刻亦极罕见。乙丑七月廿九日，溽暑始退，弄笔记此。黄裳。

《露华榭词》一卷，元和张诩渌卿撰。嘉庆刻，十行，二十四字。白口，左右双边。嘉庆辛酉吴锡麒序并题辞。收藏有“祥伯”（朱方）、“郭十三”（朱方）。有郭麐墨笔跋：“庚午八月初二日，渌卿寓吴门，相见，出此见视，盖别已十余年矣。人生岁月，可把玩耶。读竟凄然，因书其上。频迦。”

庚午八月初二日漾卿過吳門相見出此見貽蓋別已十餘年矣人生歲月可把玩耶讀之悽然因書其上 頻伽

摸魚子

讀漾卿露華榭詞兼寄頻伽

錢塘吳錫麒穀人

付香絃一聲一咽尋常歌吹全洗扁舟聞道西泠返割取半湖
烟水清到髓定慣約沙鷗吟遍斜陽裏閑愁陡起正雨釀梅酸
風飄楝苦并作此情味　相逢好屈指詞流能幾玉田標格差
擬天涯幾日餘花落依舊送君千里帆去矣惹將老垂楊無限
相思繫黃昏更記記越酒涼邊停鐙覓句有客小門閉

露华榭词

若庵诗馀

壬辰立夏前四日，得此《若庵集》二本，仅存三、四两卷，词及停骖随笔获全，可重也。少翻阅读之，词笔纤浓，不愧名家，当在蛟门、西樵之间。同得尚有郭棐《酉阳正组》残本一册，皆罕见书，喜而记此。黄裳。

余收清人词集颇富，亦多附全集末者，此虽残卷而词集获全，可以单行，遂重装藏之，以为清初词家一种。甲午腊月初五，夜灯下坐雪记。

若庵此集颇有与楝亭倡和之什。周玉言兄搜曹家故实甚勤而未见此。当寄之钞存，或于考证小有裨益也。甲辰二月初二日，重检书记。

《若庵集》四卷，存卷三《诗馀》，江南程庭且硕撰。康熙精写刻本，十行，十九字。白口，左右双边。前有丁酉长至泸州先著序，目录。

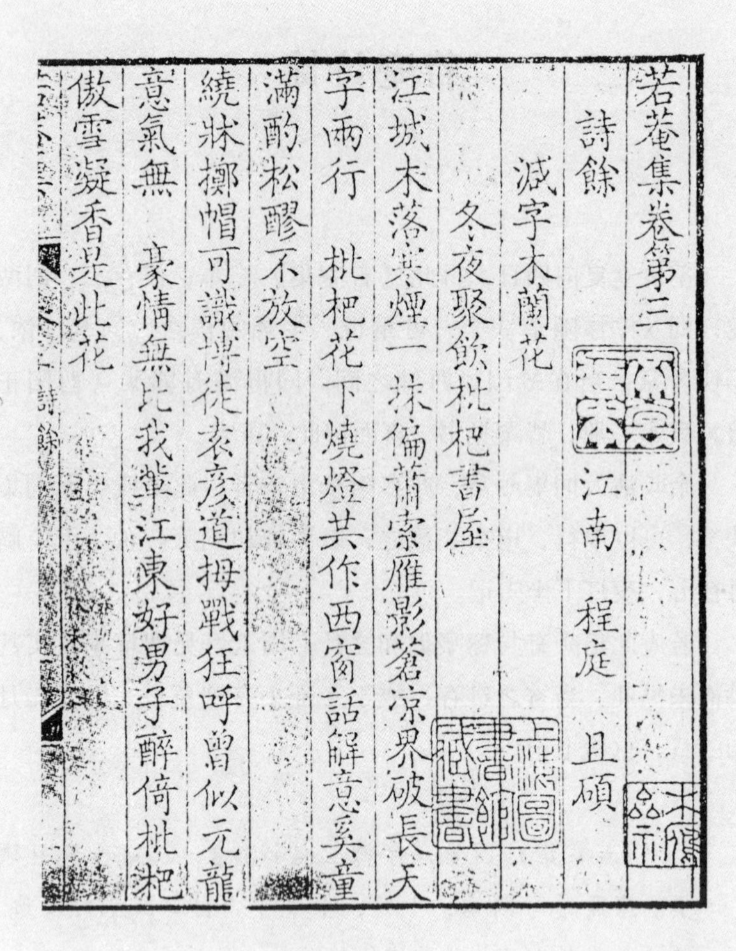
若菴集卷第三

詩餘　　江南　程庭　且碩

減字木蘭花

冬夜聚飲枇杷書屋

江城木落寒煙一抹偏蕭索雁影蒼涼界破長天字兩行　枇杷花下燒燈共作西窗話解意奚童滿酌松醪不放空

繞牀擲帽可識博徒袁彥道拇戰狂呼曾似元龍意氣無　豪情無比我輩江東好男子醉倚枇杷傲雪凝香是此花

若庵诗馀

厚语

癸巳十一月廿七日湖上收，黄裳记。

此本罕传，杂辑元明人嘉言逸行，其四卷为“容德之厚”，前有小引，略云：“拙逸者曰，书称有容德乃大，容德自古难之矣。……若录中所载，有甚违忤而置若罔闻，量何如者。嗟乎，历观先哲，量大而福亦随之，人之贵宽厚也，明矣。”可见一斑。

《厚语》四卷，海盐钱蓑萃编。万历刻，九行，十九字，白口，左右双边。

嘉业堂明善本书目

嘉业堂收书当清末民初之际，江南故家藏籍流散最频，主人豪於资，所得甚富。然宋元无何精本，不无泥沙杂下之讥，明刻善本则极富也。此目刊成于抗日战争中，流传绝罕。数月前市上出十许册，攘取立尽。余得讯晚，已不果收。即向翰怡先生索之，今蒙以一册见贻，可感也。嘉业堂全目忆曾见一油印写本，较此为多，亦不易得。其书散于劫中，战后余过市，尚在文海书店见之，亦得其精本不少，今阅此目，不无故友重逢之乐。因遂跋此。乙未中秋前二日，黄裳识。

漫阅一过。以史集二部最多秘册，明人别集有五百五十八种，半皆未见之书，可谓富矣。又识。

嘉业藏书楼明刊本书目四卷，活字本。前有民国二十九年歙吴悔序，中华民国廿九年褚德彝序。有翰怡先生手书题赠，钤“翰怡”朱文方印。

荛圃藏书题识续录

此《荛圃藏书题识续录》四卷，余前已有宣纸墨印一部，随手札记书眉，颇嫌零杂。今见此蓝印本又再续录一册，喜而并得之。王大隆君留心乡邦文献，刊八年丛编，又刊木成此两集，为近代少有风雅俦侣，今后恐难继武，念之怃然，漫记首简。辛卯二月初五日，黄裳。

近估人以海宁钱氏所储精本一批介余往观未果，今日又携一单来，中有宋板《定浩和尚语录》一册，后有荛翁跋，又顾涧蘋、吴兔床跋，偶忆此续录中有语录一种，却是元刻《元叟和尚语录》，名目不同，或是逸出题识之本，姑记于此。钱氏所藏尚有柳如是手写《断肠集》，有牧翁跋；旧钞谈迁《国榷》；傅节子手写《明末五小史》；《拜经楼未刻稿》十册；钱泰吉、吴兔床校《周布衣诗稿》十本；劳校《海宁州志稿》十六本；万历《海宁县志》等，索价不昂，当勉致之。姑先记此。辛卯二月廿六日，黄裳。

此荛翁手书跋尾册页，凡三纸。得之估人许。画已不存，尚有李福子仙诗一叶，顾蓄跋一通。黄跋卷首钤江夏朱文小方印，后款下钤“黄印丕烈”白文方印，“荛圃”朱文方印。

书作行草，颇不经意。人多不之信，余独以为真迹。杨寿祺得之姑苏，用六万金，却索余三十万金以去，约白米石半也。闲窗无事，辄录其文于此杂著书眉。又曾见荛翁手校嘉靖本《庾开府集》一册于温知书店，亦未辑入书跋中者。辛卯九秋廿六日灯下书。

附：

黄丕烈题丁纫兰梅花谱

余喜蓄书而不喜书画，故所蓄书画绝少。然遇书之兼法书名画者，亦间收之。书之兼法书者或名人写样，或名人题跋，尚所易得。惟名画则希有。余所藏书，顾恺之《列女传图》外，仅得宋器之《梅花喜神谱》一书，可云得未曾有。其梅花共一百枝，自蓓蕾以至就实，靡不穷形尽相，写梅之喜神，此谱之所由名也。余每持示同人，遇识者以为宋人画梅类如是。杨补之、王元章辈，其真迹尚有流传于世者。取证是谱，若合符节。俗子不知古法，见是谱辄訾之云，梅花何尝如是。此真少所见多所怪矣。余内侄丁纫兰读书学医，偶以暇日，殚其心于画梅，久而得其神，创为一谱。分花干而二之。花之谱有八十一种，干之谱有三十二类。出以示余。余一见称异，以为器之后得一替人，余告之故，纫兰即索观其谱，亦啧啧称道不置口。则纫兰之与器之，大抵以神遇而不以迹求者，其亦可相赏于无言也耶？顾纫兰之谱，欲求余一言为弁首，则余虽非知绘事者，不可以无文辞。因忆潜溪先生云，古人鲜有画梅者。五代滕胜华始写梅花白鹅图，而宋赵士雷继之，又作梅汀落雁图，厥后邱庆馀、徐熙辈皆傅五彩，仲仁师起于衡之花光山，怒而扫去之，以浓墨点滴成墨花，加以枝柯，俨如疏影横斜于明月之下。逃禅老人杨补之又以水墨涂绢，出白葩，尤觉精神雅逸，梅花至是益飘然不群矣。潜溪详画梅之原如此。今纫兰之谱，全用花光遗法，墨花点滴，枝柯横斜，真能得其神似。恐雪岩之谱不得专美于前，他日命良工镌木以传，家置一编，安知后之视纫兰不犹今之视器之也。请以余言为券云。嘉庆岁在丙寅十月十日，荛翁黄丕烈书于县桥之百宋一廛。

《荛圃藏书题识续录》四卷《荛圃杂著》一卷，长洲黄丕烈撰，吴县王大隆辑，癸酉秀水王氏学礼斋刊。首石韫玉秋清居士家传，目录。后有癸酉（一九三三）王大隆跋。蓝印本。

清真集

此徐积馀过录大鹤山人手批《片玉词》，甚精好。余旧见之于沈某许，索直甚昂，未能便得。近其人又以书出，价大减，因携归藏之。余绝好周美成词，却憾无旧本。三月前南海潘氏书归公，曾得展观。见南宋建阳刻《片玉词》二部，中有朱古微校签。此本未知已据入否。壬辰二月初二日。

此本买得后即杂置书丛，百寻不获。意已失去矣。今日偶于书架后得之，喜甚。前跋所云徐积馀过录，殆误。此不知出何人，而写手极精，当请通人一断之。甲午腊月初五，夜雪，坐来燕榭记此。

此本收得二十年矣。终不知过录出谁何手，颇疑与费寅手迹相似而更工致也。因取费校干顷堂目比观，点画之微，俱出一手，可无疑矣。寅硖石人，馆适园张氏最久，与翰怡亦有旧，其借校嘉业堂本盖常事也。庚戌四月廿八日，晴窗展书漫记，试乾隆吴玉山薇露浣墨书。

《详注周美成词片玉集》十卷，题庐陵陈元龙少章集注，建安蔡庆之宗甫校正。有两宋本。十行，十七字。注文双行，行字数同。细黑口，左右或四周双边。宋讳仅慎字缺笔，是南宋中期建本。另一宋刻系覆本，卷五注文颇有改订。一本黄丕烈校跋题诗，一本即朱古微校刻底本。二书皆有李木斋跋，后由袁寒云转归南海潘氏。一九五二年归北京图书馆。余曾见之，惊心动魄之物也。庚戌四月杪。

郑叔问原批本藏吴兴刘氏。嘉业堂书散，群籍零落市上。余曾索全目於估人，索此校本，已先售去，为之惘惘。今得此移录本，遂弥此憾，可喜也。二月初三日更书。

《清真集》二卷，补逸附，校后录要一卷。宋周邦彦美成撰。光绪郑文焯刻本。海昌费寅景韩过录郑朱王批校本。费氏手跋云："四印斋景刻明钞元巾箱本清真集二卷、集外词一卷，大鹤山人校勘圈点，朱墨灿然。又石芝西堪校订清真词稿本一卷，王半塘朱古微加识眉端，并藏吴兴刘氏嘉业堂，借录一过，汰其重复，竭三日之力毕之。注原次于调名之上，录王跋于毛跋之后，分卷分类，概加标识，以存王刻真相。民国二十一年十月十五日录讫记。"

冯梦华《宋六十一家词选》卷四《片玉词》若干阕，加圈眉端为识。人鹤山人批校为此本所无者，后照录之。后二十日再记。

红萼轩词牌

丙申立夏前三日，重收复本。椠印俱精，至可爱玩。黄裳小燕夫妇记。

丙申五月十二日装毕，检书入库，挥汗记。

此本余旧有一帙，缺失数番。近又见此，与顾天石《草堂嗣响》同收得，首尾完俱，大是快事。余收诗余旧本颇富，清初旧刻，几近廿种。孔传铎兄弟集原刻亦入箧藏。清初词流，毕集斋头。春晨展卷，烦虑都去矣。丙申立夏前三日。

此本所选皆佳制，戋戋小册，读此一编，宋词之妙毕见矣。此册原订三册，付工重装为一册，用旧朱红洒金笺覆面，系自元版林尧叟左传取下者，亦乾隆中物也。装毕漫识。丙申五月十二日挥汗书。

《红萼轩词牌》三卷，康熙精刻本。每半叶一词，四周花边，各各不同。行款亦不一。扉叶书“词坛雅致”四字。前有阙里孔传铎振路甫书并题之诗余牌引；东吴顾彩湘槎红萼轩词牌序。每卷以小令中调长调分。前各有目。卷尾有阙里孔传志西铭氏跋。

金粟影庵词

此《金粟影庵词》，巾箱小册，套印绝精。刊刻与《罗两峰集》及《自怡轩词谱》颇同，一时钱塘开板风气类如是也。近得旧本诗余五十许种几三百册于侯官林氏，精本不少，此则其中之白眉也。词语亦清丽，漫阅一过记。乙未九月十五日。

己未立春后二日，重阅题记。今日藏墨归来，试汪节庵海桐书屋墨书此。黄裳来燕榭灯下记。

《金粟影庵词初稿》，钱塘顾澍佯橥撰，乾隆精刻巾箱本。七行，十五字。每半叶套印双边。前有乾隆五十年乙巳秋七月毗陵钱维乔书于小林棲序，后有乾隆乙巳甬上范永祺跋。

乐府补题

此《乐府补题》一卷，南宋遗民卷怀故国，借咏物发之，汇为一编，清初曾两刻之。蒋京少本未之见，此为郁氏陛宣所刻，亦杭人藏书之有名者。所据原本大佳，流传甚罕。清初浙人数数刻此，其意可知，三年前杭估携此见售，重展记之。戊戌四月廿三日。

此小册蛀裂颇甚，无人装池，甚憾惜之。旧友曹有福君今岁回苏州度岁，因检付之，乃装成归余，楚楚可观矣。曹君已七十四，然尚能装书，老健可喜，亦十年旧友矣。余家书经渠手治者何止千册，皆精妙。展书记之。癸卯落灯后二日，黄裳。

《乐府补题》，乾隆刻，八行，十七字。上下黑口，左右双边。前有乾隆二十五年暮春之初仁和倪一擎书于有真意斋序，次目次。

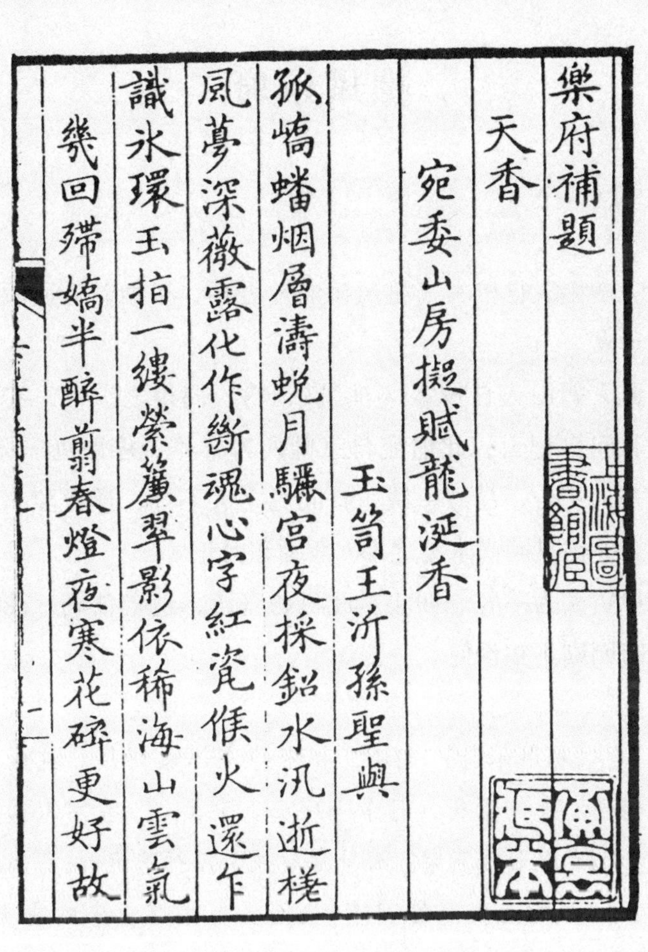

樂府補題

天香

宛委山房擬賦龍涎香

玉笥王沂孫聖與

孤嶠蟠烟層濤蜕月驪宮夜採鉛水汛逝槎風夢深薇露化作斷魂心字紅瓷候火還乍識冰環玉指一縷縈簾翠影依稀海山雲氣幾回殢嬌半醉翦春燈夜寒花碎更好故

乐府补题

樵风乐府

大鹤山人自校本《樵风乐府》九卷，丁酉新春所收，来燕榭珍藏。

此大鹤山人自校本《樵风乐府》，偶得之沪市，甚自得意。叔问自记云，此伯宛自京师所寄样本，序跋尚未附入。曾闻友人见告，昌绶一跋，叔问见之大不怿，遂致隙末。不知信否，岂其时尚未见之耶？丁酉正月记。

甲寅实为一九一四年。此仍题宣统，遗老伎俩，往往如此。晦园则不知谁何。

《樵风乐府》九卷，高密郑文焯叔问撰。吴氏双照楼刊。半叶十行，行十七字。上下黑口，左右双边。板心下有双照楼三字。扉叶后有篆文双行牌记云："岁在癸丑仁和吴氏双照楼刊。"叔问墨笔校字。扉叶有自题："此故人吴伯宛孝廉自京师见寄样本。新旧叙文并未及刻。且末卷踳驳独多，爰校一过，略为订正，加墨简首。大鹤附记。"下钤"鹤语"朱文方印。

又一题云："宣统甲寅冬孟，持赠晦园主人鉴正。"

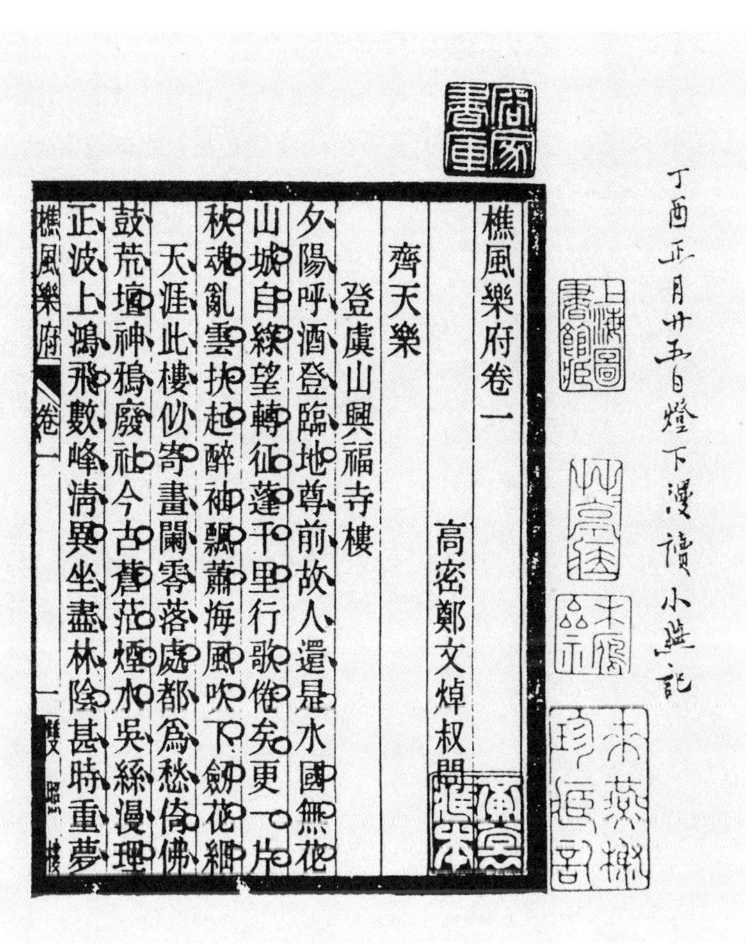
樵風樂府卷一
高密鄭文焯叔問
齊天樂
登虞山興福寺樓
夕陽呼酒登臨地尊前故人還是水國無花
山城自綠望轉征蓬千里行歌倦矣更一片
秋魂亂雲扶起醉袖飄蕭海風吹下劒花細
天涯此樓似寄畫闌零落處都爲愁倚佛
鼓荒壇神鴉廢社今古蒼茫煙水吳絲漫理
正波上鴻飛數峰清興坐盡林陰甚時重夢
樵風樂府卷一
丁酉正月廿五日燈下漫讀小洪記

樵风乐府

下钤“樵风遗老”白文方印。

卷九末，墨笔题“右茗雅四卷。始壬寅讫辛亥。旧稿凡一百七十三首，删存一百十首”。

燕香词

芙航诗樾精刻本曾数见之而未收，此《燕香词》却罕传，殆别刊者，当在乾隆初叶，见之侯官林氏所藏词中，已为估人索归矣。后数日，更见于肆中，仍得之归。恐交臂之失，未能更得也。林氏藏词多至九百许种，三千余册，索直殊昂，一时未能多得，只选康熙乾隆二朝刻本，余卷当俟续收。而零散售去者亦所难免，却为资力所限，不能救矣。跋此不禁怅然。乙未霜降后二日，黄裳记。

《芙航先生诗余钞》，南兰陵杨士凝妙合著，百花村许玉基山立评。乾隆刻，十一行，二十一字。白口，四周双边。板心题“燕香词”三字。前有上章涒滩绳庵刘纶序，次目录。收藏有“徐乃昌马韵芬夫妇印”（朱文扁方）、“讱庵经眼”（白方）。

秋莲子词前后稿

此册为友人假去，于今四年。近始移书索归，故剑之情，念之无已。书籍乃身外之物，然贪惜之念，终不可捐。然其间又往往关涉世态人情种种，皆大千世界中空花幻影，细细观之，亦甚有趣也。此册罕传之至，太平天国之役，书板即化作柴薪，天壤间未必更有数本。西御词可存，何时当为重印，俾化身千万，庶不负此系恋之情。今冬无雪，今日始六花飞舞，竟日未止。夜饮微醺后灯下漫书。壬寅正月初九日，黄裳记。

王西御词集罕见难求，见于北平图书馆善本乙目。偶然入手，最为得意。乃一为蒋某假去，索而得还；未几又沦盗窟十年，靳而不出，近始还来。一书之微，而几度沦失，俱得珠还，书卷恋人而不忍去，真堪叹息。癸亥冬至前一日雨，展书记。

《秋莲子词》前稿一卷，后稿二卷，仪征西御王僧保撰。道光刻，十行，二十一字。白口，左右双边。前有自叙。目录，又词林丛著总目，云嗣刊。共四卷。为

秋蓮子詞稿三卷

道光己酉十一月刊 熙載書耑

秋莲子词稿

学词纪要、词律参论；词律调体考证、词律缺收调体补；隋唐五代十国辽宋金元词人姓氏爵里汇录、词评所见录，词林书目；松西书室词选正副编。卷尾有道光丙午倦翁跋，汪正鋆跋，汪奂之跋，汪冬巢跋，蒋志凝跋，道光丙午包慎言跋，姚东之跋，符保森跋。黄承吉、梅植之、谈怡曾、汪潮生、孔继镤、王寿题词。前有吴熙载篆书扉叶，云："道光己酉十一月刊，熙载书首。"收藏有"谈蓉□藏书印"（朱长）、"谈氏锡山书屋"（白文扁方）、"积学斋徐乃昌藏书"（朱长）。

乐静词

此俞阶青词，平伯手书上板者，有一印。惜刊工未能传其妙趣也。丁酉四月十八日，与俞佩珣《汉砚唐琴室诗》《絮影楼词》一册同得。黄裳记。

《乐静词》，德清俞陛云阶青撰。一九二九年刊。半叶十行，行十八字。白口，四周双边。卷尾一行云："己巳中夏男铭衡敬书讫。"下钤"平伯"二字，朱文小印。扉叶朱印"婿许宝蘅敬署"，摹沇儿钟静敦曶鼎文。卷中有"金缕曲"一题，小序说红杏青松卷子事，可备宣南掌故。小序云："题京师枣花寺所藏青沟禅师绘红杏青松卷。禅师官明崇祯朝副将，随洪承畴出关。易代后弃官为僧。是图盖隐寓松杏山之战，纪亡国之悲也。卷长三十余丈，二百年来名流过客，题咏殆遍。或流连光景，或托讽微言，少赋其事者。甲子夏五，宗子戴姊丈自江南来，偕游萧寺，展卷移晷。归寓赋此，未题卷上也。"

红杏词

丙申上元得此于侯官林氏。有焦里堂藏记手迹，传本亦稀，可珍重也。来燕榭坐雨书。

数月前于古董铺见陈曼生信笺数通，皆致李白楼者。娓娓数千言，大意为规其勿寄情烟花，当留心家计。情词恳挚，且言明知不为白楼所喜闻，然仍必欲言之。诸札委曲尽情，白楼寒士，家计米盐琐屑，一一道尽，读之令人意动。白楼似后终与曼生隙末，其中委曲，不能尽详。因附书此卷末，以为掌故。此卷无与曼生唱酬之什，或不为无因也。乙巳十一月初六日。

《红杏词》二卷，仁和李芳湛光甫撰。嘉庆刻，十一行，二十一字，白口，左右双边。板心下有小石梁山馆五字，首目录，松霭周春、谷人吴锡麒题词。扉叶墨书一行云："辛酉午日李白楼赠"，侧有墨书一行："辛酉午日李白楼赠八字为焦里堂先生墨迹。青岳记。"收藏有"焦氏藏书"（白方）、"程氏珍藏"（朱方）、"积学斋徐乃昌藏书"（朱长）。

《天一阁被劫书目》前记

宁波天一阁藏书的编目工作，可能是从明嘉靖中范钦自己的手定本开始的。焦竑的《国史经籍志》所著录的二卷本《四明范氏书目》应该就是此本。稍后就有《澹生堂书目》所著录的二册四卷本。这是一个万历中的写本。从祁承㸁《澹生堂集》卷十三的《戊午历》（万历四十六年，一六一八）中，可以看到这样的记载：

> 四月十五日。得范元辰年兄寄示天一阁书目，并见贻司马文正公稽古录。

可见这个四卷本书目也是从范家流传出来的。其时阁书当陆续有所增益，内容当比二卷本更为丰富。当时祁承㸁正在进行《两浙古今著述考》的编写工作，这四卷书目应该是他的重要参考书之一。再少后，黄氏《千顷堂书目》也著录过一本，内容不详。黄宗羲在康熙十二年癸丑（一六七三）登楼观书，曾“取其流通未广者，钞为书目”（黄宗羲《天一阁藏书记》)。这只不过是一个简目。“凡经史地志类书、坊间易得者，及时人之集、三式之书，皆不在此列。”黄宗羲的这几句话，是很能代表历来正统派藏书家的看法的，他实在很不能理解范钦的收书原则。这个简目很快就流传开去了，只是徐乾学就誊去了好几本。后来范家又据这个简目增补重定，写为一目，请黄宗羲在前面写一篇《藏书记》。这是范氏自己所订的第三个书目了。

以上四五种书目，今天都无法看到了。《玉简斋丛书》二集有一个不分卷的《四明天一阁藏书目录》，底本是个旧抄本。内容近于按厨登记的书账，但所收颇富。《西谛书目》又有清宋氏漫堂抄本《天一阁书目》一册，应该也是康熙中的抄本。看来它们都和黄宗羲的《简目》和据以丰富补充的范左垣重编本有着一定的关系。这个玉简斋本是我们今天所能见到的第一个阁藏重要目录。再往后就更有：

(一) 嘉庆十三年(一八〇八)阮元文选楼刻十卷本(附碑目一卷)；

(二) 刘喜海编十二卷本(有稿本和传抄本)；

(三) 赵万里藏无名氏编，内容介于阮、薛之间的一本；

(四) 光绪十五年(一八八九)薛福成刻《见存书目》四卷本。

这四个本子中间有两个刻本，是流通最广的。刘喜海本未见，据说是：

> 此目纂辑在阮薛二目之间，与二目多有异同，且足补薛目之阙。系刘喜海服官浙中时，登阁览书，所辑成者。(《文澜学报》第二卷，第三、四期合刊，三八〇页)

刘喜海是著名的金石家、藏书家，平生很喜欢传写书目，他的主要活动时期是嘉庆道光之际，约略与阮元同时。如果试取以上几种本子比勘一下，就可以看出，在几个不同时期，随着时间的推移，阁书一直在那里减少、亡失下去。近两百年中间，那损失是惊人的。而其流散的原因，则是多种多样的。据赵万里先生在《重整范氏天一阁藏书记略》一文（《国立北平图书馆馆刊》八卷一号）里所说，有这么几种原因：

> （一）由于修《四库全书》奉命进呈而散落的清乾隆三十八年浙江巡抚三宝，从范懋柱手里，提去了不少的书，据《四库提要》及《浙江采集遗书总录》计算起来，共有六百三十八部。……《四库全书》完成后，库本所据之底本，并未发还范氏，仍旧藏在翰林院里。日久为翰林学士拿还家去的，为数不少。前有法梧门，后有钱犀盦，都是不告而取的健者。转辗流入厂肆，为公私藏家收得，我见过的此类天一阁书，约有五十余种。
>
> （二）由于乾隆后当地散落出去的……卢氏抱经楼，为前清一代四明藏书家后起之秀。他的藏书里最著名的

一批抄本《明实录》，就是天一阁的旧物。此外宁波二三等的藏书家，如徐时栋、姚梅伯之流，以及到过宁波做过官的，如吴引孙有福读书斋，沈德寿抱经楼，都有天一阁的细胞在他们藏书里称霸着。……

看来这第二种因素的破坏性是更严重的。封建地主阶级，以皇帝为首，都一直觊觎着这个重要的书藏。他们用明暗种种手段，对阁书进行着掠夺。在这种大规模延续的进攻之下，范钦手订的极为严厉之封建的藏书规条，显然失去了作用。

《薛目》后面有范彭寿的一篇跋文，透露了一个值得注意的新情况。伴随着中国社会的半封建半殖民地化，天一阁藏书也陷入了新的不幸。掠夺者已不只是封建地主阶级，更挤进了凶恶百倍的帝国主义势力。范彭寿虽然用仇恨的心情想把责任推在太平天国革命者的身上，但仍然不能掩盖事实的真相：

咸丰辛酉，"粤匪"踞郡城。阁既残破，书亦散亡。于时先府君（讳邦绥，咸丰丙辰进士，四川即用知县）方避地山中，得讯大惊。即间关至江北岸。闻书为洋人传教者所得，或卖诸奉化唐岙造纸者之家，急借资赎回。……

事情十分清楚。"洋人传教者"不像封建地主的学究们那样冬烘，只着眼于正经正史，他们是特别看中了天一阁收藏的丰富史料，地志……的。他们没有错过这个机会，狠狠地插进手来。

这个新加入的掠夺者的“气派”越来越大，手段也愈来愈“巧妙”了。他们后来并不亲自出面，自有一批为之服务的代理人应运而生。他们的掠夺面的广阔也绝不局限于古籍，掠夺对象也不仅限于天一阁。天一阁新的不幸命运，就和这些“洋人”分不开来。

且看“薛目”以后出现的另几种目录。

（一）《目睹天一阁书录》四卷，林集虚编。一九二八年木活字本。

（二）《重编宁波范氏天一阁图书目录》，杨铁夫等编，一九三二年油印本。

（三）《鄞范氏天一阁书目内编》十卷，冯贞群编，一九四〇年铅印本。

如果用“冯目”和“薛目”对比一下，那损失是十分可惊的。那原因，赵万里先生说：

由于民国初年为巨盗薛某窃去的，这一次是天一阁空前的损失，至少总有一千种书散落到阁外。阁中集部书，无论宋元明，损失最多。即明季杂史一项，所失亦不在少。《登科录》和地方志，去了约有一百余部。辗转由上海几个旧书店，陆续售归南方藏书家。……

这次的损失是空前惨重的。偷窃转售经过也有种种传说，曲折离奇。据说得到这批书的书店，本来是专门作日本人生意的，这批书的目录也已编好，准备寄出了。不料事情败露，只好就地卖给上海的几位著名的藏书家。这就说明，在当时某些书商看来，洋人才是第一流的好主顾，本国大地主大资产阶级已经降至次要的地位。卖书给他们，是“不得已而求其次”了。

在“薛目”和“冯目”之间，照例也应该有一个“桥梁”，那应该就是这次的被盗书目。

《西谛书目》著录《天一阁失窃书目》一种，缪荃孙撰，抄本，二册。前有缪序：

> 天一阁藏书，自明嘉靖间至今，几四百年。吾国藏书家当以此为最久矣。民国三年，有贼雇木工数人，夜登阁顶，去瓦与椽。缒而下，潜入阁中，为大规模之盗书。将书藏入皮箱中，至夜间运出。如是者数十日。将阁中藏书盗出约十分之八，售于上海各藏书家。其后范氏子孙获窃书贼根究，各书贾之买此书者，涉讼经年，一无所得。兹将调查此次天一阁所失各书，存其目录于左，以备参考。亦藏书家之一掌故也。艺风老人志。

粗略地分析一下这个书目以后就可以看出，它首尾完整，共收书一千三百余种。但真实性却是值得怀疑的。缪荃孙并不曾仔细说明他的“调查”经过。但照那目录的编制、内容，可以看出是以“薛目”为底本，把当时阁中劫余存书一一涂去，再加清抄而成。体例、小注，无一不与“薛目”吻合，甚至连每一类后面的“右××类××部，全×部，××卷，内×部无卷数……”也都照抄无误，并未清点已经去了几条，尚余几部。因而往往出现书目只存寥寥几种而结账还是“薛目”原数的情况。这个看来相当完整的“失窃书目”，竟是不大靠得住的。

原来缪荃孙就是给窃贼和书贾带来了“麻烦”，使他们的罪恶勾当未能顺利进行的人物。

据说当时缪荃孙听见阁书被盗的消息，兴冲冲地赶到书店里去要求看书，却受到了拒绝。他大怒了，写信通知了范家，这就引起了一连串的查问、追究。这样，缪荃孙自然不可能从书商那里获得任何情况的，他只能间接地采用上述的办法进行“调查”，结果就是那两本“失窃书目”。

好几年前，偶然看到来青阁书店清理积年旧书堆时发现的一包有关文件。这是一大包书账，有写在红格账簿上的，有写在白折上的，也有有光纸的单篇零页。有的内容较详，记下了版本情况，完整与否，以至书价；但大半仅是简单的一个名目。此外，记得还有当时因为涉讼请律师的委托书照片。曾匆匆抄下了一份草稿。

经过研究，这一批书单上记的确是从天一阁楼上弄出来的东西。有些见于账单上的书，曾经看到过实物，账上所记的名目、完缺……无一不与实物一致。有的书则见于各家目录。前引赵万里先生文，谈到这批书的下落时说：

> 当时以吴兴蒋氏收得最多，号称孤本的明抄《宋刑统》，就在里头。现在蒋氏书散，整批明别集，流归北平图书馆。其他登科录及明季史料书，则归商务印务馆，在一二八沪战起时，作了日本飞机队的牺牲品。此外我们认识的上海苏州几位藏书家，也都有少数天一阁的遗藏分布着。在我日记簿里载下来的，此类书已经超过了五百种。

赵先生所说的《宋刑统》，虽不见于这批账单，但先为吴兴蒋氏所得后归北平图书馆的大批明人别集，却十九在账单中。取校两家原目，正是若合符节。而赵万里先生在《从天一阁说到东方图书馆》和《云烟过眼新录》两文中所记诸书，也都能在这里得其踪迹。这就证明这批旧书账确是当年匆匆留下的草目。自然，这些书账里记下的并非全豹。因为来青阁并非首先、也不是惟一收买这批赃物的书店。同时，各种书账并非抄于一时，其中重复的情况也是有的。但天一阁藏书往往有复本，有的甚至多至十许部。这种情况在这里也有所反映。我就曾前后看到两部嘉靖蒋孝移斋刻本陶集，一完一缺，却都是绝阔大初印的白皮纸本，验其书根款式，无疑都是阁中旧藏。鉴于这种种复杂情况，就根据这些书账陆续整理写成一个清目，稍加排比，大致以类相从，内容全照原样，其有校注或增益，别加〔　〕号以别之，册数、书价，也照样保留。因为这是进行鉴别时的重要依据，同时也能看出当时的古书价格和收藏风尚。不无史料价值。

这个书目虽然很不完备，但从中可以看出天一阁藏书的特色和被盗劫损失的严重。明季的史料和明人别集——也就是范钦生存时期的当代史料和文学资料——特别丰富。这种特色，确是天一阁所独有的。在当时，甚至以后一个很长时期中的藏书家中很少看到。赵万里先生在《记略》一文中曾经说起：

> 当年范东明选书的标准，与同时苏州派藏书家，完全采用两个不同的方式，他是“取法乎下”的。明以前刊本书籍，很少受他收容，除了吴兴张氏藏的宋小字本《欧阳文忠公集》是天一阁旧藏外，很少有此例外。惟其如此，明人著述和明代所刊的明以前古籍，因他保存了不少。换言之，天一阁之所以伟大，就在能保存朱明一代的直接史料。

其实不只是苏州派的藏书家，就用明代浙江著名藏书家祁承㸁的看法来对照一下，也就很容易看出范钦收书的特色了。

祁承㸁《澹生堂集》卷十八《尺牍》中有《与潘昭度》一札，谈自己的收藏旨趣极详尽。他说：

> 所以每遇古人书，便须穷究其来历。大约以《文献通考》及《艺文志》所载者为第一格；次之则前代名贤之著述；再次之则近代名贤之著述。然著述之中，以表章九经为第一格；次之则记载前代治乱得失事；再次之则考证古今闻见所未及事。若只以诗文鸣于时，无论近

时，虽前代亦不足甚珍。

这里所说的收藏标准是很明确的。它其实也代表了漫长的封建时代藏书家的普遍意见。就是说，首先要选取有来历、见于著录的；是前代名贤而非时人的著作；得到特别重视的是经部书，其次才轮到史，而且还是古史。至于文集，则看做十分次要的东西。对汉唐宋元人的集子尺度还较宽，至于当代人的文集简直就很少收藏的价值。祁承㸁在这封信中有几句话说得很不客气，他说：

> 盖文集一事，若如今所刻，即以大地为书架，亦无可安顿处，惟听宇宙之所自为销磨，则经几百年而不销磨者，自有一段精彩，不可埋没者也。弟颇窥其深矣。

祁承㸁的话有他正确的一面，他指出了明人刻书之滥（但这也正好反映了当时雕板事业的兴盛，已经达到了空前的情况），也指出了只有经得起读者选择和时间考验的著作才有可能流传下来。但他还是以传统的政治和艺术标准来判断文集的价值的。他没有看到有许多政治、经济、思想史的重要资料，却正保存在浩如烟海而并不“精彩”的别集之中。如果用天一阁澹生堂两家书目试加比勘，就显然可见范氏收藏当代人撰著的丰富是突出的，虽然范东明未必就完全认识他辛苦收藏可贵的特色。

祁承㸁还在一封写给儿子的家书中，谈起他从河南任上寄回的书籍：

> 发回书共八夹。内有河南全省志书二夹，不甚贵重，此外皆好书也。有一夹特于陕西三十八叔印来者。若我近所抄录之书，约一百三四十种，共两大卷箱。此是至宝，自家随身携之回也。

关于这些“澹生堂抄本”的，在此信开头他也曾说起：

> 此番在中州所录书，皆京内藏书家所少，不但坊间所无者也。而内中有极珍贵重大之书，今俱收备。即海内之藏书者不可知，若以两浙论，恐定无逾于我者。

从祁承㸁这些话里，可以看出一些情况。地方志，在他看来远不及他自己从人家（这里所指很可能是大梁朱睦㮮的万卷堂藏书）那里借抄来的抄本书珍贵。这和前引他给潘昭度信中的意见是一致的。八十年后黄宗羲和吕留良到化鹿山中捆载澹生堂遗书，最后弃而不顾的“下驷”，也正是这些。“山中所存，惟举业讲章，各省志书，尚二人厨也。”（《天一阁藏书记》）

其次，祁承㸁的话也为另一种疑问提供了解释。天一阁中那么完备的各省方志的搜集经过，也是可以推知的了。

看来，明代由于雕板事业的兴盛和地方人士锐意纂修的蔚为风气，方志的刊行数量是很大的。除了向中央政府机关呈缴和经常作为书帕进行馈赠藉以流通外，需要者也可以通过种种关系，请求刷印。祁承㸁在河南作官，就不费力地搜到了全省的方志。范东明的搜集，很可能也是出于类似的方式。边远省份还可以通过朋友关系进行搜集。从板本上看，天一阁所藏大量的方志，绝大部分是正德、嘉靖时所刻。这在当时正是最新的板本。范钦并不是个古本方志的收藏者，那些新刻方志的板片大抵都藏在各地的官署里，可以随时刷印。不像古本，只能从书肆和藏家手里陆续收买。这恐怕就是他的收藏十分完备的重要原因。

天一阁同样收集得十分完备的历朝考试文献，也可以从祁承㸁给潘昭度信里的另一段话得到解释。

> 我朝会试廷试二录，自开科至今，其俱板存礼部。此昭代大典，藏书家不可不存。知兄亦须办此，并为弟刷印一部。但一科不可使缺，所刷者即留之都门，弟自差人来领，至嘱。

原来这种登科录的板片就存在礼部衙门里，同样可以请求全套刷印，而且手续并不十分困难。这些登科录，大抵都是半叶十行，有一定的款式，因为这是官刻的规定格式。

明代中叶以后，编修私史之风甚盛。有些书还是坊间编刻的。像陈建的《皇明资治通纪》，许重熙的《五朝注略》，沈国元的《两朝从信录》等都是。这是值得重视的一种现象。涂山的《明政统宗》也是一种坊刻的当代史通俗读物，书前刊有《参考书目》，共收书一百七十八种。自《皇明玉牒》起，举凡官私史料，笔记小说，九边，海运诸考，奏议别集，无所不收。其中极大部分都已不能看到。但拿来和天一阁所藏的史料对比，也还是很贫乏的。这个传统一直发展到晚明，野史撰著更是层见叠出。直至清初，也还余风未泯，有谈迁的《国榷》、查继佐的《罪惟录》、张岱的《石匮书》，一直到庄史之狱，才告一结束。从此，知识界开始钻进古书堆里去“逃避现实”，学风为之一变。在那个八股文势力弥漫天下的时代，知识界这种着眼当代政治、研究实际问题的学风，是不容忽视的。自然，封建地主阶级知识分子所关注的是怎样维护本阶级的统治，他们探索、总结的也是封建地主阶级专政的历史经验。但比起埋头于八股文或致力于烦琐考据，还是远胜之的。这种学风从天一阁藏书的内容上，也是充分反映出来了的。

上面约略地就天一阁的藏书特色，进行了一些简单说明。在封建时代的藏书家中，天一阁是独树一帜的。但范钦到底是封建地主阶级的上层人物，他只是比起同辈来较少偏见，因之眼界和收藏尺度比较宽；崇古的思想不是那么浓重，因之注意力有可能比较集中于当代的文献。但他必然不可能摆脱封建士大夫的思想局限，对更接近下层人民和市民阶层并为之服务的出版物，是采取漠视的态度的。一般通俗实用书和大量出版的书坊本，就很少收集。这些大抵是被视为“陋书”而舍弃了。天一阁抄本《录鬼簿》是著名的，但大抵是从史料角度出发而抄存的，与《登科录》之类看作同样的东西，而并非为了它是戏曲作者的史料。元曲和明初戏曲，所藏就极少。小说更是绝无仅有。天一阁藏有明初黑口本的《鸣鹤余音》，但着眼点并不在它的散曲，只是因为它是道家之书；一些明人散曲和词集，也是作为别集收藏，而并非为了它是文学作品。如此种种，无一不鲜明地显示了时代和阶级的印记，不可能超出当时统治阶级的思想体系。前面所说天一阁藏书的重要特色是基于今天的认识提出的，决不可能是当日范钦收书的初意。整个书藏之足资今用的成分也是有限度的，更大量的却是封建性的糟粕，颇如祁承㸁所慨叹，是“以大地为书架亦无可安顿”的东西，它们具有的也只是历史文献上的价值而已。

这个目录里所著录的书籍，很大部分已经流散毁失了。它作为“薛目”和“冯目”的一个“桥梁”，而有其存在的价值，可以帮助我们窥见那个时代所产生的封建文化的一个片段的侧影。过去曾经有过不少《艺文志》之类的著作，仅就明代而论，就有焦氏《国史经籍志》、黄氏《千顷堂书目》……这些都是我们据以编制一代艺文总目的重要依据。但有些著作的科学性是不强的，有些书籍名目只是得之传闻或据传状而征引，真实性很值得怀疑。祁承㸁撰《两浙古今著述考》，收罗宏富。但那主要的缺点也在这里。比较起来天一阁书目，包括书账形式的几种在内，就有更重要的参考价值，因为这些书都是确实存在过的，虽然有许多今天不可见了。

一九六四年七月十二日重改

附录：

天一阁被劫书目

张居正书经真解　嘉靖本　（缺首本）　十三本

春秋　一部一本

按：此白文本，与《易经》同刻。万历刻。九行十九字。有“天一阁”印。

韵补　（五卷，宋吴棫撰）　嘉靖本 二本

草书集韵　存去声

按：此明初刻，黑口，四周双边。半叶八行，行大小俱七字，写刻。薛目卷三著录。每大字草书下以阴文注楷体，阳文注书家姓氏，有“鲜”“史”“锦”“素”“右”“索”“孙”“贺”“米”等字样。起“一送”，讫“二丨二艳”。

大乐律吕原声　二本

□要粗释　（□当作“韵”）　一部一本

穆宗实录　缺　（十七卷，钞本，“阮目”作《明穆宗庄皇帝实录》。）　十本

永乐圣政记　（三卷，蓝格抄本。张辅表进。）　三本

英宗宝训　（十三卷，抄本。）　三本

国初事迹　（四卷。）　一本

三朝圣谕　（一卷，正统壬戌扬士奇序。）　一本

北虏事迹　一本

按：《海日楼书目》有"《北虏事迹》一卷　西番附，天一阁藏抄本"一条，即此本。

否泰附录　（刘定之编。）　六本

刘定之，字主静，永新人。（正统丙辰科）

天顺目录　（一册，残，李贤撰。）　一本

李贤，字原德，邓州人。（宣德癸丑科）

虚庵李公奉使录　（一卷，李实撰。成化刻。九行十九字，成化丁未江朝宗序。）　一本

赵万里云："此正统北狩后，礼部给事中李实奉命探视英宗之作。述英宗在北情事极详，问答词概用当时土语。"毁于一九三二年。

宸章集录　（一卷，蓝格抄，嘉靖"御制"，费宏、石珤等和。）　一本

皇明本纪　（二卷，蓝格抄本。）　一本

天枝旌孝编　（一册，明成皋王朱载垸撰。）　一部一本

楚昭王行实　（一卷，正统刻。九行十九字。楚王朱继垙撰。正统八年宁王朱权序。此本毁于一九三二年。）　一部一本

朱继垙，初封武陵王，正统五年袭封。

筹边一得　（蓝格抄，古松易文撰。）　一部一本

钦明大狱录　（二卷，嘉靖六年纂。）　二本

皇明九边考　（《皇明九边考》四卷，魏焕撰。）　一部四本

〔御制〕大诰　一部一本

按：此书后归海日楼，题“大诰武臣”“大诰敕谕”“大诰宣谕”“大诰保身敕”“大诰护身敕”“大诰戒录”，嘉靖刻，蓝印本。见“书目”。

皇明诏赦　（四卷，自永乐二十二年至嘉靖二十四年。）

按：此嘉靖中官刻，与《皇明诏敕》非一书。

《云烟过眼新录》著录，毁于一九三二年。

西汉书疏　（十六卷。）　弘治本　一部三册

东西汉书疏　（八卷，“阮目”作“两汉”。）

弘治本　一部六册

江西奏议　（二卷，唐龙撰。张邦彦、吕柟、姜麟等序。王邦瑞、胡尧时、陆杰跋。题“巡按江西监察御史臣唐龙谨题”。嘉靖刻。）　一部二本

唐龙，字虞佐，兰溪人。（正德戊辰科）

《云烟过眼新录》著录。毁于一九三二年。

〔小泉〕林公奏稿　（一卷，林庭棉撰。）

部　本又续一部一本

《云烟过眼新录》著录：“《小泉奏稿》一卷，续录一卷，嘉靖刻。胡庭棉撰。嘉靖十六年徐缙序，嘉靖丁酉林霁黄希雍跋。题‘直隶苏州府知府王仪同知黄希雍梓行’。男礼部郎中炫、国子官生杨

校。”毁于一九三二年。按胡字疑讹。

奏稿续录　（林庭㭿撰。）　一部

林庭㭿字利瞻，闽县人。瀚子。（弘治己未科）

渭崖疏要　（二卷，霍韬撰。）　一部一本

霍韬，字渭先，南海人。（正德甲戌科）

南宫疏稿　四本

南宫疏略　（八卷，严嵩辑。）　一部一本

严嵩，字惟中，分宜人。（弘治乙丑科）

安南奏议　（抄本，毛伯温。）　一本

毛伯温，字汝厉，吉水人。（正德戊辰科）

〔少保〕胡端敏公奏议　（十卷，胡世宁撰。）　一部四本

《云烟过眼新录》著录：“明刻本。题‘闽令顾沾学生黄以贤校’。”毁于一九三二年。

胡世宁，字永清，昌化籍，仁和人。（弘治癸丑科）

馆省书疏　（三卷，郑一鹏撰。）　隆庆本　一部二本

郑一鹏，字九万，莆田人。（正德辛巳科）

石秀峰奏疏　（《秀峰奏议》二卷，文集一卷，嘉靖刻。石天柱撰。嘉靖辛亥杨慎序，嘉靖壬子马负图跋。）　嘉靖本　一部二册

《云烟过眼新录》著录，毁于一九三二年。

督抚江西奏议　（四卷，徐栻撰。）　一部四本

徐栻，字世寅，常熟人。（嘉靖丁未科）

夏桂洲奏疏　（二十卷，又外集二卷，　嘉靖本　一部十二册

夏言撰。）

夏言，字公谨，别号桂洲，贵溪人。（正德丁丑科）

王世贞优阙稿　一部一本

王世贞，字元美，别号弇州山人，太仓人。（嘉靖丁未科）

录本摘要　（七卷，抄本。“阮目”误题“录公摘要”。）二本

翊运录　（二卷，刘基撰诰敕奏祭等文。九世孙瑜刊。）　一部一本

又　一部二本

刘基，字伯温，青田人。

成化本　一部一本

章恭毅公年谱　（《尚书章恭毅公年谱》一卷，弘治刻。南京工部给事中男玄应述，鸿胪寺主簿男玄会录。己未李东阳序，辛酉邓槐、汪循后序。恭毅，南京礼部左侍郎章纶谥。）

《云烟过眼新录》著录，毁于一九三二年。

杨文敏公年谱　（《太师杨文敏公年谱》四卷，嘉靖刻，苏锱撰，杨肇校补。壬子龚用卿序。六世孙肇序，七世孙棐后序。文敏，杨荣谥。）　一部四本

《云烟过眼新录》著录。毁于一九三二年。

忠义集　（《晋平西将军忠义集》一卷，赵继勋序刻。）　景泰本　一部一册

忠烈编　（十卷，孙堪等撰。嘉靖刻，十一行廿字。）　存卷九

《云烟过眼新录》著录："嘉靖辛亥严嵩序，嘉靖戊戌唐龙序，嘉靖壬子谢九仪序，嘉靖庚子赵继本序，嘉靖庚子陈一德跋。吴郡推官陈一德教授郭恺所刊。第十卷佚。"赵万里云："正德间宸濠举兵，巡抚余姚孙燧死之。此记其死节事实。四库入存目。"毁于一九三二年。孙堪，字志健，燧子。（嘉靖）

怀贤录　（一卷，东昆倥侗生沈愚编集。载刘龙洲事迹。）　一本

沈愚，字通理，昆山人，自号崆峒生。（景泰）

章朴庵墓志　（《章朴庵状志铭传》一册，嘉靖子章霨录。此张拯墓志。）　一部一本

毅斋墓志　一部一本又一部二本

沐英行状　（一卷，朱琳撰。洪武三十二年刻。）　一本

《云烟过眼新录》著录，题"大明开国辅运推诚宣力武臣荣禄大夫柱国西平侯追封黔宁王谥昭靖沐公行状"，毁于一九三二年。按：此书有洪武二刻，嘉靖一刻，此不知孰是。

广信先贤事实录　（六卷，弘治刻。广信府知府四明姚堂编集。自序，景泰七年张渊跋。弘治二年陈廷琏跋。有辛稼轩遗像。）

《云烟过眼新录》著录。毁于一九三二年。

先贤事实录　一本

乡贤实录　一部一本

宋崔丞相全录　（《崔清献全录》十卷，　嘉靖本　一部二册
崔子燧编。）

毓庆勋懿集　（八卷，郭勋辑。记郭氏被恩事。）正德本　八本

琬琰录　（“阮目”作《皇朝名臣琬琰录》二十四　一部六本
卷，注“明晋陵徐朝文著”。）

忠义录　（一卷，袁忠彻撰。）　一本

袁忠彻，字静思。珙子。（永乐）

纯孝编　（“阮目”四卷，明朱睦㮮编次。）　一部一本

周藩朱睦㮮，字灌甫，号西亭，周定王六世孙，万历初，为宗正。

国宝新编　（一卷，明顾璘撰。）顾璘，字华玉，　一本
别号东桥居士。（弘治丙辰科）

四明文献志　（十卷，明郡人李堂编。）　一部三本

厚德录　（明李元纲撰。）　一本

国朝祥符先贤传　（八卷，邑后学李濂著。嘉靖廿　一部二本
一年自序刻本。）

李濂，字川甫，祥符人。（正德甲戌科）

《云烟过眼新录》著录。自序，贾咏序，陆束后序，李濂后序，李苹叟跋，李洛书后。毁于一九三二年。

循良汇编　（十二卷，李仲撰。）　四本

建宁人物传　（四卷，李默撰。九行，行二十二字。　四本
嘉靖刻。记建宁人物自唐末迄明景泰间得四百十七人，四库入存目。毁于一九三二年。）

李默字时言，瓯宁人。（正德辛巳科）

旌孝编　（清李宜之撰。）　一部一本

吴船录　（《石湖居士吴船录》二卷，蓝格抄，宋范成大撰。）　一本

宋氏传芳传　（八卷，潘璋辑，成化刻。十行，行二十字。

洪武十二年方孝孺序。记宋景濂事迹，毁于一九三二年。）　二本

潘璋，字栗夫，金华人。（成化壬辰科）

姚氏家乘　（五册，姚应期撰。）　一部五本

恩纶录　（二卷，万历张学颜刊。）　一部二本

绍兴十八年同年小录　弘治本　一册

宝祐登科录　（《宋宝祐四年登科录》一册。）　一部一册

文丞相同年录　一部一本

登科录　一部一本

群史品藻　存卷七之十

吴越春秋　（传十卷，后汉赵煜撰。）　二本

南诏事略　（一卷，顾应祥撰，嘉靖刻，壬辰自序。“阮目”作“明赵颜良撰，顾应祥序。”）　一本

顾应祥，字惟贤，长兴人。（弘治乙丑科）

金小史　（八卷，杨循吉撰。）　二本

杨循吉，字君谦，吴郡人。（成化甲辰科）

金陵古今图考　（一卷，明正德丙子陈沂撰。）　一部一本

陈沂，字鲁南，鄞县人。（正德丁丑科）

随志　（二卷，颜木撰。）　一本

颜木，字惟乔，应山人。（正德丁丑科）

徐州府志　（十二卷，嘉靖梅宁德等纂，“阮目”作“明四明王梃编辑。”）　二本

王梃，字子长，象山人。（嘉靖壬辰科）　存卷四

江西省大志　（七卷，缺。嘉靖丙辰王宗沐纂修。）　存卷一之五

王宗沐，字新甫，临海人。（嘉靖甲辰科）

八闽通志　（八十七卷，黄仲昭纂修，弘治刻。）　廿四本

按：此本北平图书馆一九三〇年图书展览会目录著录。

八闽通志　存卷廿二之三十

河南通志　（四十五卷，嘉靖三十五年李濂、朱睦㮮修。）　十二本

河南郡志　存卷十之廿二、卷廿七之卅八

（四十五卷，乔缙撰。缺。）

叶县志　（四卷，邵苾纂修，嘉靖刻。）　二本

按：此本北平图书馆一九三〇年图书展览会目录著录。

邹平县志　（四卷。叶林修辑。）　二本

按：《云烟过眼新录》著录。嘉靖刻，蓝印本。题“邹平县知县叶林校修，癸巳自序”。毁于一九三二年。

蒲州志　（三卷，王轮编。）　三本

略阳县志　（六卷，嘉靖壬子李遇春修。）　存卷下

兰州志　（三卷。）　一部三本

赵万里云："不著纂修人姓名。十一行，行二十一字。明嘉、隆间刻本。"毁于一九三二年。

固原州志　（二卷，嘉靖壬辰杨经纂。）　一部二本

四川通志　廿本

按：此本当是《嘉靖四川总志》，八十卷，明杨慎等纂修，崔廷槐重编，嘉靖刻。北平图书馆一九三〇年图书展览会目录著录。

贵州通志　（题"钦差巡视学校贵州按察司副使谢东山删正，贵州宣慰使司儒学训导张导编纂，学生汤建中、马阳、吴铠、李朴、汪藻、倪世杰、马希龙、孙世贤、任懋中、胡禾同编。三十四年杨慎序。"）　十二本

赵万里云："《嘉靖贵州通志》十二卷，明张道纂修。八行，行二十三字。明嘉靖刻本。此谢东山按视贵州时所修。我曾在黄陂陈氏遗藏里，见过与此本同样的一部，上有翰林院方印，惜经改装，不及此本初印精美多矣。"毁于一九三二年。

陵县志　（八卷，嘉靖癸丑谷兰宗修。）　二本

辽东志　（九卷，陈恺修。）　六本

全辽志　（六卷，明任洛等纂修，嘉靖刻。）　一部六本

按：此本北平图书馆一九三〇年图书展览会目录著录。

滇载记　（一卷，杨慎撰。）　一本

山海关志　一部一本

按：赵万里云："八卷，明詹荣撰。八行，行十八字。明嘉靖刻本。记山海关至黄花镇当时驻兵处及兵额至详。前有图说，与康熙重修本不同。康熙本亦极罕见，何况此书！"毁于一九三二年。

星槎胜览　钞（四卷，蓝格抄，费信撰。）　一本

星槎胜览　刊　一本

朝鲜赋　（一卷，董越撰。）　一部一本

董越，字尚矩，宁都人。（成化己丑科）

日本〔国〕考略　（一卷，补逸一卷。）　一部一本

按：《云烟过眼新录》云："嘉靖刻。梓山宗正老儒薛俊纂述，文林郎知定海县事金陵王文光增补重刊。嘉靖癸未郑余庆序，庚寅王文光序。"赵氏又云："十行，行二十字。明嘉靖刻本。嘉靖二年日本遣使来贡。抵宁波，未几宋素卿等亦至，互争真伪，自相残杀。所过沿海州县，大肆焚掠。后因辑此书言防御事。定海知事王文光为增补刊行，实为研究明季中日外交史事最好的材料。别有得月簃丛书本。但此为原刊，且有补遗出王文光手与丛书本不同。"

按：此书曾有朝鲜旧刻本，全翻此本，纸墨俱古。

皇明太学志　嘉靖本　一部十册

太学过　（十三卷，郭鎜撰。）　一部四册

郭鎜，高平人，鋆从弟。（嘉靖乙未科）

两浙南关志　（六卷，嘉靖刻。）　一部二本

《云烟过眼新录》著录："薛侨撰。嘉靖十一年陆深序，欧阳德后序。南关在杭州候潮门外。此书记浙江上游徽、严、金、衢所产木材，运杭后征税事宜。兼记两浙造船事。为类十二：建始、关厂、宦纪、人役、事例、课单、□船、条约、因革、事宜、器用、蔡汇。"毁于一九三二年。

北关新志　（十六卷，嘉靖刻。王延榦撰。）　一部二本

《云烟过眼新录》著录："嘉靖二十四年自序。嘉靖甲午徐堦序。关在杭州武林门北。嘉靖癸巳延榦督关时，因旧志为之。"赵氏又云："十行，行二十字。关在杭州武林门北，明以户部员外郎一人主之，北关榷百货，南关榷竹木。此记北关沿革。乾隆间有重修本，亦罕见。"毁于一九三二年。

荆南榷志　（十卷，嘉靖刻。）　一部一本

《云烟过眼新录》著录："题仁和邵经邦汇次，闽陈梧增修。嘉靖甲申汪必东序、陈鎏序、嘉靖丙午陈梧序。此书经邦初稿名'荆南榷署存籍考'，凡七卷，此增修本也。"毁于一九三二年。

长芦运司志　（七卷，明郭司常等撰。十行，行二十字。嘉靖刻。）　一部二本

按：此本毁于一九三二年。

治河通考　（三卷，嘉靖癸巳纂。）　三本

后湖志　（十二卷。）　四本

赵万里云："明赵官原辑，嘉靖中重修。十行，行十八字。明嘉靖刻本。后湖即玄武湖，为明代藏黄册之所。此志非志后湖，实志一代版籍。前三卷事迹，后七卷皆事例。事例至嘉靖四十一年止。为研究明季经济史社会史最有用的原料。其后有万历重修本，尝于沪上见过，似不及此本详赡。后湖黄册至清初废毁一空，说详谈迁《北游录》。"此书毁于一九三二年。

太岳志略　（五卷，方升撰。）　三本

方升，字世猷。婺源人。（嘉靖癸未科）

泰山志　（四卷，吴伯朋撰。）　嘉靖本　两部各四册

西岳华山志　（王处一撰。）　嘉靖本　一部一册

太华山志　二本两种

天台山上□　一部一本

金山志　（四卷，胡经撰。）　二本

庐山纪事　（十二卷，桑乔撰。）

嘉靖本　一部四册又一部四册

桑乔，字子木，江都人。（嘉靖壬辰科）

罗浮山志　（十二卷，嘉靖三十年黄佐序。）　四本

九华山志　（六卷，王一槐撰。）　一本

西樵山水文献总志　（六卷，周学心撰。）

嘉靖本　一部二册

西湖游览志　（二十六卷，明钱塘田汝成撰。）

存卷十一之十六

西湖游览志余　存卷一之三、卷十之廿六

（二十卷，田汝成撰。）

洛阳伽蓝记　（五卷，魏抚军司马杨衒之撰。）　一部二册

雍录　（十卷，宋程大昌撰。）　嘉靖本　一部四册

两程故里志　（六卷，王官之校。）　二本

汴京遗迹志　（二十四卷，李濂撰。）　嘉靖本　一部八册

按：此嘉靖刻，十行廿字，白口，单边。题“大梁李濂川父”。

昆仑集　一部二本

南岳总胜集　（一卷，抄本。）　一本

通惠河志　（二卷，明吴仲撰。明刻，九行十九字。赵万里云：“通惠河即元郭守敬所凿的通州运河，明初湮废。吴仲以御史巡按直隶，疏请重浚，工成遂著此书。可补明史河渠志之略。四库入存目。”毁于一九三二年。　一部一本

吴仲，字亚甫，武进人。正德丁丑科）

蓬莱阁记　（一卷，游琏集。）　一部一本

游琏，字世重，连江人。（正德辛未科）

灵胜通纪　存卷乙

北京八景咏　（《北京八景图诗》一卷，邹辑等撰。永乐癸巳胡广序。）　一本

邹辑，字仲熙，吉水人。与修太祖实录及永乐大

典。(建文庚辰科)

岳阳风土记　（一卷，蓝格抄。）　一本

三赋　（当即《会稽三赋》。）　一部一本

梦梁录　一本

按：此本后归涵芬楼，《烬余书录》著录，云“此南峰杨循吉删本”。红丝阑抄本。

官职会通　（十四卷，明魏庄渠先生撰，太原王道梓行。存卷九卷十一两册，余阙。(见“阮目”)　存卷九之十

大明官制　（十六卷，刊本。）　一部二本

吏学指南　（八卷，吴郡徐元瑞撰。正德乙卯翠岩堂刊。）　一本

洪武礼制　（一卷，刊本。）　一部一本

礼制集要　（一卷，洪武间官撰，明刻。）　一部一本

按：此本后归北平图书馆。一九三〇年十月图书展览会目录著录。

郊议录　（一卷，章拯奏上。）　一部一本

章拯，字以道，兰溪人。懋从子。(弘治壬戌科)

郊庙赋　（五卷，贡汝成撰。）　一部二本

朝觐事宜　（一卷，不著撰人。）　一部一本

复古议　（二册，庞□撰。）　一本

食货志〔选〕　（三卷，余玉崖撰。）　二本

谕解州略　（一卷，顾□□撰。胡大器序谓其师泾野先生所撰。）　一部一本

大明律　（一卷）　一部四本

邮刑录　（二卷，孙燧撰。）　一部二本

孙燧，字德成，余姚人。（弘治癸丑科）

恤刑疏草　（八卷，嘉靖刻。葛木撰。　嘉靖本　一部四册

嘉靖己丑唐龙序，嘉靖庚寅李士允后序。此嘉靖六、七年木官刑部主事署郎中审录江西时疏草。毁于一九三二年。《云烟过眼新录》著录。）

葛木，字仁甫。上虞人。（正德丁丑科）

批驳　抄本　（二卷，题“批驳抄略”。）　一部一本

省衍录　（一卷，嘉靖刻。）　一本

王恭毅公驳稿　（二卷，王槩撰。）　弘治本　二本

慎刑录　（四卷，王士翘撰。）　嘉靖本　二本

按：此书后归海日楼。

学史　（十三卷，邵宝撰。）　一部二本

邵宝，字国贤，无锡人。（成化甲辰科）

世史积疑　（二卷，李士实撰。）　正德本　一部二册

宋遗民录　（十五卷，程敏政撰。）　存卷一之三

封建考　一部三本

祭礼仪　一本

存心录　（十卷，不著撰人。）　五本

明臣颂祝　一本

南还录　一部一本

南览录　一部一本

使东日录　正德本　一部一本

金姬传　（一卷，明杨仪撰。嘉靖刻。八行十六字。）　一本

赵万里云："这是一篇富于情感的作品，后来潘之恒编《亘史外记》时，完全据以录之。后附别记一篇，所载诗词，与《亡宋旧宫人诗词》中王昭仪赠汪水云之作相同。可作《亡宋旧宫人诗词》是明人伪作的一个旁证。毁于一九三二年。"

章懋传　一部一本

续百将传　二本

抚上郡集　（一卷，周金撰。）　一部一本

督学存稿　一部一本

家训　一部一本

咏史绝句考　嘉靖本 二本

贾谊新书　（十卷。）　一部二本

荀子　（二十卷，杨倞注。）　一部三本

荀子　（世德堂本，残。）　五本

二程遗书　（"全书"十二卷，弘治李瀚重刊。）　十本

真文忠公读书记　一部一本

道在编　嘉靖本　二本

尊圣录　（一卷，陈尧撰。）　隆庆本　一本

陈尧，字敬甫，南直通州人。（嘉靖乙未科）

孙子集注　（十三卷，嘉靖谈恺刊。）

韩非子　（元末明初本。有范氏图章，太破。）　四本

明道杂志　（抄本，宋张耒撰。）　存卷十七之廿

韩子迂评　（二十卷，明门无子评。"薛目"作"残存"卷一至四。）　存卷一之五

〔四时〕气候集解　（四卷，李某撰，姚福序）　一部一本

巢氏病源　（《巢氏诸病源候总论》五十卷，隋巢元方等奉诏撰。）　八本

巢氏病源　存三十一至三十六，四十五之五十

广嗣全诀十二卷　（二十卷，陈文治辑。）　存卷一之六

体仁汇编　（四卷，抄本。彭用光撰。）　二本

体仁三编　嘉靖本　二本

原病式　（"阮目"作《原病集》八册，吴良汇纂。）　一部二本

活人心法　（二卷，明元洲道人涵虚子撰。）　二本

〔伤寒〕明理续论　（六卷）　一部二本

按：此明初本。题"余杭节庵陶华著，锦江外史邵经济校。"十行廿字。

痰火点雪　（二卷，明龚居中撰。）　明本　一本

养生大要　（一卷，吴某撰。）　一部一本

难经古义　一部二本

难经本义　（太蛀破，二卷，周秦越人撰元滑寿注）　明初本　二本

难经　六梅馆本　二本

本草单方　嘉靖本　四本

金匮要略方　（二十四卷，汉张机撰，晋王叔和编次。）　二本

天文分野之书　（二十四卷。）　一部十本

天文会元　明朝名人抄（十二册，蓝格抄，有"东明外史""范氏图书之记"二印。）　一部十二册

天原发微　（五卷，宋鲍云龙撰。）　天顺本　残存四本

修方涓吉符　（一卷，屠本畯撰。）　明本　一本

屠本畯，字田叔，一字豳叟，鄞县人。（万历）

地理枢要　一部二本

造福秘诀　（三卷，明吴天洪撰。）　一部一本

记师口诀节文　（一卷，不著撰人。）

益州名画录　（三卷，宋黄休复纂。）　嘉靖本　一部一册

秋仙遗谱　（前集八卷，后集四卷。）　嘉靖本　一部十二本

九宫谱　存卷乙、丁、戊、己、壬、癸

砚笺　（四卷，抄本，宋高似孙撰。）　一本

续文房图赞　一本

剑经　（一卷，俞大猷撰。）　一本

俞大猷，字志辅，晋江人。（嘉靖）

金声玉振集　缺（存九册。）　十五本

玉峰笔史　一本

膳夫经　（一卷，抄本，元杨晕撰。）　一本

按：《膳大经手录》（一卷，杨晕撰）《牛羊日历》一卷，合订一册，皆天一阁抄本，后归海日楼。

诚斋牡丹谱　（一卷，抄本，不著撰人。）　本

艺赞　（三卷，邝灏编，嘉靖刻。）　一部三本

子华子　（十卷。）　一部一本

鬼谷子　（二卷。）　一本

按：此书后归海日楼。（作一卷，抄本。）

经锄堂杂志　（六卷，抄本。宋仉思撰。）　一本

林子　（一卷，林兆恩撰。）　嘉靖本　一部一册

明抄笔畴　（不著撰人，弘治己酉盱眙陈道识。）　一部一本

资暇集　（二卷，红格抄本，唐李匡义撰。）　一本

〔靖康〕缃素杂记　（抄本，十卷，宋黄朝英撰。）　一本

西溪丛语　嘉靖本　一部二本

西溪丛语　存卷下

按：此嘉靖鹎鸣馆刻。十行廿一字。书根旧式犹存。初印未修本，与后印本文字颇不同。笔画锋棱亦多异。

中华古今注　（三卷，五代马缟撰。）　一部一册

谈苑　一本

避暑录话　（二卷，宋叶梦得撰。）　一部二本

却扫编　（三卷，抄本，宋徐度撰）　一本

游宦纪闻

按：此书见《海日楼书目》，当亦当日同时所出。

抄本老学庵笔记　一部一本

齐东野语　（宋周密著。）　正德年　一部四册

吹剑录　（抄本，宋俞文豹撰。）　一本

丹铅总录　（二十七卷，明杨慎著。）　嘉靖本　一部十本

丹铅续录　（十二卷，杨慎撰。）　嘉靖本　一部四册

谰言长语　（一卷，明曹安著。）　成化本　一部一册

谰言长语　存一本

按：此书又有正德重刻本。

震泽长语　（明张鏊撰。）　嘉靖本　一部二册

张鳌，字济甫，南昌人。(嘉靖丙戌科)

绿雪亭杂言　（一卷，敖英撰。）　嘉靖本　一部一册

敖英，字子发，清江人，(正德辛巳科)

真珠船　（八卷，胡侍撰。）　嘉靖本　一部二册

胡侍，字承之，成宁籍，溧阳人。(正德丁丑科)

东巢杂著　（抄本一册）　一本

逌旃璅言　（二卷，苏祐撰。）　嘉靖本　一部二本

苏祐，字允吉，濮州人。(嘉靖丙戌科)

濯缨亭笔记　明本　太蛀　一部三本

又　明本　一部二本

戴冠，字章甫，长洲人。(弘治)

石阳山人蠡海集　（四卷，附“孤竹宾谈”，陈德文撰。）

明本　一本

洞天清录集　（十二卷，蓝格本。宋赵希鹄撰。）　一本

按：此书后归海日楼。

便民图纂　（十六卷，存卷一至九、卷十二至末。）　四本

经子法语　（二十四卷，缺，抄本。宋洪迈撰。存一册。）

一本

劝善书　（二十卷，明仁孝皇后撰。）　十本

批评灼艾集　（丨二卷，王佐编。存卷五之十一。）

存卷五之十二

王佐，字克仲，一字鲁生，长洲人。(万历壬子科)

诸子纂要大全　（四卷，黎光卿编。）　弘治本　一部二本

七十二子粹言　一部二本

百家类纂　（四十卷，沈津编。）　　隆庆本　一部卅八本

百家类纂　（四十卷，沈津编。）　　一部卅八本

玉壶冰　（一册，都穆撰。）　　一本

都穆，字玄敬，吴县人。（弘治己未科）

读书日记　　一部一本

志雅堂杂抄　（一卷，抄本，宋周密撰。）　　一本

北堂书抄　缺（一百六十卷，缺，抄本。）　　十本

记纂渊海　（蓝格抄本。）　　存卷首至十

合璧事类　（“古今合璧事类备要”□□　存卷五十八之六十卷，缺，锡山安氏本。）

姓源珠玑　（一册，茧纸刊本，杨信民撰。）　　二本

纪事珠　（五册，刘国翰撰。存第一、四、五册。）　　少卷一至二

统宗谱类编　　一部二本

潜确类书　　存卷七十七之七十八

小说□本　　十六本

西京杂记　（六卷。）　　嘉靖本　二部二册

世说新语　（三卷。）　　万历本　一部三本

世说新语　（三卷。）　　嘉靖本　一部六册

又　　又　一部六册

玉泉子　（闻见真录，蓝格抄本。唐冯贽撰。）　　一本

孙内翰北里志　（蓝格抄，唐孙棨撰。）　　一部一本

归田录　（二卷，宋欧阳修撰。）　　一部一本

孙公谈圃　（三卷，抄本，宋刘延世撰。）　　一本

侯鲭录　　存卷一之四、卷七之八

按：此嘉靖芸窗书院本，八行十五字。毛订。

泊宅编　（十卷，宋方勺撰。）　嘉靖本　一部二本

二老堂杂志　（五卷，抄本，宋周必大撰。）　一本

江邻几杂志　（一卷，抄本，宋江休复撰。）　一本

碧鸡漫志　（四卷，抄本，宋王灼撰。）　一本

按：《海日楼书目》有此书，作五卷，天一阁抄本，沈子培手跋。"海日楼题跋"卷一"碧鸡漫志跋"云："右天一阁抄本前缺后烂，不可复触手，爰付陈生修治。校知不足斋刻本，是正十余字，甚快意。甲寅冬月记。逊公。"

尹骞斋琐缀传　（"阮目"作"骞斋琐缀录八卷"。）一部二本

双槐岁钞　（十卷，黄瑜撰。）　嘉靖本　一部三册

黄瑜，字廷美，香山人。(景泰丙子科)

孤树裒谈　　少卷一之四

西吴里语　（明宋雷著，四卷。）　嘉靖本　一部四册

墅谈　（六卷，胡侍撰。）　二本

桂苑丛谈　（一卷，抄本，唐冯翊子休撰。）　一本

按：此书及《贾氏谈录》（一卷，张洎编）《历代帝王传国玺谱》（一卷，郑文宝撰）皆天一阁抄本，合订一册，后归海日楼。

剧谈录　（二卷，抄本，唐康骈撰。）　一本

都公谭纂　（二卷，陆采编。）　嘉靖本　一部二册

独异志　（三卷，蓝格抄，李冗纂。）　一本

会真记　（元稹撰，东阳郭基校刊。）　一部一册

渔樵问话　（一卷，朱睦㮮撰。）　一本

苏谈　（一卷，杨循吉撰。）　一部一本

菽园杂记　（十五卷，陆容撰。）　嘉靖本　一部三本

陆容，字文量，昆山人。（成化丙戌科）

清异录　（二卷，宋陶谷撰。）　二本

艺苑卮言　（八卷，王世贞撰。）　存卷五之八

剪灯余话　（五卷，李昌祺撰。）　永乐本　太破　一部二本

漫堂随笔　（唐寅撰，抄本。）　一本

青溪暇笔　（一卷，金陵姚福撰。）　一本

唐小说　（抄本，刘悚撰。）　一本

蒙斋笔谈　（二卷，抄本，宋郑景望撰。）　一本

志怪录　一本

鬼董　（五卷，抄本，宋人撰。）　一本

多罗宝经　（《楞伽阿跋多罗宝经》四卷。）　四本

大藏一览　（十卷，存卷一。）　存卷一

按：此明初刻。十一行廿一字。黑口。署“宁德优婆塞陈实谨编”。

坐禅法要　（“阮目”作《修集止观坐禅法要》一卷，注“天台山修禅寺沙门智颛述”）　一部一本

宗镜摘要　嘉靖本　一部一本

按：“阮目”有《宗镜录撮要》一卷，或即此书。

诸天传　（二卷，吴兴乌戍释行霆述。）　一部一本

诸祖歌颂　（一卷，补逸一卷，梁宝志和尚撰。）

明本　一部一本

庐山宝鉴　（十卷，元释普度编集。）　一部一本

禅林宝训　（二卷，东吴沙门净善重集。）　一部一本

缁门警训　（二卷，明沙门□□撰。）　一部二本

缁训　成化本　一部二本

湘山事状　（十二卷，宋蒋擢撰，存卷一之七。）　正德本　一部四册

庞居士传　明本　一部一本

莲宗玉鉴　宣德本　一部一本

老子集解　（二卷，“考异”一卷，宋·薛惠撰。）

嘉靖本　一部二本

老子通义　（二卷，朱得之撰。）　一部一本

列子纂　一部一本

三子口义　（十四卷，元林希逸撰。）

少《列子（下）》少《庄子》卷九之末

列仙传　（二卷，汉刘向撰。）　一部一本

抱朴子　（内篇二十卷，刊本。存卷一之九。）

存内篇卷一之九

墉城集仙录　（六卷，杜光庭撰。）　一本

广成集　（十七卷，杜光庭撰。）　三本

至游子　（二卷，不著撰人。）　一部二本

群仙要语　（一卷，元董汉醇辑。）　一本

观化集　（一卷，朱约佶撰。）　一部一本

延生至宝 （二卷，明栾城冯相编集。） 明抄本 一本

玄览 写本（一卷，蓝格抄本。） 一部一本

李纯元道书 元朝本 不全 三本

龙门子 （《龙门子凝道记》二卷，宋濂撰。） 一本

通天窍 元本 一本

醒心录 抄本（《醒心集》一卷，王熏撰。） 一部一本

陶靖节集 一部四本

残陶渊明 嘉靖本二本

按：阁中藏陶集复本极多。曾见两本，皆嘉靖丙午蒋孝移斋翻宋刻，有牌记，棉纸阔大。一残本，有书根，题“上、中、下”九行廿二字。宋讳缺笔。

谢灵运诗 （二卷，黄省曾编。） 一本

陶贞白集 （二卷，陶宏景撰。） 一本

贞白集 存卷二

寒山子诗 （《寒山诗集》一卷附《丰干拾得诗》一卷。） 嘉靖本 一本

杨炯集 （二卷，“东壁图书府”本。） 嘉靖本 一部一册

杨盈川集 （十卷，附录一卷，唐杨炯撰。） 少卷一之八

孟浩然集 （四卷。） 嘉靖本 一部二本

又 （三卷，顾道洪刻，从宋本出。） 一部一本

欧阳行周集 （十卷。） 四本

宋之问集 （二卷，“东壁图书府”本。） 嘉靖本 一部一本

王勃集 （二卷“东壁图书府”本。） 一部一册

沈佺期集　（《沈云卿诗集》三卷。）　一部一册

李长吉诗　（四卷，外集一卷。）　弘治本　一部一册

杜审言诗　（三卷。）　一部一本

王右丞集　（《类笺王右丞诗集》十卷，文集四卷。）　嘉靖本　一部十册

王摩诘　（十卷。）　嘉靖精刻小字本　一部二册

崔灏诗集　正德本　一部一本

韦江州集　（十卷，即《苏州集》，较王钦臣校定本多八首。）　嘉靖本　一部二本

刘宾客　（《刘随州集》十卷，文集一卷。）　一本

李太白　万历本　一部四本

李嘉祐集　明仿宋本　一本

杜工部千家注　（《杜诗六卷》，宋黄鹤注，明范梈选。）　存卷一之二

范梈，字享父，明清江人。

杜诗长古　（《杜律长古注解》一卷，明谢省注。）　二本

谢省，字士修，黄岩人。（景泰甲戌科）

杜律钞　（二卷，无锡邵宝抄。）　一部二本

韩集　（《朱公文校昌黎先生集》四十卷，外集十卷，集传一卷，遗文一卷，遗诗一卷，宋王伯大编，存卷十八至末。）　宋乾道本　存二本

柳集　（《增广注释音辨柳先生集》四十三卷，宋童宗说注，张敦颐音义，存卷一至三十七。）　宋板　存三本

贾阆仙长江集　（七卷，唐贾岛撰）　明仿宋本

按：此条据《海日楼书目》补，有沈子培跋：“《长江集》通行十卷，此独七卷，自非唐本之旧。然以明仿宋本相较，异同夥多。而此本与彼所注一作△字合者十得八九，然则此为《长江集》别本，宋世固两刻并行也。此天一阁书，得诸沪上。戊午（一九一八）正月，寐叟检书记。”

孟东野集　（十卷。）　弘治本　一部二本

钱考功　（《钱考功集》□卷，存五、六、七，唐钱起撰。）　存卷五之七

温飞卿　（七卷。）　弘治本　一部一本

曹祠部诗集　（二卷，唐曹邺撰，嘉靖庚子句容杨洞序。）　一部一本

云台编　（三卷。）　一本

陈伯玉集　嘉靖本　一部一本

赵清献公文集　（十卷。）　嘉靖本　一部四册

残本赵清献公文集　（存卷一之三，元板明印。）　首二册

杨龟山集　（《龟山先生集》十六卷，宋杨时撰。）　弘治本　一部三册

梅溪先生集　成化本　太破　二本

沧浪先生吟卷　（二卷，彭城清省堂刊本，严羽著。嘉靖辛卯闽中郑炯刻书识。）　嘉靖本　二本

郑炯，字子尚，莆田人。（嘉靖己丑科）

眉山唐先生集　（《唐先生集》□卷，宋唐庚撰，存卷一之七。）　嘉靖本　一部二本

晦庵文钞　（六卷，后集四卷，朱熹撰。）　嘉靖本　一部四册

西园康范诗集　（一卷，遗稿一卷，实录一卷，外集一卷，宋江晫撰。）　嘉靖本　一部一本

方是闲居士小稿　（二卷，宋刘学箕撰。）　元至正本　一部一本

四景诗集　（四卷，蓝格炒，刘辰翁撰。）　一本

颐庵集　（《颐庵居士集》二卷，刘应时撰。）　嘉靖本　一本

黄四如集　（四卷，宋黄仲元撰。）　嘉靖白纸本　一部二本

黄四如集　嘉靖竹纸本　一部二本

断肠诗　（《断肠诗》十卷，后集八卷，原缺后集卷七，宋朱淑真撰，郑元佐注。）　宋淳熙本　一部一本

晞发集　（宋谢翱撰。）　一本

石屏集　（《石屏诗集》二卷，宋戴复古撰。）　二本

勿斋文集　（二卷，抄道藏本。宋杨至质撰。）　一本

东坡律诗注　（二卷。）　弘治本　一部二册

丁卯诗集　（二卷。）　弘治本　一部一本

水云集　金朝大定序　明初本　一本

倪云林集　（《倪云林诗集》六卷，元倪瓒撰，明蹇曦编。）　天顺本　一部二册

傅与砺诗集　（八卷，元傅若金撰。存卷一、二。）　明本　一部一册

嘻吃集　（抄本，元宋无撰。）　嘉靖本　一部一册

张蜕庵诗集　（三卷，元张翥撰。）　洪武本　一部一册

冯海粟梅花百咏　一部一册

伯生诗续编三卷　（蜀虞集撰，天一阁旧藏抄本。）　二本

陈刚中诗集四卷　（元天台陈孚撰，天顺平湖沈琮刊，黑口本，天一阁旧藏，沈子培跋。）

按：以上二种，据《海日楼书目》补。

“海日楼题跋”卷一“陈刚中诗集跋”：“此亦天一阁书，触手縻碎，不可复展视，爰付装池，重加衬订，沈琮，检吴永祥志选举表，为宣德戊午举人，正统壬戌进士，官知府。天顺年间曾刻唐肃丹崖集于粤。其人盖留意当代文献者。志无传。”

丹崖集　（十卷，蓝格抄，元唐肃撰。）　一本

按：此书后归海日楼。

居竹轩诗集　（四卷，元成廷珪撰。）　明初刻本　一部二册

玉笥集　（一卷，张思濂撰。）　一本

西湖百咏　（二卷，董嗣杲撰。）　天顺本　一部一本

种莲集　（《种莲岁稿》六卷，文略二卷，辽藩贞翁朱宪炜撰。）　嘉靖本　一部四册

瑞鹤堂近稿　（一卷，明宁藩朱栱樋撰。）　一部二本

樵云诗集　（《樵云邦君诗集》一卷，江藩朱□撰。）　嘉靖本　一本

绿筠轩吟帙　（二卷，明沈藩朱恬烄撰。）　一部二本

朱恬烄，宪王次子，自号西屏道人。嘉靖三十一年袭封。

诚斋牡丹百咏附梅花百咏　（周宪王朱　嘉靖本　一部一本

有墩撰。)

朱有墩，定王长子。拱熙元年袭封。

蒲山牧唱　（魏观撰。）　成化本　一部一本

魏观，初名巳孙，字杞山，蒲圻人。(洪武)

槎翁文集　（十八卷，刘崧撰。）　正德本　一部四册

刘崧，字子高，泰和人。(洪武)

苏平仲文集　（四卷，苏伯衡撰。）　明初刻本　一部二册

苏伯衡，字平仲，金华人。(洪武)

斐然集　（《刘翰林斐然稿》一卷，红格抄，刘三吾撰。）　一本

刘三吾，初名如孙，字坦甫，茶陵人。(洪武)

缶鸣集　（十二卷，高启撰。）　明嘉靖以前本　二部八册

高启，字季迪，长洲人。(洪武)

西庵诗集　（十卷，孙蕡撰。）　弘治本　一部二本

孙蕡，字仲衍，南海人。(洪武)

蚁术诗选　（八卷，邵复孺撰，嘉靖刻。）　明本　一部四册

邵亨贞，字复孺，严州人，徙居华亭。明初为松江府学训导。(洪武)

春雨轩集　（十卷，又诗集十卷，刘彦昺撰。）　二部四本

刘炳，字彦骨，以字行，鄱阳人。(洪武)

听雪蓬先生诗　（七卷，刘秩撰。）　一本

刘秩，字伯序，丰城人。洪武初崇明知州。(洪武)

观乐生诗　（五卷，许继撰。）　一本

许继，字士修，宁海人。洪武中台州儒学训导。(洪武)

巢睫集　刊本　一本

巢睫集　抄本（五卷，曾棨撰，存卷一之四。）　一本

曾棨，字子启，永丰人。（永乐甲申科）

［王］抑庵文集　（十三卷，王植撰。）　成化本　一部四本

王植，字行检，泰和人。（永乐甲申科）

运甓漫稿　（七卷，李桢撰。）　正统本　一部二册

李桢，字昌祺，以字行，庐陵人。（永乐甲申科）

和东行百咏集　（《芳洲东行百咏》□卷，陈循撰。存卷二、三。）　存中下

陈循，字德遵，泰和人。（永乐乙未科）

补拙集　（六卷，杨应春撰。）　正统本　一本

默庵诗集　（曹义撰。）　一本

曹义，字子宜，号默庵，句容人。（永乐乙未科）

育斋诗文集　（十七卷，高榖撰。）　成化本　一部二册

高榖，字克用，别号育斋，兴化人。（永乐乙未科）

刘文恭公集　（六卷，刘铉撰。）　嘉靖本　竹纸　一部二本

刘文恭公集　嘉靖本　白纸　一部二本

刘铉，字宗器，长洲人。（永乐庚子科）

于公集　（《于肃愍公集》八卷，存卷六之末。于谦撰。大梁书院本。）　存二本

于谦，字廷益，钱塘人。（永乐辛丑科）

和杜诗　（三卷，张楷撰。）　天顺四年本　一部一册

张楷，字式之，慈谿人。（永乐甲辰科）

东里集　（杨士奇撰。）　存三本

杨士奇，名寓，以字行，泰和人。（永乐）

天游别集　（三卷，缺，王达撰。存上、中。）　少卷下

王达，字达善，无锡人。（永乐）

静斋诗集　（六卷，莆田黄守撰。）　嘉靖本　一本

黄守，字约仲，以字行，莆田人。（永乐）

按：此天一阁旧藏据《海日楼书目》补。

雨轩外集　（八卷，释陆溥洽撰。）　宣德本　一部一本

陆溥洽，字南洲，山阴人。陆游裔孙。上天竺僧。宣德初卒。

松雨庵　（疑当作《松雨轩集》，二卷，平显撰。）　宣德本　一部二本

溪园集　（七卷，明周启撰，附录三卷，明周棨等撰。）　二本

古穰文集　（三十卷，续集二十卷，存卷三十，李贤撰。）

困志集　（《章恭毅公困志集》一卷，张纶撰。）　嘉靖本　一部一本

张纶，字大经，乐清人。（正统己未科）

纪行稿　（沈琮撰。）　嘉靖本　一部二册

沈琮，字公礼，平湖人。（正统壬戌科）

白沙集诗近稿　（《白沙先生近稿》十卷，陈献章撰。）　弘治本　部　本

陈献章，字公甫，新会人。（正统丁卯科）

竹岩先生文集　（十二卷，抄本，柯潜撰。）　二本

柯潜，字孟时，莆田人。（景泰辛未科）

［黎阳］王太傅诗选　（正德戊辰杨仪宗　正德本　一部一册

德序刻。)

和杜律 (一卷，郁文博撰。) 成化本 一部一册

沈石田集 (《沈石田诗稿》三卷，沈周撰。) 弘治三卷本 一部三本

沈周，字启南，长洲人。(景泰)

定轩存稿 (十七卷，黄孔昭撰。) 一部一本

黄孔昭，字世显，黄岩人。(天顺庚辰科)

愧斋文粹 (五卷，附录一卷，陈音撰。) 嘉靖本 一部二册

陈音，字师邵，莆田人。(天顺癸未科)

沧洲诗集 (十卷，张泰撰。) 弘治本 一部二本

张泰，字亨父，太仓人。(天顺癸未科)

东山诗集 (二卷，刘大夏撰。) 一部二本

刘大夏，字时雍，华容人。(天顺癸未科)

袜线集 (一卷，史杰撰。) 弘治本 一本

史杰，字孟哲，潮州人。(天顺)

篁墩程先生文粹 (二十五卷，程敏政撰。) 正德本 一部八册

程敏政，字克勤，休宁人。(成化丙戌科)

邵半江诗 (五卷，邵珪撰。) 正德本 一本

邵珪，字文敬，宜兴人。(成化己丑科)

邃庵集 (杨一清撰。) 正德本 一本

杨一清，字应宁，巴陵人。(成化壬辰科)

雁荡山樵诗 (十五卷，吴玄应撰。) 嘉靖本 一部六本

吴玄应，字顺德，号曼亭，晚又号雁荡山樵，乐

清人。（成化乙未科）

林见素集　（《见素诗集》十四卷，林俊撰。）　正德本　四本

林俊，字待用，莆田人。（成化戊戌科）

竹庐诗集　（吴琏撰。）　二部四本

竹庐诗　（吴琏撰。）　三部三册

传响集　（十二卷，附录一卷，崔澂撰。）　四本

崔澂，字渊甫，吴江人。（成化）

碧溪诗集　（六卷，附录一卷，张铁撰。）　正德本　一部二册

张铁，字子威，慈溪人。布衣。（成化）

云松诗略　（八卷，魏偁撰。）　弘治本　一部二册

魏偁，字达卿，鄞县人。（成化）

联锦诗集　（三卷，夏宏撰。）　景泰本　二本

夏宏，字仲宽，当涂人。

顾沧江诗集　（二卷，顾文渊撰。）　正德本　二本

顾文渊，字静卿，钱塘人。（成化）

逸窝诗集　（七卷，彭孔坚撰。）　弘治本　一部一本

山斋吟稿　（二卷，郑岳撰。）　嘉靖本　一部一本

郑岳，字汝华，莆田人。（弘治癸丑科）

嘉靖集　（一卷，李空同著。）　一部一册

李空同精华集　（三卷，李梦阳撰，丰坊选。）　嘉靖本　一部一本

李空同精华集　嘉靖本　二部二本

李空同诗选　（四卷，杨慎选）　嘉靖本　一部二本

李崆峒诗　嘉靖本　一部四本

丽泽录　（二十四卷，李梦阳撰。）　嘉靖本　一部八本

丽泽录　少一之四

李梦阳。字献吉，扶沟人。（弘治癸丑科）

具区集　（三卷，赵鹤撰。）　一部一本

赵鹤，字叔明（一作叔鸣），江都人。（弘治丙辰科）

熊士选集　（一卷，熊卓撰，天一阁刻本。）　二部二册

熊卓，字士选，丰城曲江人。（弘治丙辰科）

浮湘稿　（《浮湘集》四卷，顾磷撰。）　一部二本

息园存稿　（十四卷，顾璘撰。）　一部八本

顾东桥诗集　息园存稿　存卷一、二、十一、十二

山中集　（《山中集》四卷，顾璘撰，疑即此。）　二本

凭几集　（五卷，又续集二卷，顾璘撰。）　嘉靖本　一部四本

华泉诗集　（八卷，边贡撰。）　嘉靖本　一部二本

又　嘉靖本　一部四本

边贡，字廷实，别号华泉，历城人。（弘治丙辰科）

唐伯虎集　（二卷，唐寅撰。）　嘉靖本　一本

白斋先生集　（九卷，张琦撰。）　一本

张琦，字君玉，鄞县人。（弘治己未科）

柏斋文集　（十卷，何瑭撰。）　明初本　一部三册

何瑭，字粹夫，怀庆人。（弘治壬戌科）

何大复集　（三十七卷，何景明撰。）　嘉靖本　一部四册

何大复集　嘉靖本并配　一部十二册

何景明，字大复，信阳州人。（弘治壬戌科）

鹭沙诗集　（二卷，孙伟撰。）　一部一本

孙伟，字朝望，清江人。（弘治壬戌科）

鹭沙清江二家诗选　存卷一之二

按：此集四卷，四库著录即天一阁本。

南还稿　（一卷，严嵩撰）　明本　一本

钤山堂诗抄　（二卷，严嵩撰。）　嘉靖本　一部一本

钤山堂诗选　（七卷。）　嘉靖本　一部一本

振秀集　（二卷，严嵩撰，顾起编。）　嘉靖本　一本

严嵩，字惟中，分宜人。（弘治乙丑科）

箬溪归田诗选　（一卷，顾应祥撰。）　嘉靖本　一本

西樵遗稿　（五卷，方献夫撰。）　嘉靖本　一部四册

方文襄遗稿　（五卷，方献夫撰。）　五本

方献夫，初名献科，字叔贤，南海人。（弘治乙丑科）

西巡纪行稿　（二卷，崔铣撰。）　二部二本

崔铣，字子钟，安阳人。（弘治乙丑科）

太白山人漫稿　（二卷，孙一元撰。）　二本

孙一元，字太初。（弘治）

戊己吟卷附诗　（《张禺山戊己吟》三卷，张含撰。）　一部二本

张含，字愈光，永昌卫人。张志淳子。（正德丁卯科）

韩五泉稿　（四卷，韩邦靖撰。）　一部一本

韩邦靖，字汝庆，朝邑人。邦奇弟。（正德戊辰科）

戴邃谷集　（十二卷，戴冠撰。）　一部四本

戴冠，字仲鹖，信阳州人。（正德戊辰科）

定斋诗集　（二卷，王应鹏撰。）　二本

王应鹏，字天宇，鄞县人。（正德戊辰科）

编苕集　（八卷，黄卿撰。）　嘉靖本　一部四册

黄卿，字时庸，益都人。（正德戊辰科）

棠陵文集　（八卷，方豪撰。）　嘉靖本　四本

棠陵文集　一部二本

方豪，字思道，开化人。（正德戊辰科）

东郭先生文集　（九卷，邹守益撰）　嘉靖本　一部二本

邹守益，字谦之，安福人。（正德辛未科）

杨升庵南中集　嘉靖本　一部二册

升庵南中集　（一卷，续集一卷，杨慎撰。）

嘉靖本　一部二本

升庵南中续集　（一卷，杨慎撰。）　一本

杨升庵诗　存卷四之五

按：此正嘉之间滇中刻本。六行，十二字。行草书。白口，四周双边。双鱼尾，板心题“升庵诗卷四”，下记叶数。“阮目”著录。所谓“书用六行，字俱行草”者即此本，刊印俱在滇中。

杨升庵诗　嘉靖本　一部一本

杨慎，字用修，新都人。（正德辛未科）

龙石诗集　（八卷，许成名撰。）　嘉靖本　一部二本

许成名，字思仁，聊城人。（正德辛未科）

石矶集　（二卷，孙继芳撰。）　嘉靖本　一本

孙继芳，字世其，华容人。（正德辛未科）

屠简肃公集　（十四卷，屠侨撰。）　嘉靖本　一部四册

屠侨，字安卿，鄞县人。（正德辛未科）

渐斋诗集　（赵汉撰。）　二本

赵汉，字鸿逵，平湖人。（正德辛未科）

汪白泉稿　（《汪白泉先生选稿》十卷，汪文盛撰，杨慎选。）　五本

汪文盛，字希周，崇阳人。（正德辛未科）

鸥汀渔啸集　（六卷，顿锐撰。）　嘉靖本　一部二本

顿锐，字叔养，涿州人。（正德辛未科）

游蜀吟稿　（二卷，刘天民撰。）　嘉靖本　一部二本

刘天民，字希尹，历城人。（正德甲戌科）

乙巳春游稿　（五卷，李濂撰。）　一部一本

林榕江先生诗集　（三十卷，林炫撰。）　嘉靖本　一部十本

林炫，字贞孚，闽县人。庭棉子。（正德甲戌科）

太微山人嘉靖集　（八卷，张治道撰。）　嘉靖本　一部四册

张太微诗集　（十二卷，太微后集四卷。）　嘉靖本　一部八册

按：此嘉靖刻，十行，廿一字，题“关中张治道孟独”。

张治道，字孟独，长安人。（正德甲戌科）

在涧集　（九卷，顾可久撰。）　一部二本

顾可久，字与新，无锡人。（正德甲戌科）

碧里鸣存　（一卷，董穀撰。）　明本　一本

董穀，字硕甫，海盐人。（正德丙子科）

亶爰子诗集　（二卷，附录一卷，江晖撰。）　一部二本

江晖，字景孚，仁和人。(正德丁丑科)

西玄诗集　(一卷，马汝骥撰。)　嘉靖本　二部二册

马汝骥，字仲芳，绥德州人。(正德丁丑科)

桂洲集　(二十四卷，夏言撰。)　存卷十七之廿四

介立诗集　(六卷，林时撰。)　一部二册

林时，字懋易，汝阳籍休宁人。自号介立山人。(正德丁丑科)

泰泉集　(六卷，黄佐撰。)　嘉靖本　一部四本

黄佐，字才伯，号泰泉，香山人。(正德辛巳科)

允庵先生诗　(六卷，张逵撰。)　嘉靖本　一部二本

张逵，字懋登，余姚人。(正德辛巳科)

兵部集　(一卷，吴檄撰。)　嘉靖本　一部一册

吴檄，字用宣，桐城人。(正德辛巳科)

杨后山诗　一部六本

甫田集　(四卷，缺，文徵明撰。存卷二之四。)　存卷三之四

文徵明，初名壁，以字行，更字徵仲，长洲人。(正德)

嗥呓弃存　(傅汝舟撰。)　一本

傅汝舟，字木虚，一名丹，号丁戊山人。一曰磊老，侯官人。(正德)

振衣亭稿　(王孜撰。)　明本　一本

彀音集　(四卷，王良枢撰。)　一本

王良枢，吴兴人。

余迁江集　(二卷，余佑撰。)　一部二本

余佑，迁江知县。

适志集　（十卷，黄钥撰）　嘉靖本　一部二本

复初山人和陶集　（五卷，谢承佑撰。）　嘉靖本　一部二本

雪舟诗集　（六卷，贾□□撰。）　嘉靖本　一部二本

寓岱稿　（一卷，仲言永撰。）　嘉靖本　一本

玉崖诗集　存卷一之四、卷八之十

按：此嘉靖刻，十行，廿字。白口，单边。写刻极精。前有嘉靖丙午四月既望长洲文徵明叙，次自撰“玉崖生志”。次目录。卷尾双行牌记云：“武陵顾氏清泉馆刊。”后有嘉靖乙巳仲春既望鬘镜山人沈希皋跋。玉崖老人姚章，字有中，上海人。清泉馆顾世安斋名，顾为老人弟子。

岩居稿　（八卷，华察撰。）　嘉靖本　一本又一部二本

华察，字子潜，号鸿山，无锡人。（嘉靖丙戌科）

陆子余集　（八卷，附一卷，陆粲撰。）　少卷七，存八附

陆粲，字子余，长洲人。（嘉靖丙戌科）

袁永之集　（二十卷，袁袠撰。）　嘉靖本　一部四册

袁袠，字永之，吴县人。（嘉靖丙戌科）

三巡集稿　（一卷，苏佑撰。）　嘉靖本　部　册

穀原诗集　（八卷，续集一，苏佑撰。）　嘉靖本　一部四册

均奕诗　（一卷，郭凤仪撰。）　一部一本

郭凤仪，字舜符，号桐岗，嘉靖丙戌进士。

玩易堂诗　（六卷，杨育秀撰。）　嘉靖本　一部六册

岁稿　（二卷，谷继宗撰。）　一部一本

谷继宗，字嗣兴，历城人。（嘉靖丙戌科）

守株子诗稿　（二卷，沈恺撰。）　明本　一部二册

沈恺，字舜臣，华亭人。（嘉靖己丑科）

中麓山人拙对　（二卷，红格抄本，李开先撰。）　二本

李开先，字伯华，章邱人。（嘉靖己丑科）

文谷渔嬉稿　（一卷，又二卷一本，分甲子、乙丑两集。孔天胤撰。）　一部一本

孔天胤，字汝锡，汾州人。（嘉靖壬辰科）

陭堂摘稿　（十六卷，许应元撰。）　嘉靖本　一部四册

许应元，字子春，钱塘人。（嘉靖壬辰科）

岩潭诗集　（八卷，王廷干撰。）　嘉靖本　一部三册

柘湖遗稿　（二卷，王梅撰。）　一本

王梅，字时魁，号柘湖，平湖人。（嘉靖壬辰科）

赵太史诗钞　（二卷，赵贞吉撰。）　一部二本

赵贞吉，字孟静，内江人。（嘉靖乙未科）

两溪先生遗集　（七卷，骆文盛撰。）　嘉靖本　一部一本

骆文盛，字质甫，武康人。（嘉靖乙未科）

思补轩漫集　（《思补轩集》八卷，尹台撰。）　一部四本

尹台，字崇基，永新人。（嘉靖乙未科）

王仲山先生诗选　（八卷，附诗类一卷，王问撰。）　嘉靖本　一部六册

王问，字子裕，无锡人。（嘉靖戊戌科）

毂下集　（一卷，俞宪撰。）　存三本

俞宪，字汝承，无锡人。（嘉靖戊戌科）

既白诗稿　（《豫章既白诗稿》四卷，遂安吴世良编辑。）　存卷三之五

寓武林摘稿　（十卷，吴世良撰。）　明本　二本

吴世良，别号云鸬山人，遂安人。（嘉靖戊戌科）

白华楼藏稿　（十一卷，茅坤撰。）　嘉靖本　一部五本

白华楼藏稿　存卷一之九

茅坤，字顺甫，归安人。（嘉靖戊戌科）

温大谷集　（二卷，温新撰。）　嘉靖本　二部四册

温新，字伯明，洛阳人。（嘉靖戊戌科）

公余漫稿　（五卷，王崇古撰。）　一部二本

王崇古，字学甫，蒲州人。（嘉靖辛丑科）

石屋存稿　（六卷，许应亨撰。）　嘉靖本　一部二册

许应亨，仁和人，应元弟。（嘉靖甲辰科）

太乙山人游蜀诗　（十卷，张光宇撰。）　嘉靖本　一本

白雪楼诗集　（十二卷，李攀龙撰。）　隆庆本　一部八册

白雪楼诗集　少卷一之二

白雪楼诗　一部二册

李攀龙，字于鳞，历城人。（嘉靖甲辰科）

戊辰三郡稿　（一卷，王世集撰。）　一部一本

游太和杂稿　（二卷，工世集撰。）　一部二本

王元美嘉靖集　一本

使金陵稿　（一卷，李先芳撰。）　一部一本

李先芳，字伯承，濮州军籍监利人。（嘉靖丁未科）

青萝馆集　（六卷，徐中行撰。）　二本

徐中行，字子与，长兴人。（嘉靖庚戌科）

孙山甫督学集　（八卷，存卷五之八，孙应鳌撰。）　嘉靖本　一部二册

孙应鳌，字山甫，贵州青平卫人。（嘉靖癸丑科）

金台乙丑稿　（一方，方新撰。）　明本　一本

青藜阁初稿　（三卷，戚元佐撰。）　万历元年本　一部三册

戚元佐，字希仲，秀水人。（嘉靖壬戌科）

东征漫稿　（二卷，包大中撰。）　嘉靖本　一本

包大中，字庸之，鄞县人。（嘉靖）

帆前集　（一卷，沈明臣撰。）　一部一本

蒯缑集　（二卷，附于艾集一卷，沈明臣撰。）　嘉靖本　一部一册

用拙集　（一卷，沈明臣撰。）　明本　一本

沈明臣，字嘉则，鄞县人。（嘉靖）

玩梅亭集稿　（二卷，柴维道撰。）　一部二本

柴维道，字允中，江山人。（嘉靖）

思则堂续稿　（一卷，孙钰撰。）　一本

孙钰，堪子。（嘉靖）

纨绮集　（一卷，张显翼撰。）　一部一本

张显翼，字幼于，更名敉，长州人。凤翼弟。（嘉靖）

海樵诗　（《陈海樵律诗》二卷，陈鹤撰。）　一部二本

陈山人小集　（一卷，陈鹤撰。）　嘉靖本　一部一本

陈鹤，字鸣野，一字九皋，绍兴山阴人。（嘉靖）

卢月渔集　（二卷，卢沄撰。）　明本　一本又一本

卢沄，字宗润，鄞县人。（嘉靖）

使楚稿　（一卷，戴经撰）　一部一本

戴经，以王家从世宗入继大统，授锦衣卫千户。（嘉靖）

昆明集　（二卷，顾起纶撰。）　嘉靖本　一本

顾起纶，字玄言，无锡人。

剪彩集　（二卷，张之象撰。）　一部一本

又　白纸　一部一本

又　竹纸　一部一本

张之象，字月鹿，一字玄超，华亭人。（嘉靖）

游襄阳名山诗　（顾圣之撰。）　嘉靖本　一部一本

顾圣之，字季狂，明吴人。

刘后溪诗集　（“后溪诗稿”一卷，刘世伟撰。）　一部一本

湍屋留吟　（一卷，侯汝白撰。）　嘉靖本　一本

少岳山人诗　（四卷，项元淇撰。）　万历本　一部二本

项元淇（一作琪），字子瞻，秀水人。（嘉靖）

客越志　（二卷，王稚登撰。）　隆庆本　一部一册

燕市集　（二卷，王稚登撰。）　一本

王稚登，字百谷，一字伯固，长洲人。（嘉靖）

嵘鸣诗集　（十八卷，沈一贯撰。）　明本　一部六册

沈一贯，字肩吾，鄞县人。（隆庆戊辰科）

问棘堂　（《问棘堂邮草》十卷，汤显祖撰。）　万历本　一部二册

汤显祖，字若士，一字义仍，临川人。（万历癸未科）

江皋集　（六卷，附遗稿一卷，冯淮撰。）　一部二本

　　冯淮，字会东，别号雪竹山人，华亭漕泾里人。

张词臣诗集　（张幼学撰。）　一本

李山人诗　（二卷，李寅撰。）　二本

　　李寅，字宾父，鄞县人。

毛菊庵集　（十二卷，毛伯温序刻其祖太守公遗稿。）　嘉靖本　一部二本

南游稿　一本

庞居士集　（《庞居士集》一卷，庞蕴撰。）　一本

池上篇　三部三本

黄峰适心集　一部二本

息舟诗集　一部二本

湞台行稿　一部四本

椎云邢君诗集　（疑即《樵云邦君诗集》。）　一部一本

汾斋遗稿　嘉靖本　一部一本

后斋遗稿　（一卷，陈宪撰。）　一部一本

西洲诗集　少卷五

咏鸣诗集　一部六本

盛复斋和陶诗　三部九本

四爱堂诗　一本

刘崇明先生诗集　洪武本　一本

云岩诗集　（六卷，朱素和编。）　正统本　二本

□□太傅文集　明初本　一部一册

龙珠山房　一部一本

龙珠山房续　（“阮目”有《湖上篇》一册，龙珠　一部一本
山人李奎著，不知即此本否?）

白鹤山房　嘉靖本　一部二本

自课堂诗集　（文集一卷，诗集一卷，清程康庄　一部一本
撰。）

程康庄，字昆仑，武乡人。

杲堂诗文抄　（李邺嗣著。）　康熙本　一部四册

杲堂诗抄　一部三本

清引亭稿　（清徐发撰。）　清刻　一部一本

塞上游　康熙本　一本

义溪世稿　（十二卷，陈朝锓裒集其祖父　万历本　一部三册
四世之作。李贞夫选。撰者：陈週、陈枨、陈相、
陈玮、陈耀、陈焞、陈烕、陈娃、陈墀、陈达、
陈振。）

又一部　万历本　白纸　一部三册

楚辞　嘉靖本　一部四册

洪注楚辞　（《楚辞补注》十七卷，宋洪　嘉靖本　一部八册
兴祖撰。）

五言律祖　（六卷，杨慎编）　一部一本

彤管遗编　别集（遗编二卜卷，后集二丨卷　存卷十九之二十
郦琥采集。）

皇明文衡　（百卷，程敏政编。）　嘉靖本　二十本

全懿堂集　（二卷，陈良谟辑。）　一部二本

陈良谟，字中（一作忠）天，安吉州人。（正德丁丑科）

怡泰轩集　　嘉靖本　二本

初唐诗　（三卷，樊鹏编。）　　嘉靖本　三本又一部三本

樊鹏，字少南，信阳州人。（嘉靖丙戌科）

按：此嘉靖刻，九行，廿字。

万首绝句　（《万首唐人绝句》二十六卷，洪迈编。）　明初本　四本

傅选唐诗　（《傅选唐七言律诗》九卷，方介编。）　一部四本

唐诗选　（七卷，李攀龙编。）　一部二本

唐律类抄　（二编，蔡云程编。）　一部二本

蔡云程，字亨之，临海人。（嘉靖己丑科）

唐三体诗　（八卷，周弼撰。）　明本　有缺叶　二本

周弼，新建人。洪武间以明经授训导。

唐诗二选　　八本

唐诗正声　（二十二卷，二选十卷，高棅编。）　一部四本

高棅，明洪武闽北新宁人。字彦恢，仕名廷礼。

花间集　　嘉靖本　一部二本

元诗正体　（四卷，符观撰。）　正德本　一本

符观，字继观，新喻人。（弘治庚戌科）

皇明诗抄　（十卷，杨慎辑。）　嘉靖本　二本

明律诗逸　（一卷，陆应阳编。）　明本　一本

国朝诗集　　一本

国朝诗选　（七卷，慎蒙编。）　万历元年本　八本

慎蒙，吴兴人。

皇明古虞诗集　（二卷，谢说编。）　隆庆本　缺尾数叶　二本

谢谠，字献忠，上虞人。(嘉靖甲辰科)

锡山遗响　(十卷，莫善诚编。)　一部三本

湖山倡和　正德本　一部二本

按：此本二卷，十行廿字。白口双边。卷尾有“养浩”书“重刊湖山唱和集后”。此会稽雪湖冯兰、木斋谢迁倡和集。

冯兰，字佩之，余姚人。(成化己丑科)

谢迁，字于乔，余姚人。(成化乙未科)

南明纪游诗　(一卷，黄中撰。)　一部一册

按：此嘉靖三十三年章士元刻，蓝印本。小册。

黄中，初名忠，字文卿，遂昌人。(嘉靖辛卯科)

吴兴诗选　(六卷，陆隅编，钱学校刊。)　二本

钱学，常熟人。

三先生集　(《三先生诗》十九卷，高启、杨庄、包尼授撰。江阴朱绍、朱积编辑，曾棨序。)　宣德本　四本

海右倡和集　(二卷，附集一卷，李攀龙、许邦才撰。)　一部一本

许邦才，字殿卿，历城人。(嘉靖癸卯科)

金华文统　(十三卷，赵鹤编。)　四本

朝正唱和　(二卷，徐昌穀、赵鹤撰。)

徐昌穀，名祯卿，一字昌国，吴县人。(弘治乙丑科)

交游赠言　(“交游赠言录”十卷，李萃叟编其父濂交游赠言。)　嘉靖本　一部二本

李氏唱和集　一部一本

祖孙唱和　嘉靖本　一部二本

写情集　（刘基撰。）　洪武本　一本

桂州词　（一卷，夏言撰。）　一部一本

绝妙词选　明本　存一之四

词选十卷　存卷一之四

诗馀选　万历本　二本

［笺注］草堂诗馀　名贤词话（二卷）　嘉靖小字本　四本

按：此嘉靖间陈钟秀校刊本，四印斋刻本即从此出。

诗馀图谱　（三卷，张綖撰。）　嘉靖本　一部三册

按：此本十一行，廿二字，白口，单边。题“高邮张綖世文”。

张綖，高邮州人。嘉靖□□举人。

［编选］四家宫词　（四卷，黄鲁曾编。）　嘉靖本　二本

葵轩词　（夏旸撰）　明本　一本

夏旸，贵溪人。

词林摘艳　（十集，缺，友竹山人编，存乙、丁、戊、已、壬、癸六集。）　嘉靖本　一部六册

碧山乐府　（一卷，王九思撰。）　正德本　一本又一本

王九思　字敬夫，鄠县人。（弘治丙辰科）

陶情乐府　（四卷，续一卷，杨慎撰。）　嘉靖本　一本又一本

浒东乐府　（二卷，康海撰。）　一本

康海，字德涵，武功人。（弘治壬戌科）

鹿鸣乐章　一部一本

北曲拾遗　抄本　一部一本

太赋骈体　嘉靖本　四本

全唐诗话　（三卷，宋尤袤编。）　三本

诗人玉屑　（二十卷，宋魏庆之撰。）　四本

傅与砺诗法　（四卷，元傅若金撰。）　一部一本

诗纪　（一百五十六卷，冯惟讷编。）　卅本

冯惟讷，字汝言，临朐人。（嘉靖戊戌科）

诗心珠会　（十卷，华阳王朱宣墡撰。）　嘉靖本　一部四本

咏史绝句　（四卷，程敏政编。）　一部二本

文髓　（九卷，宋周应龙选评。）　明本　缺序目　二本

学约古文　（三卷，杨抚编。）　一部三本

杨抚，字安世，余姚人。（正德辛巳科）

古文精萃　（十卷。）　二本

尺牍清裁

存卷一之五、卷七之十一、十二之十七、廿四之廿八

赤牍清裁　（十卷，杨慎编。）　嘉靖本　五本

赤牍清裁　存三本

惊鸿集

《惊鸿集》，黄裳先生以其平日题写于藏书前后副叶、至书去时又取下留存的跋文手迹若干，排比编次，由东方出版中心（上海）于2008年10月原色影印，并加释文，一一对应，成其书跋专集之又一种。今即据以编入，而于释文中句读标点未当处，则一并酌改。

三十年前余日以買書為事，幾無日不得書，書亦每或換冊歸來，則讀之，考索其源流及轉徙之跡，參之諸錄，舉凡紙墨行格，所記之屬，一一記之，積久有十數巨冊。自遭劫難，此事便廢，而書冊更零落可憐，舊本亦幾絕跡人間矣。自前歲起，少少出游，遂下武林，皆昔歲至徘徊嬉游之地，偶亦觀書林，故友亦間有以一二小冊示余者，偶發興，亦偶買一二，如拾舊歡。時以自笑，篋中尚存此紅格舊箋三十許枚，即取以為寫錄舊書，不多見此箋，已香去，亦一時用盡也。遂日寫書，頗不可耐，念當年揮汗理書之事，幾如夢寐，悵於此中，可得少許清涼也。因書其緣起。時庚申六月十四日，明日為余六十一歲生朝也。黃裳記於來燕榭之南窗下

咸豐辛亥歲　一步廬氏仿古

代序

三十年前，余日以买书为事，几无日不得书，书市亦最盛。挟册归来则读之，考索其源流及转徙之迹，登之簿录。举凡纸墨行格印记之属，一一记之，积久有十数巨册。自遇劫难，此事便废，而书市更寥落可怜，旧本亦几绝迹人间矣。自前岁起，少少出游，吴下、武林皆曾数至，徘徊昔游之地，偶亦觏书林故友，亦间有以一二小册示余者。偶发兴，亦偶买一二，如拾旧欢，时以自笑。箧中尚存此红格旧笺三十许枚，即取以为簿录，旧书不多见，此笺亦未必一时用尽也。连日溽暑，颇不可耐，念当年挥汗理书之事，几如梦寐，惟于此中可得少许清凉也，因著其缘起，时庚申六月十四日，明日为余六十一岁生朝也。黄裳记于来燕榭之南窗下。

余舊有吳巹酒詩集覽兩之間以刻之佳多多購今
夏於蘇古籍見萬曆刻本白棉宣紙大冊每本四萬金
未及購匆匆歲暮書價暴漲萬曆一本白紙開大字
九十萬金此本得諸溫知書店三十三萬棉紙開本六
小然極雅矣余近擬重刊綠雪堂集監為人何者乃得
此本借檢讀同時見有汲古閣八唐人集裝製甚精前
有楊文驄序索百萬元余收李義山集數種明本
張非看民刊本明本也不可不備首兮得之續書歸來
燈下草此時三十七年九月六日也

黃裳

《梅村家藏稿》

余旧有吴祭酒诗集览，而久闻此刻之佳，匆匆未购。今夏于萃古斋见董康刻书多种，宣纸大册，每本四万金，未及购。匆匆岁暮，书价暴昂，来薰阁一本，宣纸阔大，索九十万金。此本得诸温知书店，三十三万，料半纸，开本亦小，然较廉矣。余近拟重草《鸳湖记》，集览为人借去，乃得此本供检读。同时见有汲古阁《八唐人集》，装制甚精，前有杨文骢序，索百廿万元。余收《李义山集》数种，汲古本虽非蒋氏刊，亦明本也，不可不备，当更得之。购书归来，灯下草此，时三十七年元月六日也。黄裳。

嘉業堂書於劫中散出先君一部歸朱嘉賓後張長年更巧取豪
奪以去張以事避香港久不敢歸其書付由三馬路新張之文海書店
售出余獲其多種今所見劉翰怡書之前後有朱張二印者皆是也
此展轉以出者也其抄校本有一目余錄有副本不盡精而亦有精絕者
亦爲南京某君（或云係周書弢）先取一部份去餘書庋於一舊書
庫之閣樓上余因爲西諦購績溪秋山館竹簾藏書得入内縱
觀所儲又得抄從鄭國勳典故等皆逕致佳而翁方綱四庫提要稿
本尤爲鉅觀惜以直昂力有未逮終乃得此所抄春秋三數種以歸
紀念此冊及吹劍錄竹逝自琴三冊皆是也後韓叟士保以金價徵求
全本已從价付款終乃悔約鄭氏藏書終歸四川商人者某捆載入蜀
矣此事不成甚令懊惱今日書價益昂而時世更非余亦久不收書
鐙下無事輒取舊本翻閱以遣悶懷因記數語時三十八年五月七
日夜也天曉矣在仲夏期人民義師不至令人向向 黃裳

明抄《吹剑录》《幻迹自警》等

嘉业堂书于劫中散出，先有一部归朱嘉宾，后张叔平更巧取豪夺以去。张以事遁香港，久不敢归，其书则由三马路新张之文海书店售出，余获其多种。今所见刘翰怡书之前后有朱、张二印者，则皆如此展转以出者也。其抄校本有一目，余录有副本，不尽精而亦有精绝者，亦为南京某君（或云系图书馆）先取一部份去，余书庋于一弄堂书店之阁楼上。余因为西谛购赎纫秋山馆行箧藏书，得入内纵观所余，如明抄《说郛》《国朝典故》等，皆至佳。而翁方纲《四库提要》稿本尤为巨观，惜以直昂，力有未逮，终乃得此明抄旧抄三数种，以为纪念，此册及《吹剑录》《幻迹自警》三册皆是也。后韩贾士保以金价微涨，余本已谐价付款，终乃悔约，郑氏藏书终归四川商人李某，捆载入蜀矣。此事不成，甚令憾惜。今日书价益昂，而时世更非，余亦久不收书。灯下无事，辄取旧本翻阅，以遣闷怀，因记数语，时三十八年五月七日夜也。天燠如在仲夏，期人民义师不至，令人闷闷。黄裳。

今秋余作金陵之游，归途过吴下，访书护龙街上，于古城书店架上见钞本[illegible]二册，尚系
明人旧刻，乃检取以归。旅窗灯下翻阅，方知係不全本，书贾割去序目，剜补卷叶，并加
袁氏五砚楼伪印，以充全本，若七以售之，不易辨也。姑一笑置之。归后以印别笺诸书，摊中
今日饭后偶至汉学书店，不觏书可收，下午又于修绠堂书中获此集，遂嘱持来，与范
珍观大地四卷本参较，王府神取以归，灯下翻阅，知为钱遵王楼继梁旧藏，为云
山藏家所珍，钤目作四卷，而版心却作卷上下，且文章次序与序目更非尽同，甚疑
之。在云飞坊此书，返寓遍翻书目，亦是园目中有此书两部，一作十卷，一作八卷，俱
不合。四库著录之本刻为六卷，题陈文烛编，其序此本中有之。人文科学研究所著录之
本刻为二卷，题明龚弘等编，万历间宋氏等重刊本，是又为一本矣。又取余前所获
不全本对了，知校此全同，但重刊时页改题巴蜀刘贵重刊，而又删补韩介、羊袁
辨一文为又廿四页，此本原缺，有文集载残本补足，因欺板本之学浅如烟海，
此等之小册亦非广聚众本，亦将不能知其源流。以残本之收，更非全无用处也。此集
係世言不慊于宋末事，是邦贤每多重刊，况明人喜作伪之风，本盛则失从重刻，读者
校此更非易事，则其浮妄更无详考之必要矣。唐春风独久，学海心目，此书所述甚
详，复续述于宋[illegible]两家所藏，自当检视。以年来所获旧籍，佚谬凌濒矣。
携此与前之一传十年，积想书一为卷，山堂书不合，相接待也。
一九[illegible]年十月十七日夜饭后记　黄裳
黄裳

明刻《钓台集》

今秋余作金陵之游，归途过吴下，访书护龙街上，于百城书店架上见《钓台集》二册，尚系明人旧刻，乃携取以归。旅舍灯下翻阅，方知系不全本。书贾割去序目，挖补卷叶并加袁氏五砚楼伪印，以充全本者也。以所费不多，亦姑一笑置之，归沪后即别置残书堆中。今日饭后偶至汉学，闻石麒告所收丁氏放佣楼书中亦有此集，遂嘱持来。与蕴珍观大地回春后步行至店，袖取以归。灯下翻阅，知为钱遵王、杨继梁旧藏，为虞山藏家所珍，叙目作四卷，而版心却作卷上下，且文章次序与序目更非尽同，甚疑之。在霞飞坊吃蟹返寓，遍翻书目，也是园目中有此书两部。一作十卷，一作八卷，俱不合。四库著录之本则为六卷，题陈文焕编，其序此本中有之。人文科学研究所著录之本则为二卷，题明龚弘等编，万历间朱氏等重刊本，是又为一本矣。又取余前所获不全本观之，知板片全同，仅重刊首页，改题巴蜀刘嵩重刊，而又别补韩介《羊裘辨》一文，为又廿四页。此本原缺第六叶，亦赖残本补足，因叹板本之学浩如烟海，即此戋戋小册，如非广聚众本，亦将不能知其源流，而残本之收，更非全无用处也。此集系地方名胜专集，来宰是邦者，每多重刊，况明人书帕之风本盛，则先后重刻，凑集板片，更非异事。则其源委，更无详索之必要矣。富春风物，久萦心目，此集所述綦详，复经述古、乐善两家递藏，自当珍视。明年春好，当携俊侣徜徉严陵滩矣。携此与共，一偿十年积想，书此为券，山灵当不吝相接待也。

一九四九年十月十七日夜灯下题记，黄裳。

此本舊藏雲山楊繼曇氏 去年夏歸余 封面
碑裝寄蹊甚詭 十月始付黃有福君為重
訂〻別以殘本所存〻卷首一葉拼甚可存刊
者 蓋六也 真本研樣沖刻 書賈偽作 不足信也
又二十四葉 後別出二葉 亦殘本所有 似其本又
印在此冊之後 是不可知矣 庚寅十二月初二日記 裳

辛卯春二月廿四日 重閱江南春 好沐果文生何時乃得一
說富春之棹耶 黃裳

此本旧藏虞山杨继梁氏，去年夏归余。封面碎裂，未暇装治，上月始付曹有福君为重订之，别以残本所存之卷首一叶附装，可存刊者姓名也。其五研楼印则书贾伪作，不足信也。又二十四叶后别出一叶，亦残本所有，似其本又印在此册之后，是不可知矣。庚寅十二月初二日记。

辛卯春二月廿四日重阅。江南春好，游兴又生，何时乃得一泛富春之棹耶？黄裳。

去歲冬鄭西諦寓於葉氏所之紉秋山館竹篋書將出售矣余為謀所以贖歸之道商於文海以黃金八兩議定付去款一半時金圓券方累跌翌日書賈遂悔前約其事終未成余則於文海購取壽業堂劫餘零種數冊以歸此其一也書為明鈔卷前鈐印累累珍重之至未經題記其石湖盧氏家藏一印甚舊不知誰何適於鐵琴銅劍樓書影中見宋板溫國文正公文集後黃丕烈跋中所記卷中卅八後空葉有墨書三行云國初吳儒徐松雲先生收藏溫公集八十卷缺第九卷雍謹鈔補以為完書云弘治十八乙丑秋九月望日石湖盧雍謹記是吳中藏書故家卷首藏印當即其人也後又歸王雅宜范永謨季滄葦揆文端葉君澤結一廬諸家皆足為是書增重也今日午後早歸無事覓記此一段故實天氣陰晦齋居翻書不覺移晷　一九四九年十一月八日　黃裳

明抄《吹剑录》

去岁冬，郑西谛质于某氏之纫秋山馆行箧书，将出售矣。余为谋所以赎归之道，商于文海，以黄金八两议定，付去款一半。时金圆券方暴跌，翌日书贾遂悔前约，其事终未成。余则于文海购取嘉业堂劫余零种数册以归，此其一也。书为明钞，卷前钤印累累，珍重之至，未经题记。其石湖卢氏家藏一印甚旧，不知谁何。适于铁琴铜剑楼书影中见宋板《温国文正公文集》，后黄丕烈跋中所记卷中（第八十）后空叶有墨书三行，云国初吴儒徐松云先生收藏《温公集》八十卷，缺第九卷，雍谨钞补以为完书云。弘治乙丑秋九月望日，石湖卢雍谨记。是吴中藏书故家，卷首藏印当即其人也。后又归王雅宜、范承谟、季沧苇、揆文端、叶名澧、结一庐诸家，皆足为是书增重也。今日午后早归无事，爰记此一段故实。天气阴晦，斋居翻书，不觉移晷。一九四九年十一月八日，黄裳。

此朱竹垞舊藏抄本嵇康集十卷後又入揆文端家終歸
群碧樓有鄧氏校筆并跋語則見諸寒瘦山房鬻存
書目中余一日飯後偶過修文堂肆主人於架上抽
出此書及薛抄三數種見示亟以携歸未遑閲讀嵇康
集魯迅公曾用力甚勤手自抄校并輯有逸文一卷著録攷
一卷閑窗無事輒取卷中襯頁舊紙手為鈔録附於卷、
尾以為嵇集附録亦佳事也昔魯迅居京師寓紹興會館中
閉戶讀書手録古書古碑之序累數十百卷年前曾於許廣平
先生許一見之歎為絕作查許壽裳所作先生年譜嵇集之校
在民國二年時先生年三十三歲余今年三十一矣而僅能抄録先生
遺文念之滋愧亦可嘅也今日天氣陰晦飯後家居不出因理故
籍姑事抄寫并記歲月　一九四九年十一月九日　黄裳

旧抄《嵇康集》

此朱竹垞旧藏抄本《嵇康集》十卷，后又入揆文端家，终归群碧楼，有邓氏校笔，其跋语则见诸寒瘦山房鬻存书目中。余一日饭后偶过修文堂沪肆，主人于架上抽出此书及旧抄三数种见示，喜而携归，未遑问价。《嵇康集》，鲁迅翁用力甚勤，手自抄校，并辑有《逸文》一卷，著《录考》一卷。闲窗无事，辄取卷中衬页旧纸，手为钞录，附装卷尾，以为嵇集附录，亦佳事也。昔鲁迅居京师寓绍兴会馆中，闭户读书，手录古书古碑之属，累数十百卷。年前曾于许广平先生许一见之，叹为绝作。查许寿裳所作先生年谱，嵇集之校在民国二年，时先生年三十三岁。余今年三十一矣，而仅能抄录先生遗文，念之滋愧，亦可慨也。今日天气阴晦，饭后家居不出，因理故籍，始事抄写，并记岁月。一九四九年十一月九日，黄裳。

此江鄉縣氏舊抄本北戶錄三卷，余獲之葉欽三許，爲吳
新安吳氏遺書。吳氏爲眉孫，君能畫，又喜收藏，其書以金石影
爲多，絕無舊本，然皆裝治甚精。會撿取十許種，內以此爲
白眉，蓋曾經鮑氏知不足齋藏者也。吳氏曾有跋語夾
于書中，云此爲明鈔，疑未足。蓋所用紙係桃花紙也。江鄉
縣氏不知何許人，抄是舊當在明清之際，諸家注箸錄
有叚宋抄本目，從有棚本牌子一行，此抄寧之不知源出
何書也。吳氏又云舊硃筆似不通文義之人以繆李校改，
可笑可恨。是否鮑校，不可知，然所據係二卷本也。卷首以文三
圖記，則真跡也。今更見其遺書中有師友箋存二大冊，中有
袁寒雲、徐森玉、邵瑞彭、傅沅叔、樊樊山諸君子筆札，爲其
室人南蘋江采書畫，今亦辛苦，乃共此南蘋夫人已與它人
同居矣。吳君遺書如散，一從星散，嗟嘆書生與盡山河泡影，
正可不必多情若此也。吳君地下有知，當亦不以此言爲唐突乎。

庚寅二月十七日　黃裳

旧抄《北户录》

此江乡归氏旧抄本《北户录》三卷，余获之叶铭三许，为吴静安氏遗书。吴氏为眉孙弟，能画，喜收藏，其书以金石类为多，绝无旧本，然皆装治甚精。余获取十许种，而以此为白眉，盖曾经鲍氏知不足斋考藏者也。吴氏曾有跋语夹于书中，云此为明钞，疑未定，盖所用纸系桃花纸也。江乡归氏不知何许人，抄甚旧，当在明清之际。诸家著录，有影宋抄本，目后有棚本牌子一行，此抄无之，不知源出何书也。吴氏又云，旧朱笔似不通文义之人以缪本校改，可笑可恨，是否鲍校不可知。然所据系二卷本也，卷首以文三图记，则真迹也。余更见其遗书中有师友笺存二大册，中有袁寒云、徐森玉、邵瑞彭、傅沅叔、樊樊山诸君子，首页为其室人南蘋江采书耑。今晨示辛笛，乃告此南蘋大人已与它人同居，弃吴君遗书如敝屣，甚致嗟叹。去住无端，山河泡影，正可不必多情若此也。吴君地下有知，当亦不以此言为唐突乎。

庚寅二月十七日，黄裳。

適取中萬卷樓叢書本比勘，據陸心源序，所藏為汲古毛氏影宋抄本，往往與此本合，知此亦從宋本出也。宋本為臨安府太廟前尹家書籍鋪本，有牌記存目錄後，此本無之。宋本係坊刻，魯魚亥豕，往往而有，朱筆已多正之，然使佞宋者見之，必怪其不願多事乃爾也。朱筆不知果出鮑以文否，以俗本更三卷之舊，大似俗手所為，以是不敢據定。

庚寅春暮三月廿七夜記　黃裳

黃裳

适取《十万卷楼丛书》本比勘，据陆心源序，所藏为汲古毛氏影宋抄本，往往与此本合，知此亦从宋本出也。宋本为临安府太庙前尹家书籍铺本，有牌记存目录后，此本无之。宋本系坊刻，鲁鱼亥豕，往往而有，朱笔已多正之，然使佞宋者见之，必怪其不应多事乃尔也。朱笔不知果出鲍以文否？以俗本更三卷之旧，大似俗手所为，以是不敢据定。

庚寅春暮三月廿七夜记，黄裳。

此抄本鄭桐庵筆記一卷，士禮居鈔本，後有蕘翁手跋。今秋從王季烈家流出，余以厚價獲之。修綆堂孫助廉許甚以為快。余獲舊本不少，唯士禮舊藏一種都無，辛苦求之無所見。蓋年來蕘圃題識之書已賤若星鳳，不啻宋元矣。今乃一月中得見七本，不可謂非眼福，亦羅掘獲其二三，亦不可謂非書淫也。得書後飲於酒家，肆寫手加鈐記并識卷耑。庚寅九月廿六日，黄裳。

所見黄跋書尚有舊抄東國史略，校明本大唐創業起居注，舊鈔道餘錄，嘉靖本救民急務錄，共五種。後二種無錫孫氏小綠天遺書也。裳記

前跋後佚去史通一種。救民急務錄後亦歸余。今年助廉南來，復攜得蕘翁校跋庾開府集一冊，當與議直留之。辛卯十月。

黄荛圃跋抄本《郑桐庵笔记》

此抄本《郑桐庵笔记》一卷，士礼居钞本，后有荛翁手跋。今秋从王季烈家流出，余以厚价获之修绠堂孙助廉许，甚以为快。余获旧本不少，唯士礼旧藏一种都无，辛苦求之无所见。盖年来荛圃题识之书，已疏若星凤，不啻宋元矣。今乃一月中得见七本，不可谓非眼福，亦罗掘获其二三，亦不可谓非书淫也，得书后饮于酒家，归寓手加钤记，并识卷耑。庚寅九月廿六日，黄裳。

所见黄跋书，尚有旧抄《东国史略》、校明本《大唐创业起居注》、旧钞《道余录》、嘉靖本《救民急务录》等五种，后二种无锡孙氏小绿天遗书也。更记。

前跋后佚去《史通》一种。《救民急务录》后亦归余。今年助廉南来，复搜得荛翁校跋《庾开府集》一册，当与议直归之。辛卯十月。

近聞孫助廉已破產傾家頗爲之惜此人爲書估中最有識力者每至一地多得異書余獲善本於其肆中最多今乃不可問矣

壬辰春二月十八日重閱記

壬辰夏秋之際余兩至北京曾數訪助廉于東四修綆堂已無書應市矣其人意興亦大劣只得鮑校一種吳枚庵校一種於其家耳　十月初一日　小雁記

近闻孙助廉已破产倾家，颇为之惜。此人为书估中最有识力者，每至一地，多得异书。余获善本于其肆中最多，今乃不可问矣。

壬辰春二月十八日重阅记。

壬辰夏秋之际，余两至北京，曾数访助廉于东四修绠堂，已无书应市矣。其人意兴亦大劣，只得鲍校一种、吴枚庵校一种于其家耳。十月初一日，小雁记。

此明初刊本類編曆法通書大全，存八卷。原書一册揀得於北京來薰閣後進書叢中，破爛不可觸手，前後卷只存折角處殘楷一疊，當是書在算命測字先生案頭數十年終朝翻閱而成此狀者。以其為明初舊刻，且多存當時民風土俗，非無用之物，乃珍重揩擦，又付工重裝。見者或不免譏為好事矣。後讀蕘圃藏書記，知亦有一本，題九卷，乃知此書未甚殘佚也。今日書友自姑蘇來，書已裝成，并告虞山曹君見之，謂其家藏有全帙，書為三十卷。千頃堂目中有之。歸寓而揀黃目，於子部卷十三中見有著錄一条，云：曆法通書三十卷，年路何士泰景祥曆法，臨江宋魯珍輝山通書。取與此較，未嘗相同，類編大全字樣無之，而類編之人，所謂鰲峰熊宗立者，名亦不存，殆非一書

明刊《类编历法通书大全》

此明初刊本《类编历法通书大全》，存八卷。原书一册，拣得于北京来薰阁后进书丛中，破烂不可触手，前后卷只存折角处残楮一叠。当是书在算命测字先生案头数十年，终朝翻阅，而成此状者。以其为明初旧刻，且多存当时民风土俗，非无用之物，乃珍重携归，又付工重装。见者或不免诧为好事矣。后读《艺风藏书记》，知亦有一本，题九卷，乃知此书未甚残佚也。今日书友自姑苏来，书已装成，并告虞山曹君见之，谓其家藏有全帙，当为三十卷，千顷堂目中有之。归寓而拣黄目，于子部卷十三中见有著录一条，云："历法通书三十卷，金溪何士泰景祥历法，临江宋鲁珍辉山通书。"取与此较，未尽相同。类编大全字样无之，而类编之人所谓鳌峰熊宗立者，名亦不存，殆非一书。

因念此為當日書棚刷印以應大衆之用者或取原書刪節重刊是未可定此種通俗小冊不登大雅之堂士大夫流頗無登之簿錄之雅量黄虞稷書目雖號淵博恐未必取此也是以余仍定其書為九卷未見全帙當無以易此說也今日天晴爽大類好春時矣燈下展卷記此並待以識歲月　辛卯二月初二日俗所謂龍抬頭日當食豆芽菜也　黄裳記

偶檢卷三末有洪武十七年甲子為中元正統九年甲子為下元弘治十七年甲子為上元一條知此書刊刻必在弘治甲子後六十年内也其殆正嘉之際所刊乎　黄又識

因念此为当日书棚刷印，以应大众之用者，或取原书删节重刊，是未可定。此种通俗小册，不登大雅之堂，士大夫流颇无登之簿录之雅量，黄虞稷书目虽号渊博，恐未必取此也。是以余仍定其书为九卷，未见全帙，当无以易此说也。今日天晴爽，大类好春时矣。灯下展卷记此数行，以识岁月。辛卯二月初二日，俗所谓龙抬头日，当食豆芽菜也。黄裳记。

偶拣卷三，末有“洪武十七年甲子为中元，正统九年甲子为下元，弘治十七年甲子为上元”一条，知此书刊刻必在弘治甲子后六十年内也，其殆正嘉之际所刊乎？裳又识。

此永樂刊劉尚賓文集五卷續集四卷刊刻極古雅
王一川夔跋今晨書估楊某携以示余亟留之
近日佳書屢出三數日來所收將近十種而此冊
為最罕覯其餘可舉者馬石田集竹垞舊藏有漁
洋及陳西畇手跋又舊抄河東集惠定宇許汲齋校
藏隆慶刊裘山新詠吳枚庵手批時祖昌舊將
華叢本及閔刊朧精圖西廂記皆佳書也今晨
從印朱光璞照片已來即寄之我向美人佳書
同為案頭清賞得志之至漫志
辛卯春分後二日　黃裳記

永乐刻《刘尚宾文集》

此永乐刊《刘尚宾文集》五卷，《续集》四卷，刊刻极古雅，至可爱玩。今晨书估杨某携以示余，喜而留之。近日佳书屡出，三数日来所收将近十种，而以此册为最罕秘。其余如旧抄《马石田集》，竹垞旧藏，有渔洋及陈西畇手跋。又旧抄《河东集》，惠定宇张讱庵校藏。隆庆刊《昆山杂咏》，吴枚庵手批。张祖昌粤游草稿本，及闵刊附精图《西厢记》，皆佳书也。今晨洗印朱光耀照片已来，即寄之云间，美人佳书，同为案头清赏，得意之至。漫志。

辛卯春分后二日，黄裳记。

得此書後一日訪孫實君於其肆中，談及此，因知此書為渠得之王季烈家。昔季烈為虞山趙烈文姪婿，所藏綦富，多獲之舊山樓。抗戰中游蜀，其家困居金陵，無以為活，乃舉所藏售之估人，精本不少。此外尚有蘭雪堂活字本春秋繁露及鮑以文手抄校湖山類稿等書，玄覽堂叢書中所印亦有數種為渠家物。此冊首有鄭西諦手書一行，當係書出時所題也。又談及滂喜齋書特散出，有蕘翁跋宋槧顏氏家訓等，力不足以獲之，聊記所聞於此。近來異書間出而苦無買書之錢，雲烟過眼，此事殆亦不得此书后一日，访孙实君于其肆中，谈及此，因知此书为渠得之王季玉家者。季玉为虞山赵烈文娅婿，所藏颇富，多获之旧山楼。抗战中游蜀，其家困居金陵，无以为活，乃举所藏售之估人，精本不少。此外尚有兰雪堂活字本《春秋繁露》及鲍以文手抄校《湖山类稿》等书。《玄览堂丛书》中所印，亦有数种为渠家物。此册首有郑西谛手书一行，当系书出时所题也。又谈及滂喜斋书将散出，有荛翁跋宋椠《颜氏家训》等，力不足以获之，聊记所闻于此。近来异书间出，而苦无买书之钱，云烟过眼，此事殆亦不

足深慨惟積習未盡聞之殊不能不動心也詰日
估人約余往觀海寧錢氏所藏聞有柳如是手抄
書及蕘翁校跋周易本義傳錄子手抄明末五小史
稿本國榷及勞季言所校書等恐亦未能諧價只
能過屠門而稍快而已又聞北京有宋本孫子十家
註為天祿琳瑯書又沅叔藏宋槧王注蘇詩配以元
刻半部昔蘇州有弁而釵一部凡此皆只能姑妄
聽之而已 辛卯二月十七夜坐雨書於草草亭

海寧錢氏書終未見只曾見一書單耳最佳者為宋板定浩和尚語錄
有黃蕘翁顧千里吳兔牀跋又柳如是手寫書有牧翁跋此外則萬曆
海寧州志勞校海寧州志稿錢泰吉吳兔牀批周布衣詩稿拜經樓未
刻稿等已倩石麒代余約往一觀不知能否諧價姑記于此
辛卯三月十二日記

足深慨，惟积习未尽，闻之殊不能不动心也。后日估人约余往观海宁钱氏所藏，闻有柳如是手抄书及荛翁校跋《周易本义》，傅节子手抄《明末五小史》、稿本《国榷》及劳季言所校书等，恐亦未能谐价，只能过屠门而称快而已。又闻北京有宋本《孙子十家注》，为天禄琳琅书。又沅叔藏宋椠《王注苏诗》，配以元刻半部者，苏州有《弁而钗》一部，凡此皆只能姑妄听之而已。辛卯二月十七夜，坐雨书于草草亭。

海宁钱氏书终未见，只曾见一书单耳。最佳者为宋板《定浩和尚语录》，有黄荛翁、顾千里、吴兔床跋。又柳如是手写书，有牧翁跋。此外则万历《海宁州志》，劳校《海宁州志稿》，钱泰吉、吴兔床批《周布衣诗稿》《拜经楼未刻稿》等，已倩石麒代余约往一观，不知能否谐价，姑记于此。

辛卯三月十二日记。

十日前余有金陵之游，于城北图书馆观书，寄庐遇王季玉氏，快谈良久，偶及是书，知果为渠家旧藏，为琐琐道其详。书经过，深致惋惜。其书多散于劫中，盖为家人所斥售也。告尚有荛翁跋本三卷，补今在云山家中。渠为随惠甫姻婿，琐琐道天放楼旧事，及所获旧山楼书种种，坐谈忘倦，不易忘也。

辛卯端五日，黄裳记。

裳

十日前余为金陵之游，去城北图书馆观书，客座遇王季玉氏，快谈良久。偶及是书，知果为渠家旧藏，为琐琐道其得书经过，深致憾惜，其书多散于劫中，盖为家人所斥售也。告尚有黄跋本三数种，今在虞山家中。渠为赵惠甫娅婿，琐琐道天放楼旧事及所获旧山楼书种种。坐谈忘倦，不易忘也。辛卯端五后二日记。

此小字本藝文類聚存卷四十五之八十一凡三十七卷
藝芸精舍汪氏舊藏汪目書錄有元板此書不知
何時散佚不全余見之傳薪遂以不菲之值獲之
裝訂甚舊而精當出舊家舊絹標為人甚詭異此
書究自何家流出遂亦不可究詰矣余所獲汪氏書不
少殘冊有宋刊柳先生集及影宋抄杜詩等此亦江南
故家也老殘游記中以其書并季錢葉何并稱為四家之
書流傳有緒而劫火頻經泰半飽蠹腹殘篇斷楮散
落人間縱時時收其一二亦大佳事也余何敢以其殘零
而棄之耶如書積習久而靡焉見本中收方自笑之不
暇因何解更為閱源致其感慨耶
辛卯春清明前六日黃裳記
藝風藏書記謂此明翻宋本不知何據也所稱蓋
嘉靖小字本也 裳識

旧刻《艺文类聚》

此小字本《艺文类聚》，存卷四十五之八十一，凡三十七卷，艺芸精舍汪氏旧藏。汪目著录有元板此书，不知何时散佚不全。余见之传薪，遂以石米之值获之，装订甚旧而精，当出旧家。徐绍樵为人甚诡异，此书究自何家流出，遂亦不可究诘矣。余所获汪氏书不少，残册有宋刊《柳先生集》及影宋抄杜诗等，此亦江南故家也，《老残游记》中以其书并季、钱、荛翁并称为四家之书，流传有绪，而劫火频经，半饱蠹腹，残简断楮，散落人间，能时时收其一二，亦大佳事也。余何敢以其残零而弃之耶？好书积习，久而靡笃，见本即收，方自笑之不暇，何能更为阆源致其感慨耶。

辛卯春清明前六日，黄裳记。

《艺风藏书记》谓此明翻宋本，不知何据，所称盖嘉靖小字本也。更识。

儀顧堂續跋有此本題識云書后有跋文云今書坊宗文堂
購得是書即便命工刊行溥傳海內宇售播四方賢哲
士夫以廣斯文幸鑒 定為至順麻沙書坊所刻 陸書為徐吳
公鄭昌英舊儲今歸日本靜嘉堂矣 裳又記

壬辰穀雨後二日重展 時方得小樊
自平湖來書後 裳記

仪顾堂续跋有此本题识，云书后有跋文，云今书坊宗文堂购得是书，即便命工刊行，溥传海宇，售播四方，贤哲士夫，以广斯文，幸鉴，定为至顺麻沙书坊所刻。陆书为徐兴公、郑昌英旧储，今归日本静嘉堂矣。裳更记。

壬辰谷雨后二日重展，时方得小燕自平湖来书后。裳记。

宋後又得洗桐齋舊鈔竹
友集安祿山事迹亦有此掃
葉山房所不知与席玉照有
無關涉也　黃裳記

此懿蕾前後編兩卷舊鈔本歷經掃葉謙牧兩家
收藏者世無刊本亦秘册也庚寅首夏海上所收

昔年春余方自杭春游歸來石麒即以此九峯舊廬所藏鈔本
一帙見示時書市寂寞已久故物賤如泥沙幾無有過而問
之者王氏後人窘迫求售其狀可憫此帙內所存佳本不過
十部余得其六七泉八十萬金值未不及三石當時已視為
豪舉矣此外尚有巳崑精校跋本武林舊事天一閣藍
格鈔本大金國志明鈔本珊瑚木難舊鈔本九靈山房

旧抄《懿蓄》

旧年春余方自杭春游归来，石麒即以此九峰旧庐所藏钞本一单见示。时书市寂寞已久，故书贱如泥沙，几无有过而问之者。王氏后人窘迫求售，其状可悯。此单内所存佳本，不逾十部，余得其六，去泉八十万金，值米不及三石，当时已视为豪举矣。此外尚有尺凫精校跋本《武林旧事》、天一阁蓝格钞本《大金国志》、明钞本《珊瑚木难》、旧钞本《九灵山房集及魏稼孫手鈔本玉几山房聽雨錄皆佳書也 退還昔有勞季言用季貺校舊鈔恬裕齋藏書記藝芸舊鈔本甲申野史彙鈔十種後三月而萬曆刊東周列國志出因循失收為黠估掠去獲利幾五倍於是王氏書遂不復能更出矣 殆亦一時機緣可遇而不可求者耳 後孫助廣甫來挾佳槧數十種售之文化部余亦得其精品不少書值遂一發而不可復止以視余獲此數書時幾漲十倍求書辛苦更逾曩時 閒窗展卷及此輒書數語志慨

辛卯春三月初八日燈下記

集》及魏稼孙手钞本《玉几山房听雨录》，皆佳书也。退还者有劳季言、周季贶校旧钞《恬裕斋藏书记》，蓝格旧钞本《甲申野史汇钞》十种。后三月而万历刊《东周列国志》出，因循失收，为黠估掠去，获利几五倍。于是王氏书遂不复能更出矣，殆亦一时机缘，可遇而不可求者耳。后孙助廉南来，挟佳椠数十种售之文化部，余亦得其精品不少，书值遂一发而不可复止。以视余获此数书时，几涨十倍。求书辛苦，更逾昔时。闲窗展卷及此，辄书数语志慨。

辛卯春三月初八日灯下记。

此《懿蓄》前后编两卷旧钞本，历经扫叶、谦牧两家收藏者，世无刊本，亦秘册也。庚寅首夏海上所收。

余后又得洗桐斋旧钞《竹友集》《安禄山事迹》，亦有此扫叶山房印，不知与席玉照有无关涉也。黄裳记。

此休寧汪氏裘杼樓藏書有二老閣印記更有馮登府手跋寶秘册也今晨石麒以四明林氏所儲書十許種見示選得八書而寶以此為白眉惜少蛀裂當付良工裝之 辛卯重昜後二日

此册鈔手極精雅不類出傭書者手余取天啓原刊本對讀乃知朱校非據原刻果為另據舊本抑出意改則不可知已每卷大題下原本接目録正文此則畧去其目又卷尾有明吳霏梓于閶門青堂時天啓甲子二行此則失之附識于此 辛卯十一月廿四日夜坐雨書時暖如仲春 黄裳記

旧抄《文泉子集》

此休宁汪氏裘杼楼藏书，有二老阁印记。更有冯登府手跋，实秘册也。今晨石麒以四明林氏所储书十许种见示，选得八书，而实以此为白眉。惜少蛀裂，当付良工装之。辛卯重阳后二日。

此册钞手极精雅，不类出佣书者手。余取天启原刊本对读，乃知朱校非据原刻，果为另据旧本，抑出意改，则不可知已。每卷大题下原本接目录正文，此则略去其目。又卷尾有明吴馡梓于问青堂，时天启甲子二行，此则失之，附识于此。辛卯十一月廿四夜坐雨书，时暖如仲春，黄裳记。

此舊抄本嵇康集十卷係朱竹垞曝書亭故物，後歸藏蕪牧堂羣碧樓，有鄧正闇校跋。余見之修文堂，即擬攜歸，以議價屢未就，書仍留余齋中，不忍還之，囑以魯迅所校定柳大中本校讀。此本似出於嘉靖本，而乃絕有佳字，不知底本果係何本，然古香襲人，舊抄可貴，其為善本不待論也。今日早睞，沽酒飲之，飯後更出羣書觀之，偶及此冊，遂跋數行。庚寅三月廿七日好春軒黃裳記

旧抄《嵇康集》

此旧抄本《嵇康集》十卷，系朱竹垞暴书亭故物，复递藏兼牧堂、群碧楼，有邓正暗校跋。余见之修文堂，即携归，后议价屡未就，书仍留余斋中，不忍还之。曾以鲁迅所校定柳大中本校读，此本似出于嘉靖本，而乃往往有佳字，不知底本果系何本。然古香袭人，旧抄可贵，其为善本，不待论也。今日早归，沽酒饮之，饭后更出群书观之，偶及此册，遂跋数行。

庚寅三月廿七日好春夜，黄裳记。

此書取歸後久未議直，近賓君與余算還半年書帳，遂以所藏初印本北平箋譜及明永樂修徽本韓氏源流歷化事蹟等書與之，易得為之一快。辛卯九月十四日 黄裳記

壬辰穀雨夜重閱此本，近來心境大劣，久不買書，而亦不思更買。今日見天一閣藍格鈔延洋縣志，又淡生堂鈔兩浙著述考，亦復漠然無動于中，往日豪情渺不復存，而離情惹恨，伊人遠去，竟少音耗，遇此春宵，何堪遣此，漫書數語于此志慨。小燕

兩浙古今著述考終歸余藏，小燕亦漸成佳侶，重閱此冊，更覺如慕，詳以識此時心情。壬辰立夏後五日

此书取归后，久未议直，近实君与余算连年书帐，遂以所藏初板本《北平笺谱》及明永乐经厂本《释氏源流》《应化事迹》等书，与之易得，为之一快。辛卯九月十四日，黄裳记。

壬辰谷雨夜重阅此本。近来心境大劣，久不买书而亦不思更买。今日见天一阁蓝格钞《延津县志》，又淡生堂钞《两浙著述考》，亦复漠然，无动于中。往日豪情，渺不复存，而牵情惹恨，伊人远去，信少音乖，遇此春宵，何堪遣此。漫书数语于此志慨。小燕。

《两浙古今著述考》终归余斋，小燕亦渐成佳侣。重阅此，更写数语，以识此时心情。壬辰立冬后五日。

此殘本能改齋漫錄存卷十一之十八凡八卷錢氏述古堂精寫
本余數月前見之來青閣蓋朱奐照氏物也其人頗極狡
獪索高值分文不肯讓遂退還之後終以殘帙無人顧
問復以歸余尚未償其書直也又索去求售于孫助廉
助廉收書甚豪而近以訟累不復收此其人無所措仍以歸
余此戔〻裝冊書出入余家凡三裝次今日更攜之繫念當終
長伴余齋頭案上矣近日與朱君光耀違離其事亦絕
類此已先來滬上矣而終〻亦來已復書不更相往來矣而
又念之不已其終〻如此書之離而復合乎人事每〻如此余又
何能預知復何能免鍾書難得佳人之誚乎此本為妄人塗
抹更剔字再珠女史手鈔字樣于卷尾其實非也朱某更為
記之於敏求記增為傳史所書皆不必也當重裝而藏之
辛卯九月廿七日鈿合重圓之日　黃裳記

也是园抄《能改斋漫录》

此残本《能改斋漫录》，存卷十一之十八，凡八卷。钱氏述古堂精写本，余数月前见之来青阁，盖朱鼎煦氏物也。其人颇极狡狯，索高值分文不肯让，遂退还之。后终以残帙无人顾问，复以归余，尚未偿其书直也，又索去求售于孙助廉。助廉收书甚豪，而近以讼累，不复收此，其人无所措，仍以归余。此戋戋数册书，出入余家凡三数次，今日更携之归，念当终长伴余斋头案上矣。近日与朱君光耀违离，其事亦绝类此，已允来沪上矣，而终未来，已复书不更相往来矣，而又念之不已。其终如此书之离而复合乎？人事每每如此，余又何能预知，复何能免钟书难得佳人之诮乎？此本为伧人涂抹，更别写弄珠女史手钞字样于卷尾，其实非也。朱某更为证之于《敏求记》，谓为侍史所书，皆不必也，当更装而藏之。

辛卯九月廿七日钿合重圆之日，黄裳记。

壬辰春日，山陰梅市祁氏藏書忽出，爲紹興書估謝某所得，郭石麒
更從而得之，約以數冊示余，皆澹生堂五世所藏，以鈔稿本爲夥，
祁幼文、黃陽公牘鈔本有數十冊，函札底冊亦多寓遠山堂格子紙
所寫。時海上無人收書，諸書無過而問之者，亦無人知彪佳爲何許
人也。書賈論秤而出，尚無人收取，殆將入還魂紙廠矣。心頗危之，乃以
買之，每冊予十金。憶最初所得皆殘零小冊，有劉宗周書之舊鈔本，有
祁駿佳禪悅內外合集鈔稿殘本，有黑格舊鈔袁石公詩等，大部書
力不能收，言於徐森玉丈，由華東文化部收之。估人得利，祁氏書遂續續出
矣。先是杭估亦收得祁氏書一批，係諸肆合資所購，久而未受主，而書
肆聯營議起，急欲售去歸本。有澹生堂鈔本綠格紙寫本兩浙古今
著述考十許冊，小有缺失，亦由石麒作介歸余，價甚昂，然實
秘笈。爾時稿本皆閱定，程爲醫書，向某人買書共一皮箱，深藏密鎖，
不令人知，蓋遂不得問津矣。同余備石麒收祁氏書，梅市所出乃俱來滬
上。余時有東萊之遊，告鄭西諦，乃爲北京圖書館得之。東事既來，萬曆大

山阴祁氏澹生堂书

壬辰春日，山阴梅市祁氏藏书忽出，为绍兴书估谢某所得，郭石麒更从而得之。初以数册示余，皆澹生堂五世所藏，以钞稿本为夥。祁幼文莆阳公牍钞本有数十册，函札底册亦多，皆远山堂格子纸所写。时海上无人收书，诸书无过而问之者，亦无人知彪佳为何许人也。书皆论秤而出，苟无人收取，殆必入还魂纸厂矣。心颇危之，乃少少买之，每册予十金。忆最初所得皆残零小册，有刘宗周书之旧钞本，有祁骏佳《禅悦内外合集》钞稿残本，有黑格旧钞袁石公诗等。大部书力不能收，言于徐森玉丈，由华东文化部收之。估人得利，祁氏书遂续续出矣。先是杭估亦收得祁氏书一批，系诸肆合资所购，久而无受主，而书肆联营议起，急欲售出归本，有澹生堂钞本、绿格纸写本《两浙古今著述考》十许册，小有缺失，亦由石麒作介归余，价甚昂，然书实秘，为尔光稿本。后闻它种为医书局某人买去，共一皮箱，深藏密锁，不令人知，遂不能问津矣。自余倩石麒收祁氏书，梅市所出乃俱来沪上。余时有京华之游，告郑西谛，乃为北京图书馆得《东事始末》《万历大

故郡編著又收蒐全書，煌煌二十巨冊，彪佳手稿，毛訂待刻之本也。與萬
曆大政類編皆佳絕之書。繼此所出者，又有崇禎家刻澹生堂文集，有
有寓園書奴印字樣，又有選入標識。據此所鈔澹生堂詩文鈔八卷
成於清初，亦入余家。遠山堂文稿首二本，一精寫本，黑格板心上有蔗
境二字，寫手精絕，此彪佳手訂之本也。封面有朱印四方，奇古，一曰山陰道
上（白文），一曰讀易居士（白文），又二方以不可識，是皆彪佳藏印。又一本則起元社
黑格鈔本。又有遠山堂曲品劇品稿本，遠山堂格子紙，起元社鈔本，亦
有一本。此書余已寫印行世。繼此所出更有崇禎刻皇朝注略，為祁
理孫讀本。首萬曆刻兩朝從信錄，為庚午彪佳奉諱家居筆批讀
之本。有以穀緯譚，祁理孫批閱本。有萬曆指月錄，祁理孫祁班孫批閱
本。有嘉靖刻宋人小集六十家，澹生堂藏印。有易洲老子年譜，時祁
承㸁鈔本，有彪佳氏跋。有萬曆八家文鈔，祁班孫閱本。有崇禎戊辰
浙江恩貢通錄，有守城全書十八，黃彪佳手稿。有遠山堂日記抄本及

政类编》等。又救荒全书煌煌二十巨册，彪佳手稿毛订待刻之本也。与《万历大政类编》，皆佳绝之书。继此所出者，又有崇祯原刻《澹生堂文集》，有墨圈去奴虏字样，又有选入标识。据此所钞出之《澹生堂诗文钞》八卷，成于清初，亦入余家。《远山堂文稡》有二本，一精写本，墨格板心上有“蔗境”二字，写手精绝，此彪佳手订之本也。封面有朱印四方，奇古，一曰“山阴道上”（白文），一曰“读易居士”（白文），又二方，文不可识，是皆彪佳藏印。又一本则起元社黑格抄本。又有《远山堂曲品剧品》稿本，远山堂格子纸，起元社抄本亦有一本，此书余后覆印行世。继此所出，更有崇祯刻《五朝注略》，为祁李孙读本。有万历刻《两朝从信录》，为庚午彪佳奉讳家居蓝笔批读之本。有《公》《穀》钟评，祁李孙批阅本。有万历《指月录》，祁李孙、祁班孙批阅本。有嘉靖刻《唐人小集六十家》，淡生堂藏印。有《易测》《老子全抄》，皆祁承㸁钞本，有骏佳手跋。有唐宋八家文抄，祁班孙阅本。有《崇祯戊辰浙江恩贡齿录》，有《守城全书》十八卷，彪佳手稿。有《远山堂日记》抄本及手稿本二卷歸北京圖書館有朱絲闌抄本閒樸有嘉靖大字類編天所刻本又有明刻柳杜醉江二集北為文海書屋攫去又有明刻鄉會試錄數十冊俱歸上海圖書館而其最秘者為丕烈甄佳公子鄉會試原卷冊為極可珍重之考試史料又丕烈亦下第四十許通則滄生至人手迹也

手稿本二事，归北京图书馆。有朱丝阑抄本《阆桴》，有《嘉靖大政类编》，天启刻本。又有明刻《柳枝》《酹江》二集，后为文海书店攫去。又有明刻《乡会试录》数十册，俱归上海图书馆，而其最秘者为承爍彪佳父子《乡会试原卷》四册，为极可珍重之考试史料。又承爍示子书四十许通，则澹生主人手迹也。

此倪未樓手鈔南史一冊，去年歲暮見于石麒許，並
倪某向伊挑書帳之物，無所用之，因未之得。後復得焉。
事有讀書錄記見所記者，因未樓諸事，遂更念及之。今
日過市，徊之書肆，仍在，遂携之以歸。閒話間偶及孫伯
繩所得宋本花間集，為結一廬故物，有席玉照
藏印，宋刻八行十七字，為近來少見佳書。又見弘治本
陶學士文集殘存十卷，亦孫氏物，歸過几案堂，又思
得黑口本[illegible]軒文集及事物紀原等，漫志卷尾。

壬辰雨水日海上　黃裳

今晨朱賈惠泉更以錢泰吉手校史記見示，頗
精，不能收之，亦志于此。

倪米楼抄《南史》

此倪米楼手钞《南史》一册，去年岁暮见于石麒许，盖倪某向伊抵书帐之物，无所用之，因未之得。后偶读马夷初《读书续记》，见所记有关米楼诸事，遂更念及之，今日过市询之，书仍在，遂携之以归。闲话间偶及孙伯绳所得宋本《花间集》，为结一庐故物，有席玉照藏印，写刻，八行十七字，为近来少见佳书。又见弘治本《陶学士文集》，残存十卷，亦孙氏物。归过九华堂，又买得黑口本《改轩文集》及《事物纪原》等，漫志卷尾。

壬辰雨水日，海上黄裳。

今晨朱贾惠泉更以钱泰吉手校《史记》见示，颇精，不欲收之，亦志于此。

明刊曲本坿圖者自鄭西諦王孝慈諸
君競相收取後價大漲幾非我輩所敢問津
者矣此册余以重直獲之來青閣中為所藏
之第一種此後更得最初印本吳騷合編萬曆
王李合評本琵琶記閔刻西廂記文林閣本
繡襦記皆絕佳見而失收者高文舉珍珠記
富春堂曲五種 櫻桃夢二年來所見乃只此
耳今夕重展此册因題數語卷首

壬辰三月初一日 黃裳

王培孫遺書中有曲本數種亦有此記惟上卷前缺如千番圖亦不存
印亦模糊年來所見只此而已 癸巳清明重展記 小雁

崇祯刻《西园记》

明刊曲本附图者，自郑西谛、王孝慈诸君竞相收取后，价大涨，几非我辈所敢问津者矣。此册余以重直获之来青阁中，为所藏之第一种。此后更得最初印本《吴骚合编》，万历王李合评本《琵琶记》，闵刻《西厢记》，文林阁本《绣襦记》，皆绝佳，见而失收者《高文举珍珠记》《富春堂曲五种》《樱桃梦》。二年来所见乃只此耳。今夕重展此册，因题数语卷首。

壬辰三月初一日，黄裳。

王培孙遗书中有曲本数种，亦有此记，惟上卷前佚如干番，图亦不存，印亦模糊，年来所见，只此而已。癸巳清明重展记，小雁。

此知不足齋鈔本賀東山詞二卷又卷上一卷以文手校未
終卷此殘卷係從宋坊刻本出原本亦殘存一卷愛日精廬
著錄有毛斧季席玉照藏印見于北京圖書館此卷鈔字每原
本亦然此冊為張蓉鏡物易歸修綆堂孫氏余別從孫某以
三十番金得之書癡若此殊堪笑也 壬辰七月十五日 黄裳記

鲍以文抄校《东山词》

此知不足斋钞本《贺东山词》二卷，又卷上一卷，以文手校未终卷。此残卷系从宋坊刻本出，原本亦残存一卷，《爱日精庐》著录。有毛华伯、席玉照藏印，见于北京图书馆，此卷缺字处原本亦然。此册为张葱玉物，易归修绠堂孙氏，余别从孙某以三十万金得之。书痴若此，殊堪笑也。壬辰七月十五日，黄裳。

此萬曆刊酉陽正組爲明代貴州地志類書去歲甬上二酉山房主人林氏携天一閣舊藏方志多種來滬求售中有此爲程某捷足先得余請估人今轉請假觀未果後聞已以高價售之文管會矣今日忽于沈仲芳許見此殘本一册存四之六三卷喜甚即買之歸雖是殘卷實是異書今日宇内所存恐未必有第三部也時方雲天望西湖上之湖似有允意并記於此

壬辰立夏前四日黄裳記

明刻《酉阳正组》

此万历刊《酉阳正组》，为明代贵州地志类书。去岁甬上二酉山房主人林氏携天一阁旧藏方志多种，来沪求售，中有此，为程某捷足先得，余倩估人转请假观未果，后闻已以高价售之文管会矣。今日忽于沈仲芳许见此残本一册，存四之六三卷，喜甚，即买之归，虽是残卷，实是异书，今日宇内所存恐未必有第三部也。时方电天琴，约为湖上之游，似有允意，并记于此。壬辰立夏前四日，黄裳记。

昨日晤石麒於來青閣吉甫上大酉山房林集靈又以舊本來邇即約其今日持書來適又晤之於來青閣取得舊鈔二種皆霊首屋家流出者也洞山九潭志外又姜氏秘史一冊有休寧汪季青藏印談次又及前所見之遠山堂鈔本里居越言實為祁承㸁[彪佳]信札在杭估處者有十許冊而在紹興某估處者實尚有三十許冊去歲江南土改祁氏世守之書遂散分析異地在杭者有祁承㸁稿本兩浙古今著述考如干冊而在紹興者尚有老子全書一冊竹紙明寫本板心有聯爾編三字為承㸁早年所著卷端有長子景[駿]佳手跋又易測一卷亦聯爾編格子寫本又淡生堂集八卷前有陳繼儒梅墅祁序明寫本卷端有景[駿]佳跋謂舊本太繁今重訂而為此八卷者又殘本守城全書為當日所纂未及刊布者亦有手跋此皆三百年中深藏秘守之冊際此重出而澹

旧抄《洞山九潭志》及其他

昨日晤石麒于来青阁，告甬上大西山房林集虚又以旧本来沪，即约其今日持书来。适又晤之于来青阁，取得旧钞二种，皆卢青厓家流出者也。《洞山九潭志》外，又《姜氏秘史》一册，有休宁汪季青藏印。谈次又及前所见之远山堂钞本《里居越言》，实为祁彪佳信札，在杭估处者有十许册，而在绍兴某估处者实尚有三十许册。去岁江南土改，祁氏世守之书遂散，分析异地，在杭者有祁承㸁稿本《两浙古今著述考》如干册，而在绍兴者尚有《老子全书》一册，竹纸明写本，板心有“聊尔编”三字，为承㸁早年所著，卷耑有长子骏佳手跋。又《易测》一卷，亦聊尔编格子写本。又《淡生堂集》八卷，前有陈继儒、梅鼎祚序，明写本，卷耑有骏佳跋，谓旧本太繁，今重订而为此八卷者。又残本《守城全书》，为当日所纂未及刊布者，亦有手跋。此皆三百年中深藏秘守之册，际此重出，而澹生堂一家故實遂燦然大備豈非盛事去歲余得張宗子稿本史闕及琅嬛文集亦自紹興流出者今年更得見此更冀進而得之在此兩浙鄉賢舊迹實為韋事因遂跋此

壬辰五月廿五日識 黄裳 小燕

祁氏遺書從前收得凡二十許種彪佳手稿蕭曹大政彙編東事始末等二書則已歸之中央文化部矣祁氏譜書余曾得寓目眼福不謂不淺 癸巳新正初五日 黄裳

生堂一家故实，遂灿然大备，岂非盛事。去岁余得张宗子稿本《史阙》及《琅嬛文集》，亦自绍兴流出者，今年更得见此，更冀进而得之。存此两浙乡贤旧迹，实为幸事，因遂跋此。壬辰五月廿五日识，黄裳小燕。

祁氏遗书后皆收得，凡二十许种。彪佳手稿《万历大政汇编》《东事始末》等二书，则已归之中央文化部矣。祁氏诸书，余皆得寓目，眼福可谓不浅。癸巳新春初五日，黄裳。

余收此書及今將兩年矣。前歲月曾由石麒之介見承㸁兩浙刊古今著述考十餘册，為澹生堂鈔本，亦承㸁所著，為未刊稿本，以還價未諧，已還之矣。近又告余山陰書估收得祁家遺書甚多，承㸁所著者有老子全書、易測、守城全書等，皆明時舊鈔，藍格，板心有聊爾編字樣，卷端皆有公之子彪佳手跋。又有澹生堂集八卷重訂本，前有陳繼儒、梅鼎祚序，為晚年重訂之本。又抄存書札有三十許册，黑格，板心有遠山堂三字。聞之狂喜，即囑其郵致來滬。前所見兩浙著述考係杭估物，其人亦有遠山堂抄本尺牘十許册，蓋一書而析居異地者，亦請石麒為余留意，必收之而始快也。此皆人間奇秘，何幸一時俱出，未隨兵火以俱盡。邵子跋言將刊山陰祁氏家集，乃更未及見。此澹生堂書後為呂晚邨、吳孟舉大担捆載之，頃刻即盡，此語殆因是。先人遺著遂未俱出，而由子孫世守，其中往往有違礙之處，懼於文字之禍而不敢出，恐亦是一因也。然待之今日，祁氏家集乃得巢梓一處，完白為之流布，以完前人未竟之願，亦足大快事也。壬辰閏五月初一日雨窗記

山阴祁氏世守遗书

余收此书，及今将两年矣。前数月曾由石麒之介，见承㸁《两浙古今著述考》十余册，为澹生堂钞本，亦承㸁所著，为未刊稿本，以还价未谐已还之矣。近又告余，山阴书估收得祁家遗书甚多，承㸁所著者有《老子全书》《易测》《守城全书》等，皆明时旧钞，蓝格，板心有“聊尔编”字样，卷耑皆有公长子景（骏）佳手跋。又有《淡生堂集》八卷重订本，前有陈继儒、梅鼎祚序，为晚年重订之本。又抄存书札有三十许册，黑格，板心有“远山堂”三字。闻之狂喜，即嘱其邮致来沪，前所见《两浙著述考》系杭估之物，其人亦有远山堂抄本尺牍十许册，盖一书而析居异地者，亦请石麒为余留意，必收之而始快也。此皆人间奇秘，何幸一时俱出，未随兵火以俱尽。节子跋言，将刊山阴祁氏家集，乃更未及见此。澹生堂书后为吕晚邨买去，大担论斤秤之，顷刻即尽。此数者殆因是先人遗著，遂未俱出，而由子孙世守，其中往往有违碍之处，怵于文字之祸而不敢出，恐亦是一因也。然待之今日，祁氏家集乃得汇粹一处，它日为之流布，以完节子未竟之愿，亦是大佳事也。壬辰闰五月初一日，黄裳记。

書前跋後一日祁氏諸集自紹興郵來矣貴虔手寫
者為易測一卷君玉今抄一卷皆有長子駿佳手跋
澹生堂詩文鈔八卷原寫本又彪佳守城全書
殘卷七冊原十八卷今佚其中二三卷朱墨紛披皆出忠敏手
迹曩覓求十許年始得之更搜前見之
承㸁精本兩浙古今著述考四冊收之祁氏家集當
稱美富也矣　壬辰閏五月初六夜揮汗書　黃裳

去歲所得兩浙古今著作考十五冊澹生堂綠格紙寫本
前日亦歸于余又得富山所藏書不少異之于駿佳手跡
最事皆可為山陰祁氏家集備料也　壬辰七月廿五日

书前跋后一日，祁氏诸集自绍兴邮来矣。夷度手写者为《易测》一卷、《老子全抄》一卷，皆有长子骏佳手跋。《澹生堂诗文钞》八卷，原写本。又彪佳《守城全书》残卷七册（原十八卷，今佚其中二三卷），朱墨纷披，皆出忠敏手迹。四书索米十许石，终将得之，更拟并前见之承爜稿本《两浙古今著述考》并收之，祁氏家集当称美富矣。壬辰闰五月初六夜挥汗书，黄裳。

夷度稿本《两浙古今著作考》十五册，淡生堂绿格纸写本，前日亦归于余。又得寓山所藏书不少，长子骏佳手稿数事，皆可为山阴祁氏家集备料也。壬辰七月廿五日。

此淡生堂詩文鈔八卷蓋駿佳重訂之本以備付刻者也 按淡生堂全集

此書卷首云二十八卷北平圖書館有廿一卷本崇禎中刻也未知其數

豈又有一刻本耶此本出山陰祁氏其書出時共有數十冊前余由石麒

之所得見承㸁兩浙著作考稿本十五冊手校佐文彪佳書札底稿遠

山堂鈔本甲辰越中書十五冊即同出而析居異地者此書及承㸁稿

本為渊若子全抄則自紹興鄭來者後之者皆有公長子駿佳手識

又彪佳守城全書殘稿七冊朱墨雜下皆崇禎中所手訂者彪佳子奕

慶所謂畏禍避仇不敢刻遭難破家不能刻者湮沉三百載於今

復出于世余得一一見而藏之豈非澹生堂藏書秘本最多存世

所寶愧為至人手澤未刊之本珍異乃更不待言忠敏身殉朱明大節

炳耀人間而世傳父子手迹余皆有之更與前得張宗子手稿史闕及瑯嬛

文集同為書藏二俊矣 喜而識之 壬辰閏五月初六日黃裳記命小燕書

《淡生堂诗文钞》

此《淡生堂诗文钞》八卷，盖骏佳重订之本，以备刊刻者也。按《淡生堂全集》，此书卷首云二十八卷，北平图书馆有廿一卷本，崇祯中刻也，未知其故，岂又有一刻本耶？此本出山阴祁氏，其书出时共有数十册，前余由石麒之介，得见承爜《两浙著作考》稿本十五册于杭估，又彪佳书札底稿、远山堂钞本《里居越言》等十五册，即同出而析居异地者。此书及承爜稿本《易测》《老子全抄》，则自绍兴邮来者。后二者皆有公长子骏佳手识。又彪佳《守城全书》残稿七册，朱墨杂下，皆崇祯中所手订者。彪佳子奕庆所谓畏祸避仇不敢刻、遭难破家不能刻者，湮沉几三百载，于今复出于世。余得一一见而藏之，岂非厚幸。澹生堂藏书秘本最多，为世所宝，况为主人手泽未刊之本，珍异乃更不待言。忠敏身殉朱明，大节炳耀人间，两世贤父子手迹，余皆有之，足与前得张宗子手稿《史阙》及《琅嬛文集》，同为书藏二俊矣，喜而识之。壬辰闰五月初二日，黄裳记，命小燕书。

得此書後三月又於石麒許得崇禎原刊澹生堂全集
十二冊原書共廿一卷十六冊今佚去卷十三至十六凡
四卷四冊其卷十四為讀書志都賴此鈔本獲存因
念故紙因緣大非偶然也其書亦出山陰祁氏并識
壬辰八月初一日黃裳記 小燕書
壬辰九月十五日重裝畢
更檢刻本每篇下有墨圍者皆已鈔入此冊矣是兩書
當日必并儲一處書全集刊於崇禎中有陳繼儒范允臨
二序此冊唯錄眉公一序鈔寫亦在甲申之前世培日記中每
有与諸兄手校先人遺集記事殆即謂此也 十月初三日 小雁

得此书后三月，又于石麒许得崇祯原刊《澹生堂全集》十二册。原书共廿一卷十六册，今佚去卷十三至十六，凡四卷四册。其卷十四为读书志，却赖此钞本获存。因念故纸因缘，大非偶然也。其书亦出山阴祁氏，并识。

壬辰八月初一日，黄裳记，小燕书。

壬辰九月十五日重装毕。

更检刻本，每篇下有墨圈者，皆已钞入此册矣。是两书当日必并储一处者。全集刊于崇祯中，有陈继儒、范允临二序。此册唯录眉公一序，钞写亦在甲申之前。世培日记中每有与诸兄手校先人遗集记事，殆即谓此也。十月初三日，小雁。

此里居越言一冊石麒遺余者原書十二冊今分儲異地所存僅八冊前見二冊於杭估為崇禎壬午辛巳歲救荒燕草以索價昂遂未之得也此遠山堂抄本為山陰祁彪佳尺牘底冊近讀其日記所記致諸公函札与此全合且此中致于穎長公祖札中言及守城全書中有其中尚缺若卷容另日再奉之語是當日原稿迄未畢功檢日記甲申一卷十二月初三日一条云先是余輯守城全書一部內有防邊而未及防江防海守備表尚津請刊刻予乃以防海纂要請送孝廉許豆岑請補此二種久之此後即不復記乙酉閏六月初六遂殉明矣甲申三月初二日記云觀皇明

远山堂抄本《里居越言》

此《里居越言》一册，石麒遗余者。原书十二册，今分储异地，所存仅八册。前见二册于杭估，为崇祯壬午、辛巳岁救荒芜草，以索价昂，遂未之得也。此远山堂抄本，为山阴祁彪佳尺牍底册。近读其日记，所记致诸公函札，与此全合，且此中致于颖长公祖札中，言及《守城全书》中有“其中尚缺数卷，容另日再奉”之语，是当日原稿迄未毕功。检日记甲申一卷十二月初三日一条云“先是，余辑《守城全书》一部，内有防边而未及防江防海，守备袁尚泽请刊刻，予乃以《防海纂要》送孝廉许孟宏补此二种”云云，此后即不复记。乙酉闰六月初六，遂殉明矣。甲申三月初二日记云“观《皇明世法錄、錄輯防邊一書，今宇城全書原稿十八卷已歸余齋，無防邊書，中佚卷十三、十四二卷，當為毛訂之冊。彪佳朱墨雜下，手迹甚勤，皆戊寅至甲申六年中所作也。取記此越言較于穎長書，是當日尚未為全帙也。以其足資攷證，遂少記之于此。先賢手澤洵足珍重，正不必有完缺之見存也。

壬辰閏五月廿一日，小雨廉纖，但涼似水，鐙下漫志。

黃裳命小燕書

此中存越言及邊事書，故本只賸共百許冊，歸葉東文北部者經多十許冊，歸中央文化部者亦三四十冊，存余家者只此而已。黃裳癸亥雨前日一更跋 小雁世法录》，辑《防边》一书”。今《守城全书》原稿十八卷已归余斋，无《防边》书，中佚卷十三、十四二卷，尚为毛订之册。彪佳朱墨杂下，手迹甚勤，皆戊寅至甲申六年中所作也。取证此《越言》致于颖长书，是当日亦尚未为全帙也。以其足资考证，遂少记之于此。先贤手泽，皆足珍重，正不必有完缺之见存也。

壬辰闰五月廿一日，小雨廉纤，夜凉似水，灯下漫志，黄裳命小燕书。

此《里居越言》及远山堂抄本尺牍，共百许册，归华东文化部者约五十许册，归中央文化部者亦三四十册，存余家者只此而已。癸巳谷雨前日更跋，小雁。

此舊鈔姜氏秘史一卷古香樓汪氏藏書
也来自甬上蓋自靈青居家流出者
余得舊鈔々有兩家遞藏圖記者不少
墨瀋因緣殊非偶然昔曾得此書
之豫章叢書本今已失之未能對讀
此書舊刻莫聞傳世極罕如此清初
舊抄已可球璧視之矣

壬辰五月廿四日

黄裳小燕記

旧抄《姜氏秘史》

此旧钞《姜氏秘史》一卷，古香楼汪氏藏书也。来自甬上，盖自卢青厓家流出者。余得旧钞之有两家递藏图记者不少，墨沈因缘，殊非偶然。昔曾得此书之豫章丛书本，今已失之，未能对读。此书旧刻无闻，传世极罕，如此清初旧抄，已可球璧视之矣。

壬辰五月廿四日，黄裳小燕记。

汲古閣秘本目十六有之三本一兩五錢
此書諸家目多不載只絳雲樓燼餘目中有謙牧堂藏舊抄本今亦化作
灰燼矣聽默所藏多異本蓋信然也　翌日小雁更記
今夜無事訪一石麒于其家言明日將出門去甬上紹興
訪書山陰祁氏舊藏尚當陸續而出也因問近來
可有佳本否答以有此舊抄數種出以示余指書
前印記曰此白堤錢聽默經眼印也鈔手古拙頗可
愛一石麒亦今之錢氏也因袖歸藏之並記其事于此
此外尚有舊鈔雲仙雜記乃庫底本賓退錄等又道
光二年金閶美學圖精刻蕘言一冊有復翁跋刊刻絕
類宋板友林乙稿亦罕傳之本喜而記之
壬辰十一月十二日明月皎然夜不甚寒擁爐書

道光刻黄丕烈《荛言》等

今夜无事，访石麒于其家。告明日将出门去甬上绍兴访书，山阴祁氏旧藏尚当陆续而出也。因问近来可有佳本否?答以有此旧抄数种，出以示余，指书前印记曰，此白堤钱听默经眼印也。钞手古拙，颇可爱。石麒亦今之钱氏也，因袖归藏之，并记其事于此。此外尚有旧钞《云仙杂记》、四库底本《宾退录》等。又道光二年金阊吴学圃精刻《荛言》一册，有复翁跋，刊刻绝类宋板《友林乙稿》，亦罕传之本，喜而记之。

壬辰十一月十二日，明月皎然，夜不甚寒，拥炉书。

汲古阁秘本目中亦有之，三本一两五钱。

此书诸家目多不载，只涵芬楼烬余目中有谦牧堂藏旧抄本，今亦化作灰烬矣。听默所藏多异本，盖信然也。翌日小雁更记。

此澹生堂主人祁爾光示諸子手書也通卅九扎大半付幼子彪佳者即忠敏也世培幼早穎悟又先掇危科最得父寵家書遂多付之一代賢父子之間情愫皆可于此中知之此諸扎大抵作于一歲之中其第三十七扎三月十八日付鳳兒彪兒者鈐白文爾光一印又有司契軒倣古牋二葉餘其則皆素紙所書者名賢遺跡真可球璧視之此扎冊出山陰祁氏估人挾来海上求售無過而問之者遂挾之歸余聞書友郭石麒告之即倩伊蹤跡之凡二月始于山陰取歸今夕過之取歸展閱漫記得書端末于此 并識歲月 壬辰十一月十八日 黃裳

澹生堂家书

此澹生堂主人祁尔光示诸子手书也，通卅九札，大半付幼子彪佳者，即忠敏也。世培幼早慧，又先掇危科，最得父宠，家书遂多付之。一代贤父子之间情愫，皆可于此中知之。此诸札大抵作于一岁之中，其第三十七札三月十八日付凤儿、彪儿者，钤白文尔光一印，又有司契轩仿古笺二叶，其余则皆素纸所书者。名贤遗迹，真可球璧视之。此札册出山阴祁氏，估人挟来海上求售，无过而问之者，遂挟之归。余闻书友郭石麒告之，即倩伊踪迹之，凡二月，始于山阴取归。今夕过之，取归展阅，漫记得书端末于此。并识岁月，壬辰十一月十八日。

此兩朝從信錄三十五卷山陰祁忠敏公手閱本也每册前有題記始于崇禎三年庚午秋迄四年辛未夏藍筆批注極慎是守制家居時自課也考虔公于崇禎元年冬十一月初一日棄世葬于三年冬十月卷九之十二兩册所記庚午季冬閱于化鹿山之墓舍即廬墓中所讀此書讀迄即于辛未五月入京矣此書紀朝政甚詳瞻讀之亦殊精勤惓懷國故名臣風度在在于此中見之其所輯萬曆大政彙編東事始末取資于此者亦不少皆可于卷中見之余所見所收祁氏書不少只此書有藏印甚多至可寶愛不徒以禁燬之餘流傳絕稀見珍耳癸巳臘歲後十日紹興估人携來滬上余以重直易之并記

明刻《两朝从信录》

此《两朝从信录》三十五卷，山阴祁忠敏公手阅本也。每册前有题记，始于崇祯三年庚午秋，迄四年辛未夏，蓝笔批注极慎，是守制家居时自课也。夷度公于崇祯元年冬十一月初一日弃世，葬于三年冬十月。卷九之十二两册所记庚午季冬阅于化鹿山之墓舍，即庐墓中所读。此书读迄，即于辛未五月入京矣。此书纪朝政甚详赡，读之亦殊精勤，惓怀国故，名臣风度，在在于此中见之。其所辑《万历大政汇编》《东事始末》，取资于此者亦不少，皆可于卷中见之。余所见所收祁氏书不少，只此书有藏印甚多，至可宝爱，不徒以禁毁之余，流传绝稀见珍耳。癸巳献岁后十日，绍兴估人挟来沪上，余以重直易之，并记。

壬辰冬腊小驻湖上访书旧肆偶与书友闲话知此类书出于杭市人家售之文艺书店估人又由陈某名小六斋者挟以归余者也估人言此类书买得时价甚廉得而检阅其必保有残帙翌日询之书主则云鼠虫蛀不能看已扯下烧之矣此盖水火兵虫外之又一劫也此本曾经惠定宇朱铭仁两家收储后如有跋今不可见矣此外在杭曾于小云巷之所谓陈古籍者肆中买得黄纸者为此时所拆下乎明板书者附书画为手补缺书非不知何日始有此晓也 癸巳上元灯雨不出漫记 黄裳

旧抄《晒园杂录》

壬辰冬腊，小驻湖上。访书旧肆，偶与书友闲话，知此数书出于杭市人家，售之文艺书店估人。又由陈某名小六爷者，挟沪归余者也。估人言，此数书买得时，价甚廉，归而检阅，其后俱有残缺。翌日询之，书主则云恐虫蛀不好看，已扯下烧之矣，此盖水火兵虫外之又一劫也。此本曾经惠定宇、张绍仁两家收储，后必有跋，今不可见矣。此次在杭，曾于小六爷之兄所谓陈六爷者肆中，买得旧纸数百张，皆拆下于明板书者，暇当更为手补缺番，惟不知何日始有此暇也。癸巳上元，坐雨不出，漫记。黄裳。

范大澈臥雪山房鈔本書遠較天一閣書罕見
余去冬于北京買得離騷草木疏四卷絕類重
之洎殘臘余客四明重于林集虛家買得抄本
醫方一厚冊詫為奇遇近嚴阿毛自甬上販來
倪姓書二萬斤約余往觀乃又揀得此稿本
九冊墨格精寫鈐章累累實至精之冊也當
日寫此以備墨板乃終未果或編輯迄未畢
功未可知也余所收明人寫本書多矣若言精
麗當以此為甲觀得書歸來漫題
癸巳正月廿五日雨窗鐙下記　黃裳

卧云山房稿本《史记摘丽》

范大澈卧云山房钞本书，远较天一阁书罕见。余去夏于北京买得《离骚草木疏》四卷，绝珍重之。洎残腊，余客四明，重于林集虚家买得抄本《医方》一厚册，诧为奇遇。近严阿毛自甬上贩来倪姓书二万斤，约余往观，乃又拣得此稿本九册。墨格精写，钤章累累，实至精之册也。当日写此，以备墨板，乃终未果，或编辑迄未毕功，未可知也。余所收明人写本书多矣，若言精丽，当以此为甲观。得书归来，漫题。

癸巳正月廿五日，雨窗灯下记，黄裳。

大澈為天一閣主人范欽猶子，西園所藏與天一埒。曾七使外國，遍歷宇內，所得法書古印獨多，且鑒別至精，尤嗜鈔書，所蓄書手幾十人，接几而食。年老辭歸，築室西皋，與里中士大夫繙經閱史，品畫評書垂二十年。其初聚書也，以嘗從司馬公借觀藏籍不時應，乃發憤益搜海內異書秘本，及得一種為天一閣所未有，輒具酒茗佳設，延司馬公至家，以所得書置几上，司馬取閱之，默然而去。其嗜奇相尚如此。其書至清初猶有殘存，至乾隆間已不可聞矣。流傳甚稀，藏家著錄甚少及之。昔其使安南之年，已六十有五，旋即歸田，此冊當亦在其暮年所完，迄今殆將四百年，而神采如新，筆墨之壽，永於金石，于此殆信然也。　小雁三跋大澈为天一阁主人范钦犹子，西园所藏与天一埒。曾七使外国，遍历宇内，所得法书名画古印独多，且鉴别至精。尤嗜钞书，所养书手几十人，接几而食。年老赋归，筑室西皋，与里中士大夫翻经阅史，品画评书，垂二十年。其初聚书也，以尝从司马公借观藏籍，不时应，乃拂然，益搜海内异书秘本。凡得一种，知为天一阁所未有，辄具酒茗佳设，迎司马至其家，以所得书置几上，司马取阅之，默然而去。其嗜奇相尚如此。其书至清初犹有残存，至乾隆间已不可问矣。流传甚稀，藏家著录甚少及之者。其使安南也，年已六十有五，后即归田。此册当写于万历初元，迄今殆将四百年，而神采如新。纸墨之寿，永于金石，于此殆信然也。小雁三跋。

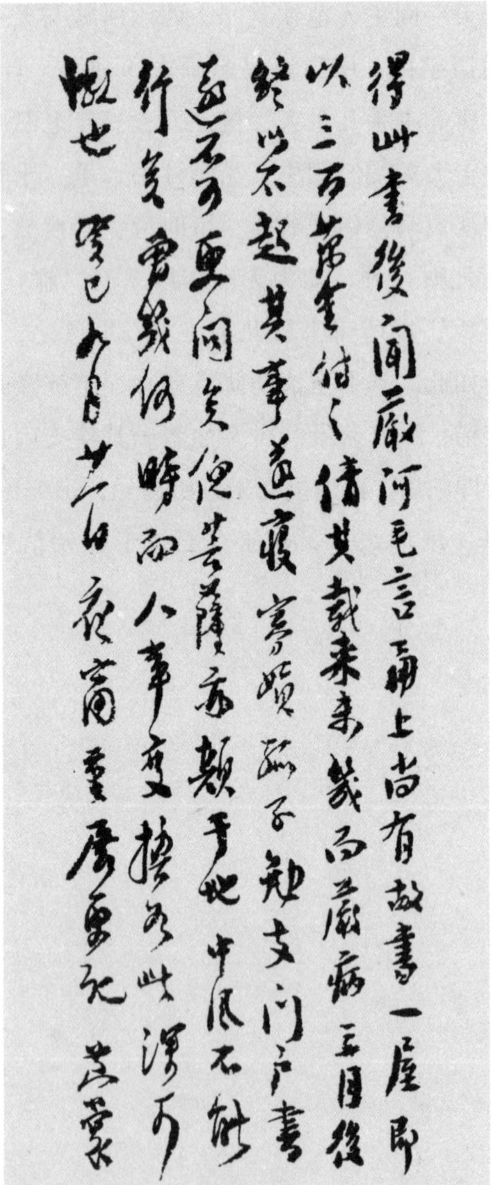

得此书后，闻严阿毛言甬上尚有故书一屋，即以三百万金付之，倩其载来。未几而严病，三月后终以不起，其事遂寝。寡妇孤子，勉支门户，书遂不可更问矣。倪菩萨亦颠于地，中风，不能行矣。曾几何时，而人事变换如此，深可慨也。癸巳九月廿一日夜窗重展，更记，黄裳。

從賈紹樵買得故家藏書二十許種皆通常
明刻無所用之只此汪刻前漢闊大清朗正可
儷今春日所得後漢遂擬之歸此本印稍後
汪氏銜名已剷去別易周采等銜名卷尾更別
增嘉靖己酉一行然實係汪氏舊板也估人以
爲別刻誤甚此淵海樓故物昨日今更得千
里手校世綵堂本六子亦出蘇州吳氏故書之來
亦如眷屬聯袂而至是可紀也
癸巳花朝後日　黃裳小雁

汪刻《前汉书》

徐贾绍樵买得故家藏书二十许种，皆通常明刻，无所用之，只此汪刻《前汉》，阔大清朗，正可俪余旧日所得《后汉》，遂携之归。此本印稍后，汪氏衔名已挖去，别易周采等衔名，卷尾更别增嘉靖己酉一行，然实系汪氏旧板也。估人以为别刻，误甚。此测海楼故物。昨日余更得顾千里手校世德堂本六子，亦出真州吴氏，故书之来，亦如眷属联袂而至，是可纪也。

癸巳芒种后日，黄裳小雁。

此校書中有通津草堂本論衡，以其習見之本，未之收。頃徐賈告其書為一人以十万元買去，有王惕夫、朱蔭(?)二色校筆，一校宋，一校元，且出手跡，意大悔之。余亦不禁自笑其頑(?)素(?)也。輒記于此。　癸巳夏至日　士雅(?)

余舊藏此本殘卷，印甚初，原衡亦有顏師古一文，亦其下亦劃去而鈐以季振宜藏書記朱文長印，又有季氏大印三方，皆未見(?)也。殊不知滄(?)葦書[illegible]何以作偽若是，豈遂令宋本且甲前(?)幽都乎？比勤一邑(?)　叔濤(?)志

四十本四函　十六元

此批书中有通津草堂本《论衡》，以其习见之，未之收。后徐贾告，其书为一人以十万元买去，有王惕夫朱黄二色校笔，一校宋，一校元，且有手跋，意大悔之。余亦不禁自笑其轻弃也，辄记于此。癸巳夏至日，小雁。

余旧藏此本残卷，印甚初，原衔只留颜师古一条，其下亦割去，而钤以季振宜藏书记朱文长印，又有季氏大印三方，皆真迹也。殊不知沧苇当日，何以作伪如是，岂延令宋本目中亦多此类乎。比勘一过，漫志。

四十本四函十六元。（真州吴氏书，钤印后每志当时书价，类此。）

此明人抄本琴史經吳尺鳧校跋者獲之三年矣筆精墨妙每一展卷心目俱爽舊藏尚有墨格舊抄武林舊事一種亦瓶花齋物跋云六七過朱校亦富余所藏西泠吳氏書僅此而已年來南北奔車訪書公私藏借未見尺鳧校本一種罕遇難求遠較蕘翁爲甚世人佞黃而不知有尺鳧者殆難免井蛙之誚耳此本由江安傅氏轉歸杭州王氏朱賈遂翔所取于王氏身後余則由修綆孫氏之手獲之者也 癸巳七月廿五日雨後書 小雁

黃裳小雁

明抄本《琴史》

此明人抄本《琴史》，经吴尺凫校跋者，获之三年矣。笔精墨妙，每一展卷，心目俱爽。旧藏尚有墨格旧抄《武林旧事》一种，亦瓶花斋物，跋至六七通，朱校亦富。余所藏西泠吴氏书，仅此而已。年来南北舟车，访书公私藏，曾未见尺凫校本一种，罕遇难求，远较荛翁为甚。世人佞黄而不知有尺凫者，殆难免井蛙之诮耳。此本由江安傅氏转归杭州王氏，朱贾遂翔巧取于王氏身后，余则由修绠孙氏之介获之者也。癸巳七月廿五日雨后书，小雁。

癸巳十月初八日余納采于當湖朱氏偕新婦謁
婦家于姑蘇還游玄妙觀于舊肆得此江夏
黄氏家譜舊抄本有季根源曲石精廬藏印估
人告丕烈名氏亦在其中至可寶也蕘夫年譜江建
霞撰王大隆補皆未詳其家世得此大可解惑士
禮居主人故事遂更明晰矣袁壽階王惕甫
皆為先世姻婭來往亦密藏書淵源蓋有自
也書既得後即付書有福君重裝今日始竟爰
題記藏之癸巳臘八後日黄裳小燕

旧抄《江夏黄氏家谱》

癸巳十月初八日，余纳采于当湖朱氏，偕新妇谒妇家于姑苏，漫游玄妙观，于旧肆得此江夏黄氏家谱旧抄本，有李根源曲石精庐藏印。估人告丕烈名氏亦在其中，至可喜也。荛夫年谱，江建霞撰，王大隆补，皆未详其家世，得此大可解惑。士礼居主人故事，遂更明晰矣。袁寿阶、王惕甫皆为先生姻娅，来往亦密，藏书渊源，盖有自也。书买得后，即付曹有福君重装，今日始至，爰题记藏之。癸巳腊八后日，黄裳小燕。

五月吴下文学山房寄示一单，中有此書，来即洽購。前日偕小燕去蘇，游怡園、虎阜，肆来又過文学山房，遂買之歸。西昫草堂書舍有兩部，一舊抄《馬石田集》，有漁洋手跋，亦有遵跋；一舊抄明人集，兼此而三矣。袁氏貞節堂鈔本，前此則未之見也。又於肆中見天啓刻《國史紀聞》殘卷，全舊藏一部，張序佚去首卷，遂為補完，甚以為快。余與小燕同游，每得異書。前於杭城取得宣德刻《晞顏集》半部，汪氏振綺堂故物也，皆得劍合珠圓，實為妙事。今歲小燕歸越中来矣，夜窗鐙前展卷，雨聲淅瀝，漫記數語以識歲月。時甲午夏至前四日。黃裳記。

甲午六月十八日裝成記。小燕

失题

上月吴下文学山房寄示一单，中有此书，未即洽购。前日偕小燕去苏，游怡园、虎阜归来，又过文学山房，遂买之归。西畇草堂书，余有两部，一旧抄《马石田集》，有渔洋手跋，亦有遵跋；一旧抄《明人集》，并此而三矣。袁氏贞节堂钞本，前此则未之见也。又于肆中见天启刻《国史纪闻》残卷，余旧藏一部，张序佚去首叶，遂亦补完，甚以为快。余与小燕同游，每得异书。前于杭城配得宣德刻《晞颜集》半部，汪氏振绮堂故物也，皆得剑合珠圆，实为妙事。今晨小燕归越中去矣，夜窗灯前展卷，雨声淅沥，漫记数语，以识岁月，时甲午夏至前四日。黄裳记。

甲午六月十八日装成记，小燕。

此舊精鈔本塔影園集三年前得之郭石麒許其中金陵野鈔十四卷已撤去是只存詩文集歸藏之篋內未遑展讀月前余新婚友人燕賞齋以舊藏顧云美八分条幅一事見貺書法精雅屬京美顧苓下鈐連環小印曰顧八分所書者詩品一則懸來燕榭中朝夕展覩乃憶及此北游歸來檢出重觀因更題記

甲午十一月十三日記

旧抄《塔影园集》

此旧精钞本《塔影园集》，三年前得之郭石麒许。其中《金陵野钞》十四卷，已撤去，是只存诗文集矣。藏之箧内，未遑展读。月前余新婚，友人燕赏斋以旧藏顾云美八分条幅一事见贶，书法精雅，署东吴顾苓，下钤连环小印，曰顾八分。所书为诗品一则。悬来燕榭中，朝夕展观，乃忆及此。北游归来，检出重观，因更题记。

甲午十一月十三日记。

此天一閣藍格鈔本六種皆自道藏中出者散見于阮伯元
薛福成二目中皆未全載殆以零種之故遂有失記焉
鐂氏嘉業堂所得訂作六冊不知何以流入市中為
徐家滙舊紙舖估人唐氏所得十年前曾一見之
後即珍藏秘鐍不肯更出矣今年春余偶過其肆
間詢間以此詢之答以尚在惟計葉論直故昂
其價余亦笑而還之每本出米一石後二月乃
以全書歸余余更撤去襯紙命工裝為一冊雖非閣
中舊式然較鐂氏所裝庶幾勝之年來余舊藏
閣鈔大半散去只餘十許種天寒歲暮此書裝
成因更記此得書始末珍重入庫不更出甲午十
一月十三日來燕榭中書 黃裳

天一阁抄《道藏》六种

此天一阁蓝格钞本六种，皆自《道藏》中出者，散见于阮伯元、薛福成二目中，皆未全载，殆以零种之故，遂有失记。为刘氏嘉业堂所得，订作六册，不知何以流入市中，为徐家汇旧纸铺估人唐氏所得。十年前曾一见之，后即珍藏秘锁，不肯更出矣。今年春，余偶过其肆，闲话间以此讯之，答以尚在，惟计叶论直，故昂其价。余亦笑而还价与之，每本出米一石，后二月乃以全书归余，更撤去衬纸，命工装为一册，虽非阁中旧式，然较刘氏所装，庶几胜之。年来余旧藏阁钞，大半散去，只余十许种。天寒岁暮，此书装成，因更记此得书始末，珍重入库，誓不更出。甲午十一月十三日，来燕榭中书，黄裳。

此古香樓二卷閣舊藏又泉子集得之將四年矣近乃更得鄭仰高藏寒鷹文稿四卷知其乃二老閣後人為之快甚君鄭氏名喬遷字仰高耐生其號世爲慈谿半浦人七世祖溱即與梨洲並稱浙東二老者六世祖梁高祖性皆有名于時著其集余皆有之其前有馮登府論學一首贈鄭耐生即弁卷前知石經閣主人与君素稔書札通假時有往還喬遷生乾隆四十五年二老閣舊藏猶未盡散君能世守及身又增益之此冊殆由汪氏流出入二老閣者今喜究心藏家故實每有所知必瑣瑣及之不嫌辭費今此書收藏授受源流大明寔為快事

甲午臘月初九日晨窗記　東燕樹書

《文泉子》

此古香楼二老阁旧藏《文泉子集》，得之将四年矣。近乃更得郑仰高《藏密庐文稿》四卷，知其为二老阁后人，为之快甚。君郑氏，名乔迁，字仰高，耐生其号，世为慈溪半浦人。七世祖溱，即与梨洲并称浙东二老者。六世祖梁，高祖性，皆有名于时者，其集余皆有之。稿前有冯登府《论学一首赠郑耐生》，即弁卷前，知石经阁主人与君素稔，书籍通假，时有往还。乔迁生乾隆四十五年，二老阁旧藏犹未尽散，君能世守，及身又增益之。此册殆由汪氏流出，入二老阁者。余喜究心藏家故实，每有所知，必琐琐及之，不嫌辞费。今此书收藏授受，源流大明，实为快事。

甲午腊月初九日晨窗纪，来燕榭书。

此篇另寫

○ 拾

墨緣

黄俞邰千頃堂書目向無刻本，余既據十萬卷樓藏
原山兩鈔本互補刻之，以廣其傳。今又假得吴兔
牀先生手校各家本，硃墨纍纍，視各傳鈔本特詳，
以之勘對前刻，增多五百四十條，條彙錄成卷，梓

附編末，既便觀覽，亦以見各家遺逸尚多耳。
吴氏所據者杭堇浦先生道古堂藏本也，復借盧
抱經先生金陵新校本勘補，書既加詳，因以
取諸家書目續為補遺，補輯期以復還舊
觀。拜經吉兵所謂俞邰之知己矣。校輯既竟，
因書卷末，以志墨緣。時庚申三月上巳，館辰
也。吴興張鈞衡又跋。

余從海昌楚寶得書，及書賈一匯中所寅乎
稿不少，此實未取其中國八千頃堂稿本，殆時作
刻之資者，因為贅附於後。甲子歲晚，蕘裳記

费寅代张钧衡跋《千顷堂书目》重校跋稿

黄俞部《千顷堂书目》向无刻本，余既据十万卷楼、汉唐斋两钞本互补，刻之以广其传。今又得吴兔床先生手校各家本，朱墨累累，视各传钞本特详。以之勘对前刻，增多五百四十余条，汇录成卷，梓附编末，既便观览，亦以见各家遗逸尚多耳。吴氏所据者，杭堇浦先生道古堂藏本也。复借卢抱经先生金陵新校本勘补，书既加详，间又取诸家书目续为增添，拾遗补阙，期以复还旧观，拜经真可谓俞部之知己矣。校辑既竟，因书卷末，以志墨缘。时庚申三月上巳修禊辰也，吴兴张钧衡又跋。

余从海昌费家买得书画及书籍一箧，中有寅手稿不少，此叶亦杂其中，因知千顷堂校本殆将作重刻之资者，因为粘附卷尾。甲午岁晚黄裳记。

漢文淵書肆買得粵東李氏遺書中無舊本祇此書絕佳議價甚久而未諧以至人所望甚奢也今日又過之乃并它書同得歸而揀諸家藏目皆未之見四庫亦未收且亦不入禁網是真孤帙秘冊矣寫手極精雅可愛殆從刊本出者近日錄舊日所藏諸書寫本為清冊明人別集已近百種收書之豐轉濃此本之來于晚明人集中又添一種喜而記之 乙未春後三月初十日 黃裳記

今晨檢千頃堂西湖采擷遺書錄等俱未見著錄是其罕傳何待言耶 黃裳 三月初十

失题

汉文渊书肆买得粤东李氏遗书，中无旧本，只此书绝佳，议价甚久而未谐，以主人所望甚奢也。今日又过之，乃并它书同得，归而拣诸家藏目，皆未之见，四库亦未收，且亦不入禁网，是真孤帙秘册矣。写手极精雅可恧，殆从刊本出者。近日录旧日所藏诸书，写为簿册，明人别集已近百种，收书之兴转浓。此本之来，于晚明人集中又添一种，喜而记之。乙未春后三月初十日，黄裳记。

今晨检千顷堂两浙采摭遗书录等，俱未见著录，是其罕传，何待言耶。黄裳，三月初十日。

數日前余於靜安寺汪姓許買得此書，展(?)題批校依稀字格
本，分册以為書匣刊刻之書也。今日乃更收此于來青閣，是
不可不謂之書緣也。此為韓綠卿批本，僅其後人所售，因得
者尚有讀有用書齋雜著、稽瑞二種，亦尚有他種批本
書在松江者，陸續散出，又于其跋語諸種早已售去，今與友
人處尚有數種，并見之目來。余前歲嘗見松江諸書，無
一佳本，以韓氏藏書詢市估，皆瞠目不知所答。乃于兩年以
得其寒(?)集數種，雖其書非有用者，其手跡則足存也。
余前歲收山陰祁氏書，今春更收松陵許(?)氏家書，今更
得此，皆有奇趣，漫為記之卷前，時作蘇游之前(?)。

乙未三月十七日 黃裳記

[illegible]

精旧写本《韩笔酌蠡》

数日前，余于静安寺汪估许买得此书，康熙桃花纸精写稿本八册，以为未经刊刻之书也。今日乃更收此于来青阁，是不可不谓之书缘也。此为韩绿卿批本，系其后人所售，同得者尚有《读有用书斋杂著》稿本二卷。云尚有他种批本书在松江，当陆续取出。又云黄跋诸种，早已售去，今只友人处尚有数种，亦允写一目来。余前岁曾过松江访书，无一佳本，以韩氏藏书询书估，皆瞠目不知所答。今乃于两年以后获其家集数种，虽其书非有用者，其手迹则足存也。余前岁收山阴祁氏书，今春更收松陵许玄祐家书，今更得此，皆有嘉趣。漫为记之卷首，时作苏游之前。

乙未三月十七日，黄裳记。

此康熙刻名家詞鈔余先後得三本此殘本一册得於湖上後又得八册於四明昨日又
得八册於吳下四明本存五十一家吳下本存七十五家而印本都有後先四明本
所存諸家吳下本俱有之所溢出者則或見此目或未見此目因知四明本前所禁
所云先梓六十家者為最初本而此吳下本則增輯本後也四明本總目與此本
總目亦不同前後改易次序增删多有之因知此雖云百名家詞實終未嘗
足百家也當日隨見隨刻後先印本遂有多有少終無完足之時諸本亦皆
未可以殘軼目之也此鈔所收清初詞人有專集者約十之四五余嘗原刻者
十之二三嘗以原刻校此雖是選本然大有異同如彈指詞乾隆家刻定
本與此本幾有通首不同者是安可以選本忽之也此本行世除龔吳梁
曹諸卷俱已刻集外餘子或尚在中年或諸集尚均未定抄而刻之大類
今日之雜志取較定本匪獨可覘作者自定用心之苦亦可見文網下文士
諸狀也其餘詞人名晦世所不知賴此存者更不少矣是以不吝重直多
得復本更重裝藏之以四明本所存麻紙及此殘卷序目并入吳下本同裝
并記始末于卷端 時乙未後三月廿日 黄裳記於來燕榭中

康熙绿荫堂刻《百名家词钞》

此康熙刻《名家词钞》，余先后得三本。此残卷一册得于湖上，后又得八册于四明，昨日又得八巨册于吴下。四明本存五十一家，吴下本存七十三家，而印本却有后先。四明本所存诸家，吴下本俱有之，所溢出者则或见此目，或未见此目，因知四明本前扉叶所云先梓六十家者为最初本，而此吴下本则增辑本也。四明本总目与此本总目亦不同，前后改易次序、增删多有之，因知此虽云百名家词，实终未尝至百家也，当日随见随刻，后先印本遂有多有少，终无完足之时，诸本亦皆未可以残轶目之也。此钞所收清初词人，有专集者约十之四五，余藏原刻者十之二三。尝以原刻较此，虽是选本，然大有异同，如《弹指词》乾隆家刻定本与此本几有通首不同者，是安可以选本忽之也。此本行世除龚、吴、梁、曹诸老俱已刻集外，余子或尚在中年，或诸集尚均未定，抄而刻之，大类今日之杂志，取较定本，匪独可觇作者自定用心之苦，亦可见文网下文士诸状也。其余词人名姓世所不知、赖此存活者，更不少矣。是以不吝重直，多得复本，更重装藏之，以四明本所存扉叶及此残卷序目，并入吴下本同装，并记始末于卷耑。时乙未后三月廿一日，黄裳记于来燕榭中。

此天一閣朱闌鈔本書集傳纂疏六卷七本玉蘭齋本范目著錄洽合文選樓本閣目亦著錄云紅絲闌鈔本薛目無之是流出于太平之役者猶是原裝舊寫書根尚存蔡序後有泰定梅溪書院牌記是從泰定本出者也卷四尾有粘簽題對書吏郭昂亦明人書豈東明侍郎屬吏耶余得之海上卷中絕無圖記亦不知何從流散也余所收范氏書甚富大半散去今檢羅存鈔刻尚數十種此本為羣經之首當善藏之

乙未四月二十日來燕榭檢書記

乙未中秋後四日重裝記此郭昂簽原在卷五末護葉上今移之于此存故跡焉 小燕紀事

明抄《书集传纂疏》

此天一阁朱阑钞本《书集传纂疏》六卷七本，玉简斋本范目著录，洽合。文选楼本阁目亦著录，云红丝阑钞本，薛目无之，是流出于太平之役者，犹是原装旧写，书根尚存。蔡序后有泰定梅溪书院牌记，是从泰定本出者也。卷四尾有粘签，题“对书吏郭昂”，亦明人书，岂东明侍郎属吏耶。余得之海上，卷中绝无图记，亦不知何从流散也。余所收范氏书甚富，大半散去，今检箧存钞刻尚数十种，此本为群经之首，当善藏之。

乙未四月二十日来燕榭检书记。

乙未中秋后四日重装讫，此郭昂签原在卷五末护叶上，今移之于此，存故迹焉。小燕纪事。

此書泰定原刻世久不傳諸家藏目著錄惟鄱陽鄒氏音釋本耳陳氏帶經堂書目有元刻肎是為僅見然蔺鄰之書久為蟲蟻食盡徒存一目耳此天一閣寫本猶從原刊撫出亦可珍矣書裝成後標書更記　乙未八月廿日西風初起秋意滿襟　小燕

此书泰定原刻，世久不传。诸家藏目著录，惟鄱阳邹氏音释本耳。陈氏《带经堂书目》有元刻，是为仅见。然兰邻之书，久为虫蚁食尽，徒存一目耳。此天一阁写本，犹从原刊抚出，亦可珍矣。书装成后检书更记。乙未八月廿日西风初起，秋意满襟。小燕。

明成化十一年項璁栞本

此一行燕庭方伯手書也 甲申三月伯寅

此成化刻而小後於晉取較鐵琴銅劍樓所藏本前補百為瞿本所無而諸錯字亦頗有增益是其勝處也卷尾蔣氏手跋更古香紛披大可重矣此蓋有劉燕庭潘伯寅手迹俱百年前物余收之吳興俞氏者亦二册裝之 乙未冬十月十七日來燕榭校書記

此本間有補板取較瞿本每每不同去歲較明修本文譜出者亦有此本墨釘瞿本已補者則不知何故矣 乙未十一月十七日晴窗[illegible]樓[illegible]並記

旧刻《存复斋集》

明成化十一年项璁刊本。

此一行燕庭方伯手书也，甲申三月伯寅。

此成化刻而少后印者，取较铁琴铜剑楼所藏本，前补一目为瞿本所无，而附录中亦颇有增益，是其胜处也。卷尾蒋氏手跋，更古意纷披，大可重矣。此叶有刘燕庭、潘伯寅手迹，俱百年前物，余收之吴县俞氏，当重装二册藏之。乙未冬十月十七日，来燕榭检书记。

此本间有补校，取较瞿本，每每不同，大抵较瞿本文增出，惟亦有此本墨钉瞿本已补者，则不知何故矣。乙未十一月十七日，晴窗漫校一过并记。

余近收舊本三十許種於吳興書人俞氏許以集部為多大抵皆滂喜齋潘氏舊物嘉靖刻凡五種此冊為徐興公舊物尤最罕傳用卿嘗奉使朝鮮集中多記彼邦山川人物亦中朝古史所當取資者作者閩人藏者亦閩中舊家同光之際更自嶺外載歸此皆手鈔記中歷歷可誦者絕妙事也原裝十六冊頗不耐觀因命工重訂六冊以還紅雨樓之舊昨日寄至手檢入庫因記數言卷尾 乙未臘月十七日 黃裳記

嘉靖刻《龚用卿集》

余近收旧本三十许种于吴兴画人俞氏许，以集部为多，大抵皆滂喜斋潘氏旧物。嘉靖刻凡五种。此册为徐兴公旧物，乃最罕传。用卿曾奉使朝鲜，集中多记彼邦山川人物，亦中朝古史所当取资者。作者闽人，藏者亦闽中旧家，同光之际，更自岭外载归。此皆于钤记中历历可辨者，绝妙事也。原装十六册，颇不耐观，因命工重订六册，以还红雨楼之旧。昨日寄至，手检入库，因记数言卷尾。乙未腊月十七日，黄裳记。

此羅癭公手稿購文姬紅拂傳二種皆為程
禦霜撰者紅拂一種前有手題□□□撰曲第四
卷字樣似當日原稿不只此二冊也見之李
散釋先生許分以歸余當重裝藏之能彈
脚本每為梨園抄本亦多不知撰人此則
近日名作出之名手自可珍重惜硯秋久
不演此無從更窺妙相矣程禦霜葬癭
公事人多知之傳為佳話此原稿蓋可為二
卷之 猗移室
君永伯翰墨因緣者亦善本戲曲矣
丙申二月尾 芙雲漫書

稿本《赚文娟》《红拂传》

此罗瘿公手稿《赚文娟》《红拂传》二种，皆为程御霜撰者。《红拂》一种，前有手题□□□撰曲第四卷字样，似当日原稿不只此二册也。见之李散释先生许，介以归余，当重装藏之。乱弹脚本，每为梨园抄本，亦多不知撰人。此则近日名作，出之名手，自可珍重。惜砚秋久不演此，无从更窥妙相矣。程御霜葬瘿公事，人多知之，传为佳话。此原稿盖可为二君永留翰墨因缘者，亦善本戏曲矣。

丙申二月尾，黄裳漫书。

順德羅癭公為程御霜製曲甚夥有若於時此紅
拂傳尤奇肆憶侍臺端攜演虹霓公俞振飛
飾李郎硯秋時尚未發肥一曲新歌九城傳誦
宣南舊事最不易忘今癭公墓有宿草而侯
程近復輟演僅振飛尚不時登場奏曲耳當此
陰雨得此書亦可令人興感也　丙申四月廿七日裳
戊戌重展漫志卷端　來燕榭記

顺德罗瘿公为程御霜制曲甚夥，有名于时，此《红拂传》尤奇肆。忆侯喜瑞搬演虬髯公，俞振飞饰李郎，砚秋时尚未痴肥，一曲新歌，九城传诵，宣南旧事，最不易忘。今瘿公墓有宿草，而侯、程近俱辍演，仅振飞尚不时登场奏曲耳。当此际而得此书，亦可令人兴感也。丙申四月廿七日装成重展，漫志卷耑。来燕榭记。

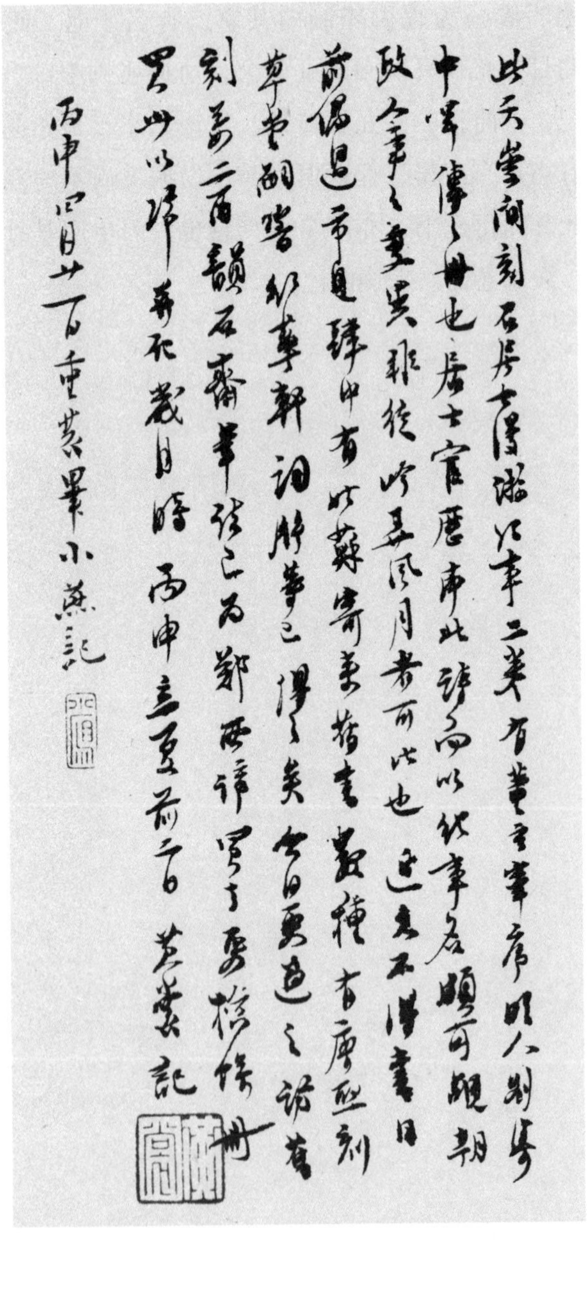
丙申立夏前二日 黄裳記

丙申四月廿一日重装畢小燕記

《石居士漫游纪事》

此天崇间刻《石居士漫游纪事》二卷，有董玄宰序，明人别集中罕传之册也。居士宦历南北，诗而以纪事名，颇可觇朝政人事之变异，非徒吟弄风月者可比也。近久不得书，日前偶过市，见肆中有姑苏寄来旧书数种，有康熙刻草堂嗣响、红萼轩词牌等，已得之矣。今日更过之，访旧刻姜二酉《韵石斋笔谈》，已为郑西谛买去。更检余册，买此以归，并记岁月。时丙申立夏前二日，黄裳记。

丙申四月廿一日重装毕，小燕记。

三年前得于傳薪齋頭樵隱印譜一冊前以意延齋金石
五字已經裝而印則殊佳遂攜之歸無之未嘗理董今日又于
書囊中搜得之手為揭下重訂一冊汪氏生於嘉慶乙亥
至光緒年猶存年八十餘矣人多壽蓋信然也其人為趙
次閑弟子与戴醇士黄穀原錢叔蓋友善蓋西泠八家之
後勁也王考蓋故印譜當亦出其手何以既不刊世無知
者耶所治印純係浙派雜龍歐流此冊所收皆自刻未及為
人篆者所作題中竹聲室朱文方印尤佳大似吳讓之作下
書堂印也作者於丁黄而外亦有偏嗜而功力亦深厚足為
後勁今日知此道者殆少幾無從得一解人展觀此譜
不禁興嘆也　丙申三夏前日黄裳記於來燕榭中

《意延斋金石》

三年前，偶于传薪案头检得印谱一册，前题“意延斋金石”五字，已蛀裂，而印则颇佳，遂携之归，匆匆未尝理董。今日更于书丛中搜得之，手为揭下，重黏一册。江氏生于嘉庆乙亥，至光绪中犹存，年八十余。艺人多寿，盖信然也。其人为赵次闲弟子，与戴醇士、黄谷原、劳巽卿友善，盖西泠八家之后劲也。玉参差馆印记当亦出于其手，何名姓不彰，世无知者耶？所治印纯系浙派，雅韵欲流。此册所收，皆自制印及为子若孙所作，就中竹声龠朱文方印尤佳，大似吴兔床之竹下书堂印也。作者于丁、黄两家有偏嗜，而功力亦深厚，是为后劲。今日知此道者殆少，几无从得一解人。展观此谱，不禁兴慨也。丙申立夏前日，黄裳记于来燕榭中。

此西爽堂刻三國志，前年收於傳薪書店，中有前人朱墨筆校，
非出一人手，後人稱義門先生，然非何氏真迹也（何字跡娟秀
老到），當亦清初學人所為。朱墨筆俱有之，黃筆較遲，
亦不知何人。惟書中朱筆於闌下者則湘潭袁芳瑛
筆迹也，可辨也（漱六校本書，皆自湘潭袁家流出，入長沙
葉氏，葉歸則不知流何所，後復經滬上某於家某
人，似亦湘籍，所藏觀古堂甚富，當已售之，今已全亡矣）。
此本蓋得自此，以未敢定其果為義門手迹否也。
西爽堂本刻諸史之四種，供家傳習，此本更以當則
覆校於三國志，應諸子兩傳為甚者，自是可珍，今日視之
當亦絕難得之書已罕見，偏同，餘未遑記。

丁酉六月十二日黃裳記於來燕榭中

西爽堂本三國志

校西爽堂本《三国志》

此西爽堂刻《三国志》，前年收于传薪书店中，有旧人朱墨笔校，非出一人手，往往称义门先生，然非何氏真迹也。字迹娟秀老劲，当亦清初学人所为，朱墨笔俱有之。黄笔较迟，亦不知何人。至书中朱笔校于阑下者，则湘潭袁芳瑛笔，确然可辨也(漱六亦有校于书眉者)。书当自湘潭袁家流出，入长沙黄氏，嘉瑞则不知谁何。徐贾绍樵则得之沪上某故家，其人似亦湘籍，所储观古堂物甚富，零星售之，今已全亡矣。此本买归，未遑题记，以未敢定其果为义门手迹否也。西爽堂曾刻诸史三四种，俱罕传，号精椠，此本更以宋刻覆校至三四次，历诸手而终为善本，自是可珍。今日视之，当亦绝秘难得之书已。溽暑偷闲，研朱漫记。

丁酉六月十二日，黄裳记于来燕榭中。

此毛氏汲古閣所藏宋刻殘本鈔配以為全書後歸滂喜齋今在上海
圖書館寶為海內所藏杜集最舊之本蔣老跋稱宋刻寶元二本
拼合首其一為紹興初年浙刻覆王琪本其一為紹興三年吳若
刻本為建康府學所刊至王琪原刻於嘉祐四年之本已無可蹤
跡是此本真球璧矣鈔配出王為玉手精鈔可愛亦出宋刻也
余十年來肆力收杜集舊本有舊景宋抄存首三卷藝芸精舍故
物也後歸舊山樓有明初刻集千家注須溪評本徐紫珊故物有嘉
靖許宗魯靜芳亭刻白文本有嘉靖鸛湖陳明刻杜律單註之王阮亭
藏本有嘉靖中吳刻杜律虞註有嘉靖刻李杜律詩白文本至清初
舊刻如錢箋本朱注本論文本會粹本詩闡本等批校諸本不下十數
又舊於京師得宋板宋印杜詩殘葉極精好明初刻殘卷一疊均已移
贈成都浣花草堂紀念館中所存無明以前刻遂得此歸為浣花諸
集冠冕雖價昂亦不敢惜也燈前所朱漫訛數語
丁酉臘月初四寒夜書 黃裳

古逸丛书本杜集

此毛氏汲古阁所藏宋刻残本，钞配以为全书，后归滂喜斋，今在上海图书馆，实为海内所藏杜集最旧之本。菊老跋称宋刻，实亦二本拼合者，其一为绍兴初年浙刻覆王琪本，其一为绍兴三年吴若刻本，为建康府学所刊。至王琪原刻于嘉祐四年之本，已无可踪迹，是此本真球璧矣。钞配出王为玉手，精妙可爱，亦出宋刻也。余十年来肆力收杜集旧本，有旧景宋抄存首三卷，艺芸精舍故物也，后归旧山楼；有明初刻集千家注须溪评本，徐紫珊故物；有嘉靖许宗鲁静芳亭刻白文本；有嘉靖鹊湖陈明刻杜律单注之王阮亭藏本；有嘉靖中吴刻杜律虞注；有嘉靖刻李杜律诗白文本。至清初旧刻如钱笺本、朱注本、论文本、会粹本、诗阐本等。批校诸本，不下十数。又旧于京师得宋板宋印杜诗残叶，极精好。明初刻残卷一叠，均已移赠成都浣花草堂。箧中所存无明以前刻，遂得此归，为浣花诸集冠冕，虽价昂亦不敢惜也。灯前研朱，漫记数语。

丁酉腊月初四寒夜书，黄裳。

书后

这本《惊鸿集》可以说是《劫余古艳》的外编，两者区别所在是，这本小册子只是书去跋存而已。

我买书喜作跋尾，有写在原书上的，也有写在前后副叶上的。据说有一位“藏书家”批评说，将不够“馆阁体”规范的毛笔字写在古书上，是对文物的玷辱。可惜闻道过晚，几十年前就这样做了，来不及追改，只好随他去。书籍过手，也如“不动的衙门流水的官”，是经常流动的，原因多方，有因兴趣转移，或与书估、藏家互换，或因生活困难而易米……一时也说不尽。每当书去之日，凡写于副叶的跋文，不忍便弃，辄取下以为纪念。积久渐多，也有数十幅了。朋友看见，不以书法拙劣为嫌，好意为集成一册付印，实出意外，并感惶惧。这到底有什么意思呢?

这些过手或“经眼”的书，都多少有一些故事可说。譬如解放初期，天一阁的藏书流落在书坊甚至摊头的就有不少。也有从藏家流散出来的，后来大都集中在图书馆里。其流传踪迹，都能从书跋中追寻。又如山阴祁氏澹生堂的藏书，经祁氏子孙世守三百余年，最终落于旧纸贩子之手。其最初现身沪上，奇灵残断，是还魂纸厂的原料，我是较早发现者之一。有人撰“藏书记事诗”，说我就中狠狠地捞了一把，其真相如何，也只能从跋文中少知一二。据书友见告，有祁氏遗书，曾送到合众图书馆求售，搁置近月，主持人无钱收购，托言，祁家藏书已散售多处，未能全收，因而退还。后来才为我所见。如此种种，不见原跋，是不能明白真相的。又如罗瘿公为程砚秋撰《红拂传》等两种剧本手稿，我是捐赠北京戏曲学院的，托一位相识者转赠，时当一九五七年，此后遂无音信，不知此稿流落何处矣。

“文革”中，我的藏书被全部抄没。当时抄家情景，我在《前尘梦影新录》的“前记”中有简单的速写。后来在拨乱反正的过程中，单位首先发还了抄去的书籍、日记和交代材料一大堆，中间有当日抄去的藏书目录一厚册。前半部还是我的手迹，后半部则是另一人所写，颇不完整，但约略可见大致。此后，藏书之存放于图书馆者也分批由“文清组”发还。每次都是一大批，既无清册，也无签收手续。“文清组”还给我看了顾廷龙、周贤基两人手写的抄去的“二类书目”，让我抄存副本。其未发还之书，由我列名请求清查，也多承补行发还。暇日漫读那本“抄家书目”，又发现尚未发还之书多种，两年前又函请图书馆查询，几经努力，二月前承上海图书馆陈君来访，得细谈，实感荣幸之至。谈话中有一些细节虽未能达成共识，但颇有趣味，可资谈助。

陈君说，顾廷龙君当时是从牛棚中被提出处理这批藏书的，他已不是图书馆长了。这或是实情，但在张（春桥）姚

(文元)掌握下的上海市并未另行任命新馆长，顾君虽身在牛棚，馆长的虚衔仍在，否则他不可能在“抄家书目”中亲笔签收。陈君又说我的藏书是先由报社运至“文清组”，然后经拣选，将善本及较佳的本子运往图书馆代管的。查发还的藏书中有大量的“非善本”，甚至清末、民国的零星线装小册一般视为垃圾书的，都一一钤有上海图书馆印和发还印，如当时曾经拣选，贤如版本鉴定家的顾君，恐不至无目如此。恰好证明藏书是直接从报社运至馆中的，怕是无可辩驳的铁证罢。

陈君又说，因为怕与他家抄来的藏书混杂难分，所以才在我的藏书上遍加馆中藏印，以便识别。这自然是好意，但今日所见他家被抄发还的书，也无不盖有两种印记，如此则将何从分别。陈君还为匆促间胡乱加印，甚至倒钤，有损书品，表示遗憾。回想上世纪八十年代前后，为藏书发还事，我曾遍访方行、顾廷龙诸君，他们都以馆中为修复蛀损书花了不少人力物力为不忍便还的理由。回想“文革”中的气势，这堆书都以“反革命”的名义断然没收，人们又哪能想到有朝一日要发还原主。那么，修治残书，遍加藏印，岂非意在“子孙永宝”么?

我还有一个习惯，凡是罕见书、善本书，如遇机缘，不嫌兼收复本。而还书之际，往往扣留较佳的本子，而以稍次的本子发还。我举出的例子是康熙刻的词总集《记红集》，那部原刻初印、徐积馀旧藏的一本，就是两种中扣而未还之一。陈君慨然见许，立即回去查明见告。时间过去两个多月了，未得消息半点。事可知矣。

陈君最后说，一定要按国家政策，彻底清查，务必弄个水落石出。言甚慷慨，但照我的估计，以“文清组”发还原书时的方式方法，即使旷日持久，也将劳而无功。慷慨陈词，不过是无限延荡的好听的话而已。

话扯远了。但也并非毫无因由。书名“惊鸿”，取“惊鸿一瞥”之意，如人们常用的藏书印，“××过眼”，并无放翁“曾见惊鸿照影来”的感慨。我是不怎么喜欢抒情的。近来研究古旧书业的大著作时有所见，用力不可谓不勤，搜集材料也尽了很大力量。但读来正如王国维所说，不免有点“隔”。什么原因呢？总是没有亲身的经历，不懂书坊、书贾的习惯、作风、伎俩，往往如入云雾中。仅听场面上的话，只有上当的份儿。“举一反三”虽是“文革”听熟了的“训话”，也还是有一点道理的。我以为。

黄裳

二○○八年六月十六日

插图的故事

《插图的故事》，二十世纪五十年代，黄裳先生曾关注古书插图，从市肆案头、友朋之处等，摄取书影，并撰写札记。积久渐多，汇集成册，所收以明槧为主，间及清刻。直至1999年初，方得重拾校理，并于2006年6月，由上海书店出版社出版。今即据其本编入。

小序

中国的木刻版画是有悠久光荣的历史的，留下来的遗产也非常丰富。但在过去，却一向不为人重，没有什么人对它做过有系统的研究。

需要说明的是，说它过去“不为人重”，这里的“人”，是指的封建社会的士大夫阶层。他们是看不起版画的，认为这是不登大雅之堂的东西。旧社会的藏书家是向来不肯收藏版画书籍，把书名编进自己的藏目里的。但劳动人民却正好相反，他们对木刻版画非常喜爱。因为版画往往出现在戏曲、小说……这些通俗读物中间。这些正是劳动人民最接近与喜爱的东西。还有木刻年画，装饰画之类，也都是与广大人民的生活有密切关联的艺术品。

可惜劳动人民没有士大夫阶级那种藏书的条件，所以这种有木刻插图的书，流传下来的就特别少。虽然遗产丰富，在今天说来，这些到底都已经成了非常稀罕的东西。

近三十年来，情况已经有所改变，人们开始重视古木刻版画，加以收集。进行研究的人也陆续出现了。郑振铎先生所编著的《中国版画史》，就是这方面的一部辉煌的开山巨著，虽然还不曾完成。

这些古版画除了具有高度的艺术性之外，往往还记录了一些当代社会风俗的面影。通过画面，不独使人感到美，还能使人得到很多知识。从人民的日常生活，到具体的名物，以至社会面貌，时代风习，往往都能通过古书的插图得到实证。这实在是除了古代实物以外，最好的历史学习的参考图谱。

数年以来，在市肆案头，或朋友家里，偶有所见，便设法拍摄书影，写下零碎的读书札记来。积久渐多，少加汇集，便成了这一小册。实物的取材，以明代刻本为主，间附清刻。至于更早的宋元作品，不但稀见，而且往往是佛教故事的插图，用处不大，也就不加收集。至于选择的标准，则以比较稀见的书籍为主，尽量选取未见著录的罕见书册。至于传本尚多，而意义重要者，自然也还是酌量选用的。

札记的用意，是想对插图的内容加以说明，虽然极不全面，但总希望能使读者在看画的时候得到小小的帮助。但由于作者的水平低下，可能在许多地方都存在着严重的缺点。我是热诚地希望读者给予批评和指正的。

一九五七年八月十二日

一九九九年一月二十五日重校

书帕

明朝的“书帕”风气极盛。士大夫为了表示自己是风雅人物而且重视文献，到任之后，一定要刻上两部书，拿来送礼。如果要送钱，也可以和书一起送去，银票就夹在书里。表面上是送书，其实是连钞票一起夹带进去了。这样不但没有行贿的痕迹，而且显得“风雅”。比起《四进士》里的田伦，“三百两银子压书信”，用一只酒坛子装到顾读家去，事机不密，被宋士杰看穿，弄出一场大祸来，那实在是高明得多了。

于是，就引起了后人“明人好刻古书而古书亡”的慨叹。因为刻书的人，并不是想流传古籍，只能草草了事，乱刻一通，这样就难免要错误百出，不堪卒读。

所谓“书帕”，就是送礼时和其他贵重物事拼成几色的书册。这些书也往往以自刻者为多。

这样刻成的书，也有一些是比较有意义的。比方说，刻地方志，刻风景古迹、人物志传书的……也有。这种书就往往能保留当地地方文献，在人文地理科学上有一定的价值。明代一朝所刻的这一类书，数量很大。

《文潞公轩诗》三卷，翼城王泰编辑，就是这样的名胜志书之一。成化二十二年（一四八六）山西刻本。这部书是纪念宋朝的文彦博的。文彦博在宋仁宗天圣六年（一〇二八）到山西翼城县做知县，在河边造了一座休憩用的亭子，到了四百多年以后，亭子还存在，亭子的大梁上还留着他的亲笔题字。于是就有很多风雅人物写了很多题咏。王泰是翼城人，就把这些诗文抄集下来，刻成这一部《文潞公轩诗》。

原书前面附有一幅插图。这是一张山水人物图。刻法极为古朴，比起晚明的雕版来，在技巧上当然差得很远，但是时代却要早到近两百年。明初刻本里的板画是极少见的，而且这书刻于山西，是明代北方早期板画的代表作品。要研究明代板画的发展史，这就成为大可珍贵的资料了。

这是一张“鸟瞰图”。好像是坐在飞机里拍的照相。既然要表现山川风物，又要着重地写出“轩”来，所以才设计了这样的表现手法。

一道城垣横隔在画面三分之一的地方。把较大的地位留给山水。城外是一条护城河，河的对岸是山，河边、山上，零落地布置了一些树木，河身中间还有着洄澜。这都是简单地用传统山水画法勾勒出来的。

至于那个亭子，就写得比较仔细。台阶上的雕刻、屋顶的装饰，都比较详细地描写出来。最有趣的是坐在亭子里面的人物，那悠然自得的神情，的确很生动。人物虽然穿着朝服，却分明并不在处理公事，而是悠然地在欣赏风景。案上放着纸卷，大概是在作诗，构思。

文潞公轩诗·插图

右下方的空白，用几枝疏落的竹丛补足了。自然这不是写实的，但却安置得恰好。有浓郁的传统山水画的风味。

刀法是古拙的，但却很好地表现了画家的笔意。特别是那几笔竹枝，表现得很好。看了这样粗犷的初期板画，再和晚明细腻工致的作风对比一下，就可以看出二百年中间这种艺术有着怎样的发展、进步，这条路是漫长艰苦但却丰富多彩的。

原书在清初旧藏“怡府”，有“明善堂”印记，各家书目都未曾著录，可能已经是孤本了。

四百年前的出版家

中国不但是世界上发明纸张最早的国家，印刷术也最先在中国使用。紧跟着这些伟大的发明的出现，中国人民的文化生活也大大发展了。作为资本主义萌芽的事例之一的印刷出版业也在宋代就有了很大的发展。

关于北宋的印刷出版业的材料，现在保存下来的不太多。（前几年上海发现了一册北宋刻的三十卷本《文选》的残卷，有杭州猫儿桥畔某书肆印行的牌记，足证在还不曾改为临安的杭州，书肆也是颇多的。）南宋就不然，我们有大量的实物，足以证明当时出版业的异常发达，在杭州、建阳，都有大量的书铺存在。

福建建阳，地处闽北群山之中，造纸业很发达，又因为地方偏僻，不易遭到战火，所以这里的书铺有着悠久光荣的历史。特别著名的是麻沙版。在宋代，他们出版的方向与特点就已经确定下来了。他们是面向广大的人民群众和知识分子的。他们出版的书，包括了大量的通俗用书，医、卜、星、相这一类的书，以及附插图的小说都大量的出版。即使是专为知识分子准备的书，也多注重实用，如文人要作诗，就编刻一些《万宝诗山》之类的类书，以备检阅；仕子要去考状元，就为他们准备了有如不久以前还可以看到的《投考指南》之类的书。就连正经正史，也一定要选刻内容丰富切于实用的，这种面向群众，不空谈版本的传说，是值得注意的。

因为上面所说的地域环境的特点，使建阳的出版业一直发展到明朝，日益兴盛。在我国的出版史上是占有极重要的地位的。

建阳的书肆，最著名的是余家。如余氏勤有堂在元皇庆壬子（一三一二）刻了“杜诗”；岳飞的孙子岳珂，谈到出版物时，就大大称赞过建安余仁仲的出品。这是宋元两代余家的故实大概。

到了明朝，建安余氏刻了大量的小说，最著名。这些小说，因为过去被认为是不登大雅之堂的货色，随看随丢，在国内几乎都成了罕见的珍本。而在日本倒被保留了很不少。二十年前孙楷第先生到日本去了一回，留下了一本记录。他特别对建阳余氏作了一番考察。现在根据他的论述，介绍一些大致的情况。

明朝建阳姓余的所开的书铺，有三台馆和双峰堂。其实这两家是联号。老板兼编辑其实就是一个人。此人姓余名象斗，字仰止，又题余世腾字文台。（好像今天的作家，一个人有几个笔名。）他一个人编刻了很多的书。只小说一类就有《唐国志传》《大宋中兴岳王传》《南北两宋志传》《东西两晋演义》《英烈传》《列国志传》《二十四帝通俗演义全汉志传》《大宋中兴演义》《三国志传》《万锦情林》……

能够大量地刻书，这自然是好事，但这里面却也存在着严重的缺点。如余象斗为了招徕读者，就往往运用一些广告手段，借当时的名人，如李九我等出面选订；把别人的出版物拿来改头换面，加以刊行；自己动笔删削增添，出奇斗胜。像《水浒传》，他就出版了一种《京本增补校正全像忠义水浒志传评林》，以增加了征田虎天庆的故事为号召；同时又为了降低成本，削减篇幅，就把全本大加删除，结果弄得事繁文简，大大损害了水浒传的艺术性。这就是资本主义思想指导下的经营方法所造成的恶果。即使是在四百年前的萌芽时期，也可以看得清清楚楚了。

《仰止子详考古今名家润色诗林正宗十八卷》，万历福建建安余氏三台馆刻本。这是一部为作诗者翻阅用的词书，按照韵脚排列，把一些词语排在一起，诗人只要一翻，添上去就能做成七言四句、五言八句之类。不用说一定是当日的一部畅销书。不过真正的诗人也一定不是靠这种书起家的，因此它也就不为人重，到今天保存着的也难得有第二本了。在另外的意义上讲，这书就因此也有其一定的价值。

原书大题下列了三条，说明刊刻情况，试抄摘如下：

三台馆山人　仰止　余象斗编辑
吏部左侍郎　九我　李廷机校正
书林双峰堂　文台　余氏　刊行

这三行题衔就可以进一步证明三台馆和双峰堂的关系，

余象斗和余文台的关系也可以看出来，可能即是一人，一面是以编辑身份出现，另一面则以发行人身份出现的。

在目录之后，第一叶之前，有半叶插图，题“三台山人余仰止影图”。明代闽派刻书的风气，照例要在每卷之前或全书之前加一张插图，内容多半与本文无大关系。（如《大备对宗》即在每卷之前插图一张，与书本身无关。纯粹是装饰性的。）但像这样将编辑人的生活图影附在前面的，却是第一次看到，而且这正是有名的出版家余象斗的图像，就更可珍重了。

这插图完全可以代表闽派版画的风格。作风不及徽派的工细，依旧保留了元代上图下文的闽刻小说插图的朴实作风。值得注意的是线条一般都用阳文来表现，但也在中间使用阴文，如书案上的书册笔砚，就都是阴文的。水池的砖栏也是如此。这样的运用，也很少见于其他地区的插绘里。

更有趣的是图里表现的生活气氛。这里是一座书堂，悬匾题“三台馆”。旁边挂着一副对联，“一轮红日展依际，万里青云指顾间”。这副对联无疑带着吉祥的含意。是一般仕子所喜闻乐见的，于编辑先生本身其实倒并无多大关涉。

园外大门额题“养化门”。一个小童拿着扫帚在打扫庭院。院子里有假山花木，当中是个水池，四周有栏。水池中种着莲花，还有一对鸳鸯，另一小童在煮水烹茶。一个侍女立在旁边捧茶；另两个在阶下，其中一个在焚香。

这位编辑先生兼出版家的生活是非常优裕的。他悠然自得地在进行着编辑工作。不管这插图有着怎样的装饰意味，总

三台山人余仰止影图

多少还表现了明代的生活。

余象斗虽然看来是这样一位颇为风雅文静的人物，但他的火气却也不小。另外一部余文台刻本的《新刊八仙出处东游记》里，有一篇他作的序，文章不通，但却充分表露了明代书坊的竞争情况，可以看出当日资本主义发展的概况的：

八仙传引

不俗斗自刊华光等传，皆出予心胸之编辑，其劳鞅掌矣！其费弘巨矣！乃多为射利者刊，甚诸传照本堂样式，践人辙迹而逐人尘后也。今本坊亦有自立者，固多；而亦有逐利之无耻，与异方的浪棍，迁徙之逃奴，专欲翻人已成之刻者。袭人唾余，得无垂首而汗颜。无耻之甚乎！故说。

三台山人仰止余象斗言

“版权所有，不准翻印”，并不是从清末的商务印书馆开始的，在明代就已经有了，不过那时的“大明律”，是不曾订定有关出版权益的规章，所以出版家无法得到官吏的保护，只能恶毒地谩骂一通。余象斗又提出了“成本”的观点，还说明是怎样的人物在“射利”，在“翻板”。这些都是极有价值的史料。可以帮助我们认识明代书坊的面貌。

太真全史

《太真全史》六卷，明裘昌今编。明朝末年崇祯中“读书坊”刻本。

这是一部辑录有关杨贵妃的历史、故事、传说、题咏诗词而成的书。是明朝书坊中编辑刻行的，是当时的通俗故事之类的书籍。前面附有图像十六幅。刻工相当精致。不像徽派版画那样的工细，但是整体的结构却生气勃勃，不像徽派版画那样的沉闷，应该说是有着更深厚的生活气息的作品。

太真遗照

书前面有一张“太真遗照”，是杨玉环的画像。题“伯虎唐寅写”。这可以断定是假托的，不但字体瘦劲，不像唐子畏的笔迹，而且题属的方法也不合。实在因为唐解元的名气太大了的缘故，所以书坊里有机会就一定要借重一下。这样的例子不少。曾经见过另一部书，前面的序文就题着“吴趋风魔解元唐寅撰”。唐伯虎不论怎样“风流”，大抵总不会自称“风魔解元”吧？

这种地方也可以看出明朝末年的出版业经营方式的面貌。广告性的成分已经占着相当重要的地位了。

至于杨贵妃的画像，当时的真容自然不曾流传下来。不过通过作家的记载，也还约略可以得到一些印象。一般人都说她是颇为丰腴的，与赵飞燕作比，有“燕瘦环肥”的说法。所谓“肥”，大抵也就是丰腴，并不可能是怎样地胖得像泥阿福的。我们今天可以看到敦煌唐画里的那些贵妇人，大抵也都是丰腴得很的。可以推想，唐代的女性美一般都以健康的、肌肉丰匀的为理想；“弱不禁风”之为美人，那恐怕是宋朝以后才流行起来的观点。

这里的一幅画像，不用说，那头髻的形式就不对。不是那种“云鬓高髻”的“宫样妆”，而近于梅兰芳先生创造的“古装头”了。这也难怪，明朝的通俗读物画家，不可能看到真正的唐画或敦煌壁画，只能以当时流行的装束、人物为范本。我们今天看来，当然决不能拿它来当作真正的唐代人物。可是当作明代的人物，大体上是不会错的。插画的重要参考意义，在这里也充分地表现出来了。

画像四周的花边，也是一种普遍流行于晚明的装饰性图案。那花样真是多得很，这里只是比较素朴的一种而已。

太真全史·太真遗照

七夕私语

这一幅描写的是唐明皇和杨玉环的爱情生活中间重要的场面。唐代大诗人白居易在《长恨歌》里，就着重地描写过它。“七月七日长生殿，夜半无人私语时。在天愿做比翼鸟，在地愿为连理枝。”清代伟大的剧作家洪昇的戏曲，也是用“长生殿”为名的。

这个场面，是杨李的爱情生活的巅峰。“鹊桥密誓”以后，没有多久就是“惊变”了。渔阳鼙鼓动地而来，杨玉环终于为唐明皇“赐死”了。

这里，不禁想起鲁迅先生曾经谈到的一点。他说，鹊桥密誓，应该是杨李爱情生活破裂的一种朕兆，他们为了弥缝这已经不稳定了的爱情，才不得已用“密誓”的方法，做人为的补救。这个说法初看似乎新奇，但实在却是极有可能的。

李三郎（明皇）爱杨贵妃，能否始终如一，那是谁都不能肯定的。在封建帝王的眼中，女人不过是玩物，而玩物却是多多益善的。也绝不可能想象能有一生一世玩不厌的玩物，不论它是怎样的有吸引力。

梅妃，就一直是杨玉环爱情上的劲敌，在“贵妃醉酒”里，就直接描写了她们之间尖锐的矛盾。应该记得，这种矛盾是在杨玉环“宠在一身”的阶段里发生的。

因此，完全有理由相信，李三郎和杨玉环的爱情生活，到了近于枯竭、临近危机的时候，不能不借重于“密誓”“钿盒金钗”的信物……来加以巩固。而后来情况的发展，也

太真全史·七夕私语

正足以说明这个事实。在马嵬驿里，六军不发了，一定要处死杨贵妃，而身为天子的李隆基，却终于拿她做了牺牲。不论舞台上的小生演员，表演得多么真挚，哭天抢地，死去活来，但是最后还是把她交出去了。

这一幅插图有着相当高的成就。环境的衬托很出色，人物站在宫殿高处的露台上。用一抹云雾和下角微露的殿顶，表现出了露台的地位之高。植物的选择也突出了秋夜的气氛，芭蕉、松树和两株秋柳，都带给读者一种秋意。李三郎所穿的衣服，和他们偎依的姿态，也都说明这是秋夜。是“已凉天气未寒时”的秋夜了。

人物的姿态，他们遥望“牛女”星窃窃私语的神情，都极生动地表现了出来。

有一个有趣的小问题。古代版画表现星星，双星之间必有一条直线。用意可能是引起读者的注意，不然，天空中突然有几点星星，是不会使人看到的。同时，在木板上，这样处理也较易保存，不然，一点微星凸出于板面之上，是极易于碰坏损伤的。

养正图解

给皇帝看的故事画

在封建时代，皇帝有着无上的威权，一切都要与平民两样，这样才可以显出他的特殊性，便于统治；同时也可以增添他身上的神秘色彩，也还为的是巩固他的统治地位。但是皇帝究竟也是人，也有童年，也是从婴儿逐渐成长起来的。于是也就自然要读书，受教育……于是就有很多问题需要解决。譬如，由怎样的人来做未来皇帝的老师？应该用怎样的方法进行教育？应该读些怎样的读物？书念不好要不要像一般的小学生被打屁股之类的问题也跟着来了。

这些问题看来似乎有些疑难，其实自然也是有办法解决的。要做太子的先生，不用说一定得是饱学的大官，被“父皇”承认是“正人君子”的人物才行。教起书来，可就不能像在一般的书房里，先生高坐，学生下站；而要由先生跪着进讲。至于打板子，那自然是免了的。

这些问题都可以用一般的原则、结合了未来皇帝的具体特殊性而进行解决。至于皇帝所读的书，那自然也不外乎封建社会一般士子所读的圣经贤传。但也要加上必要的具体内容，像明代的经厂（皇室的出版机构）就出版过《历代君鉴》这样的书册，目的在于总结过去一切成功与失败的皇帝的经验，怎样才能坐稳皇帝的宝座？怎样就会被人民从宝座上掀将下来？这是讲统治术的书，在皇帝说来，自然是必读的要籍了。明太祖朱元璋，就曾经亲自动手把《孟子》删节了一通，曰《孟子节文》，认为不妥的处所都删去了。譬如“民为重，社稷次之，君为轻”这样的话当然就得去掉。在他的编辑意图里就充分地表现了封建统治阶级的本性；同时还命令诸臣绘了《农业艰难图》《古孝行图》这样的画册给太子兄弟们看。可是像朱元璋这种皇帝究竟不多，于是有一些专为太子准备的书册，就往往还是得由“儒臣”动手了。

这里想介绍一种故事画册，《养正图解》，是明代万历中修撰焦竑所编的。焦竑的自序里说：“独念四书五经，理之渊海，穷年讲习，未易阐明。我圣祖顾于建文故事，拳拳不置。良由理涉虚而难见，事徵实而易知，故今古以通之，图绘以象之，朝诵夕披，而观省备焉。”这里所说的理由很清楚，看图说故事，在这当中进行说教，总要比空讲经传要有效得多的。他一共选了六十个故事，绘了六十张图，每图之后，加以说明。大概是想得到皇帝的欣赏吧，南京吏科给事中祝世禄就把它精刻了出来。同时还在序文里注明“绘图为丁云鹏，书解为吴继序，捐赀镌之为吴怀让而镌手为黄奇”，郑重其事。在明代刻书之中，可以算是非常严肃慎重的一种了。

丁云鹏是明代有名的白描人物画家，安徽休宁人。他画的佛像最有名，一般认为“丝发之间，神采焕发，意态毕具。恍觉身入维摩室中，诸佛菩萨对语，眉睫鼻孔皆动人。可与李龙眠比美”。刻手的黄奇，更是明代雕版名工荟萃之处的新安黄氏的先辈。绘图、刻工都是徽派的名家，所以这部书可以说是新安派版画初期的代表作品。

这里所介绍的是初刻本。这书出版以后大受欢迎，没有多久就又有“玩虎轩”的翻刻本，刻工已经改属“黄鏻”了。到了清朝康熙己酉（一六六九），曹钤又得到了明代的旧版重印一次。

此外值得指出来的是，在焦竑的解说中间，有文言也有白话。文言多半是发议论的地方，而白话则是讲解文义的处所。从这里也可以看出讲书的情形，和明代口语的情况。这和宋朝儒生的“语录”是一类的东西，不同的是，“语录”是老师训诲学生的话，不免有时神气活现，这里则是在太子面前说的话而已。

相敬如宾

古代形容理想的夫妇爱情生活，往往要引用“相敬如宾”这样的形容词。比较为人所知的是梁鸿、孟光“举案齐眉”的故事。“案”是小炕儿，在上面放着饭菜。孟光在开饭的时候，从厨房里端着“案”出来，恭敬地举着，举得和眉毛一样高。可见她对丈夫是十分爱重的。还有一个故事，则早在战国时代。就是《养正图解》里的“夫妇如宾”。

晋文公的臣子臼季，出使外国经过“冀”的地方，看见

养正图解·夫妇如宾

一个在田地里耕作的农民，妻子替他送午饭来，非常恭敬，好像招待客人一般。臼季就回去告诉了文公，把这个农民（冀缺）找来做了“下军大夫”。

臼季当然有自己的看法，不过现在记载下来的，什么“敬，德之聚也。能敬，必有德”之类，我想可能已经是经过儒家发展过的理论。夫妇之间的爱，用农家妻子为丈夫送饭这样的题材加以表现，本来是很恰当的。但是道学家却总不高兴使爱情得到正当表白的机会，即使是平凡、素朴的爱情也好。一定要给它加上一套“理论”，引申出若干大道理来，而这种道理正是似是而非的、唯心的。

善于画佛像的丁云鹏，在表现这样一个题材时，也表现了士大夫画家的特征。他所画的农民，根本不是什么劳动人民，是个“士大夫”，冀缺耕种的是水稻，而他却穿着整齐的衣服，宽袍博带，而且下衣那么长，怎么能到水田里去呢？难怪他后来去做下军大夫去了，那神气和衣着就和坐在车上的臼季丝毫没有两样的。文人画的画家，坐在“明窗净几”的房子里作画，往往就要把劳动人民画成风雅的人物，这现象是绝不奇怪的。

至于焦竑为什么选了这个故事，那用意也是很有趣的。他在复述了一遍那个故事和道理以后就发挥说：“大抵夫妇之间，易为亵玩，况人主深宫之中，左卫神而右姨施，甘言逊色，争妍取怜……孰若以礼堤防之，令宠嬖不犯，而宫闱常肃之为美也哉！”

原来他是希望皇帝不为男色女色所惑，才委婉地说了这样一个故事的。封建社会的士大夫，显然已经得到了帮闲的地位，往往就十分珍惜，不愿失去自己“高级奴才”的身份，拼命希望封建政权巩固下来。而皇帝荒淫的结果，却往往要使自己的美梦破碎。于是才想尽方法，让皇帝规规矩矩地进行正规的统治，而皇帝到底是皇帝，规谏也要讲究方式方法，话必须说得委婉动听，不至先给自己招来意外的恶果。这就是儒家所提倡的“温柔敦厚”的原则的精义。

至于那些疾言犯上，终于落得被杀头，还要“谢主龙恩”的角色，出发点本来没有两样，只是没有学会掌握“温柔敦厚”原则的缘故。

爱惜郎官

汉明帝的女儿馆陶公主在父亲面前替自己的儿子说情，要求放他做一个郎官。明帝不肯，只赏了他一千万钱。明帝说，郎官虽小，可是也是天上的星宿。(传说天上太微垣里有二十五颗星，叫作“郎位星”。)到了外面，起码也是个县官，要管一百里地方的百姓。这可不是随便的事，所以办不到。

画面里只有六个人物。从公主的脸上，分明可以看出那不高兴的样子来。汉明帝正在说服她。跪在地上的就是她的儿子了。

馆陶公主的服饰和脸型都很接近唐代仕女画上常见的女性形象，这是很值得注意的事。中国的仕女画，不知道从什么时候开始，盛行一种以柳腰蛾眉为美的标准的风气。我们

养正图解·爱惜郎官

所习知的明朝的仇十洲，就是画这种美人的大师。仇的影响很不小，清朝的画家接受了他的传统，直到清末，像费晓楼、改七芗这些画家就都是如此。但在明代的画家里，继承了唐人画风的也不是没有。像唐伯虎的《孟蜀宫妓图》就分明是唐代仕女的形象。明末的陈老莲更是一个突出的例子。陈洪绶笔下的女性，从造型以至衣饰，都接受了唐画的传统。可惜的是这样的画风，没有流传下来。我想，这和晚明的时代风气是不无关涉的，在那个颓废的时代里，很自然地会保留了病态的而舍弃了健康的。在各方面都不例外，在美的标准上自然也如此。

这幅插图的原作者丁云鹏是明代有名的人物画家，从他笔下的女性形象看，也可以证明在明代中叶，画人所画的女性，也并不完全是仇十洲笔下的那一路。

自结履系

晋文公重耳跟楚国作战，走到一个地方，忽然鞋上的带子散开了，就亲自来结。旁边的人问他，为什么不让身边人来系？晋文公说："上等皇帝的身边人都是可敬的；中等皇帝的身边人都是可爱的；至于下等皇帝的身边人，就都是可以随便侮辱的了。现在我身边的人，都是先父王留下的老人，所以不敢让他们来做这种事。"

这就是插图的故事。《养正图解》的作者焦竑的议论是，晋文公能够这样敬重贤人，难怪他成了"五霸"的第一名。他还慨叹着说："后来的皇帝岂是不愿意做霸主，不过没有这

养正图解·自结履系

份见识罢了。”

焦竑言外之意是很清楚的。他自然是说希望太子做一个上等的皇帝，下面还有一句话，不言可喻，自己是应该归入可尊敬的人里去的。后面的结论颇有露骨，似乎有失“温柔敬厚”之旨。中国历代的士大夫，正如鲁迅先生所说：“大莫大于尊孔，要莫要于学儒，所以只要尊孔而崇儒，便不妨向任何新朝俯首。”那原因很简单，士大夫自己永远以孔门弟子自居，又往往自封为儒者也。

从这张画的布局上，可以看出这部较早而又有定评的画集给后来章回小说的插图作者的影响。特别是一些历史小说，如《东周列国志》和《三国演义》，遇到战争场面，就往往要用这种手法来表现的。烟云里面隐没的旌旗，曲折的山路，武将的衣装，刀剑兵刃，几乎都是一种类型。

从明初和明代中叶插图素朴古拙的作风，刚刚开始向工细精致的路上发展，那痕迹也可以清楚地看到。这里雕版者主要是用白描的线条复制画家的作品。细致是比较细致了，可是缺乏变化。还不善于表现轻重不同的笔触。

画家在山坡上用了传统的皴法，可是刻工却没有能够使皴法发挥它的作用，没有能使山石有立体的感觉。云影的勾勒，树叶的表现方法，处处都说明了木刻和原画的距离。

正因为这部画集是新安黄氏老辈的作品，对徽派刻工技法的进展，是有一定的参考意义的。

中国木刻的传统特点是画家和刻工的合作。自画自刻的非常少。丁云鹏是名画家，他自然不同于一般以画版画底本为职业的画人，等到后来画人和刻工有了经常密切的合作关系以后，这种局限就大大地减轻了，于是就出现了惊人的作品。

不看萌芽时期的作品，是不能摸清全盛时期作品的进步历程的。

青楼韵语

反映了这样的时代

晚明是中国历史上突出的动荡时期。从明初开始，经过相当时期的休养生息以后，土地大量地集中了，城市的工商业有了一定程度的发展，讲究佚乐的统治阶级已经达到了荒淫无耻的程度。这样就导致了人民生活痛苦的加剧，农民起义不断地普遍地爆发。就是没有异族的侵入，可以断定朱明的统治也是一定要垮台了的。

这样的时代，一般都称之为“世纪末”。在很多方面，都可以使我们联想起新中国诞生以前的那一段黑暗的日子来。

除了正史和野史的记载以外，我们还有大量的历史遗物，可以据以看出这个时代的面影。

长篇小说《金瓶梅》，就是这个时代的产物，里面有大量的篇幅用来描写官僚地主和正在萌芽阶段的资产阶级的荒淫生活，甚至大量地描写性生活。短篇小说《弁而钗》专门描写男色。木刻的春宫画册大量出版。……

嫖妓，被认为合法而风雅的事。不但不为一贯好面子的士大夫阶级所讳言，反而是津津乐道的。

有人编刻了《烟花小史》，里面就收有“伎史”和名伎的诗集。

《青楼韵语》就是这个时代的产物。这四卷书刻于万历末年。有丙辰（一六一六）的“例言”，是杭州朱元亮辑注校证、张梦徵汇选摹像的。用“若要认真，定然着假”这样一条一条格言之类的语句作纲领，然后加以注释发挥，以下就选录古今名伎的诗、文、词曲。这里所选录的妓女作品，从晋代的姚玉京，南齐的苏小小开始，一共收集了一百八十人，明朝的妓女就有一百十四名。

这种反映地主官僚士大夫和正在萌芽的资产阶级的荒淫生活的书，在今天看来，并不是全无用处的。譬如那些“格言”里面饱含了“人情世态”，正是封建社会人与人之间某一方面关系的精确分析。至于收集了大量的诗文词曲，也正保留了不少反映社会面貌的作品。至于插图，则是了不起的木刻。无论在写实的价值上，技法的造诣上，都称得起是晚明木刻登峰造极的作品，是徽派有名的刻工黄桂芳、黄端甫等所刻的。六观居士张梦徵的“凡例”里就特别指出说：

> 图像仿龙眠松雪诸家，岂云遽工？然刻本多谬称仿笔，以诬古人，不佞所不敢也。

可见他对插图的重视。

我曾经看到过一部《闲情女肆》，看纸墨都是晚明时代的印刷物，然而插图却与此书全同。只是把插在书中的板片，零拆下来放在卷前而已。这是后来得到此书原版的人的作伪，居然另外刻了一部书，可见这样的版画即在当时，也是为一般人所十分看重的。

王魁与桂英

王魁与桂英的故事是流传悠久而又为人民所喜爱的民间传说之一。在戏曲里，表现王魁、桂英故事的就有不少。

明代的传奇里有《焚香记》二卷，是完整地表现了这个故事的。这是昆曲。直到今天，零折的“阴告”“阳告”……还流传在地方戏的舞台上。如“川戏”，今天就仍旧保留着这样的节目。电影里最近也还出现过《孽海花》。

更著名的是近代赵尧生先生所撰的川剧剧本《情探》。这只是单出的折子戏，集中描写“活捉王魁”一场，对王魁和桂英这两个人物的内心变化作了深刻的分析与表现。是受到热烈欢迎的作品。

《情探》里写桂英痛恨王魁。可是并不开始就直截了当地前来“捉”他。她还有幻想。她十分珍惜已经失去的爱情，希望还有恢复的希望。她用尽种种办法打动负心的王魁，用往时的恩爱说动他。

有一些到现在还流传人口的词句，如桂英提到当年恩爱，以及王魁赴考以后她对他的怀念时，她唱：“书儿、纸儿、笔儿、砚儿，件件般般都有郎君在。”“望穿秋水，不见你一书来。”真是如实深刻地挖掘了少女的心情。难怪王魁也后悔了一下，在他决心昧了天良抛弃桂英之前，也还动摇了一下。真实，这才是真实，不仅“花容月貌依然在”，她这种曲曲柔情，怎能不叫像王魁这样的负心人也“柔肠寸断”呢！

桂英姓焦，是宋朝的妓女。这本是只见之于传说。不一定真有这样的人，更不一定是她的真实姓名。然而，《青楼韵语》里居然出现了她的一首绝句，编在卷二“离别”类里。题目是“送王魁”，属名“桂英”，诗云：

灵沼文禽皆有匹，仙园美木尽交枝。
无情微物犹如此，何事风流言别离。

现在自然用不到去考证这作品的真实可靠性。这是写别离，也就是写桂英送王魁进京赴试时的心情的。根据诗意有一叶插图。

插图描写一对即将分离的情人在野林里告别。画家尽情地渲染了“灵沼文禽、仙园美木”的环境。丰厚的笔墨给读者带来了林荫蓊郁的印象。“尽交枝”，不单是左面两棵树的交柯，更由紧密交杂的林荫表现出来。一对情人的依恋不舍，握手交视，和环境的气氛是十分和谐的。

“灵沼”应该是湖泊，但作者却并不正面表现它，它在画幅上方的远处。在人物近旁的是湖泊的支流。用一条小桥写出了离别的气氛，所谓咫尺天涯，过了桥就是别离了。而作匹的鸳鸯，也就正安排在桥边的溪水里。

放下了琴书卷轴在桥边蹲着等候的小童，也增加了别离的

韵语・桂英送王魁

情调。说明这对情人的会晤并不是平常的幽会。

在《西厢记》的插图里，我们看到过表现别离的“长亭”。有车，有马，那是一望可知的。现在，就用另外的方式加以表现，达到了充分说明主题的目的。在这种地方是可以看出古代插图作家的意匠的。他们在选取新颖的表现手法时，付出了怎样的思想劳动。

刻工是出色的。他完整地表现了这幅典型的水墨画。连笔锋，气势都保留下来了，但却不曾尽去“刀痕”，有浓郁的木刻画风格。

马湘兰

明朝末年，南京的秦淮河上出现了一些有名的妓女。比较为人所知的有《桃花扇》里的李香君和《影梅庵忆语》里描写过的董小宛。还有柳如是、陈圆圆、顾横波等也都是有名的人物。她们之所以有名，倒不光全因为是妓女而又会作诗的缘故。譬如柳如是，就曾经劝过钱牧斋去殉节，而钱不听，终于做了汉奸。顾横波的丈夫龚鼎孳，就曾经无耻地说过，他原来预备殉国的，“奈小妾不肯何!”陈圆圆、李香君和董小宛的故事也都和民族斗争、南明政局有着密切的关系。因此，如果单纯把她们看作妓女，那就难免片面。

比上面所说的一些人早一辈的有著名的“秦淮四嫩”。其中最著名的要算马月娇（湘兰)。

马湘兰不但会作诗，同时还能画兰花，有很高的成就。特别著名的是她和著名作家王百谷恋爱的故事。她写给王稚登的情书若干封，据说今天还不曾毁失。

《青楼韵语》里收了她的诗不少，其中有“春日诸社丈过小园赏牡丹，各赋绝句见投，和答四首。”第二首是和“柳二余”的，诗云：

石桥流水是行窝，春暖花开喜客过。
玉笋谩飞淮浦月，锦筝还趁郢人歌。

“韵语”里选取了原诗的后两句，附了一张插图。刻工是黄端甫，属名出现在画幅的左上角。

这张插图如实地写出了春天园里赏花的景色。整个画面用繁复秾丽的笔触烘托出了春的气息。花木充满了生意，虽然是黑白的版画，也使人感到强烈的色彩渲染。在画面上端，小溪的水流下来，给全部带来了活意。这样，那回湍，涟漪，就都有了根据。人物坐在临水的平台上，但也不是孤立的一座台，曲折的栏杆，增加了无限的变化，而这些绕不尽的回廊，就正好给花木遮盖了起来。布局的变化，绝不呆滞，画家是花了不少心血的。

花园的女主人在弹琴。她专心地弹着。弦上美妙的乐音却由三个听众不同的姿态里明显地传达出来。那个作山人装的人（可以假定是王百谷一流人物的形象）最激动，他在笑，在拊掌，充分显出了惊赏的表情；坐在中间的年轻人（是一个穿便装的官儿）比较沉静，可是微笑的脸上却压不住欣喜的心情，他听得入迷了；背向观众的那个清客，显然是

韵语·春日小园赏牡丹

个最老成的人物，他没有注视演奏的人，他像一个老于听歌的人一样，在默默地欣赏着，他保持着自己陪客的身份，他是个配角。

画家掌握了不同人物的不同身份，让他们恰如其分地在画面上凸现出来了。

画家的意境还不止于此。他不但表现了当前一刹那的情景，他还要交代过去和未来。引导读者做全面的联想。这个任务是由从小桥上匆匆赶来的两个小童完成的。那个匆匆地跑着的小童手里端着一盆水果（是石榴），可以看得出主人们吃酒已经吃了好一阵了，要求很快地送上水果去；另外一个小童的手里夹着一个包袱，里面装的是乐器。这又说明了人们兴致是很高的，除了弹琴以外，还要玩些别的花样。端着石榴的小童是从后面赶上来的，匆匆交谈一两句以后，他先要赶到席面上去。目前女主人正在弹琴，因此拿乐器的另一个小童，则可以慢慢地来。

这是江南的庭院，是春天，是士大夫们在过着佚乐的生活，是三百年前的现实生活写照。除了高度的艺术性之外，插图作者还给我们展开了一幅真实的历史性挂图，让读者看到了晚明某些士大夫的生活。

军旗

中国古代的军事科学，有很悠久的传统，这当中有很大一部分是宝贵的战场经验的积累，如孙武子的兵法，就是为全世界所承认的古代优秀战略家的经典著作。可是不知道从什么时候开始，战略的研究被披上了一层神秘的色彩。“奇门”“遁甲”……这一类的说法盛行起来了。几乎把一个统帅渲染成一个神秘的人物，而他的身边又往往有一个像诸葛亮那样的“军师”，穿了八卦仙衣，手执羽扇，能够呼风唤雨，在战斗中间能够产生若干奇迹。使人有神仙之感。

我想那原因不外两点：

在封建社会里，无论进行政治斗争或战争，都常常借重于不可知的某些信仰。在一般人民文化水平落后的状态之下，这样的方式是有一定的鼓动作用的。政治家和战略家就常常加以利用。从“斩蛇起义”开始，一直算到清代末年的“红灯罩”“铁布衫”，都是农民起义和反抗帝国主义侵略战争中经常使用的策略。在今天看来，应当认识在一定历史环境背景中所产生的这一类现象的必然性。

其次，我国古代一些优秀的战略家，他们本来是从现实出发，设计、进行他们的工作的。可是他们的威信，他们的先进的发明创造，为人民所信服。称颂之中，就往往会被神秘化了。这种出于崇敬的渲染，也是可以了解的。如诸葛亮，他的八阵图、木牛流马……根本就不是什么神秘的东西，而是有着科学根据的军事设计。可是在小说和传说里，就附上了不可测的神妙的外衣。

这里介绍的《参筹秘书》十卷，是“豫章汪三益汉谋父”考证的，由“古吴杨廷枢维斗父”鉴定。刻于明末。就是这样带有总结性的战书。它中间把奇门、遁甲……做了综合的研究，按日排列，说明哪些日子是宜于作战和怎样作战的。一共有五十张图，把军营里的旗号形式完全规定下来了。这全是汪三益的创作。他说：“名将所先，旗鼓而已。近见人不知兵，旗无法制，率如儿戏。或轻难视远，或重难执持。方色混杂，不可辨认。而临阵分合更与旗无干。听兵用手逼唇为哨声，却以旌旗为摆队之具，金鼓为饮宴之文。……”于是他才不得已制作了这些旗式，“俟有心者采而用之”。

这里选用了“五方神旗”中的西方赵元帅和北方关圣帝君两张，这两位都是小说里的人物，前者见于《封神演义》，后者见于《三国演义》。图下都附有详细的小传，这里就不抄录了。

其次有“二十八宿真形旗”，是把“角木蛟”……依次画在旗上的。下面就是“六丁六甲神旗”。“出兵破阵神旗”，这些，在今天舞台上的“闹天宫”里，都还有具体角色出现的，他们都是“天兵”。至于那“天蓬都元帅”，更不陌生，不

参筹秘书·军营旗帜·西方赵元帅

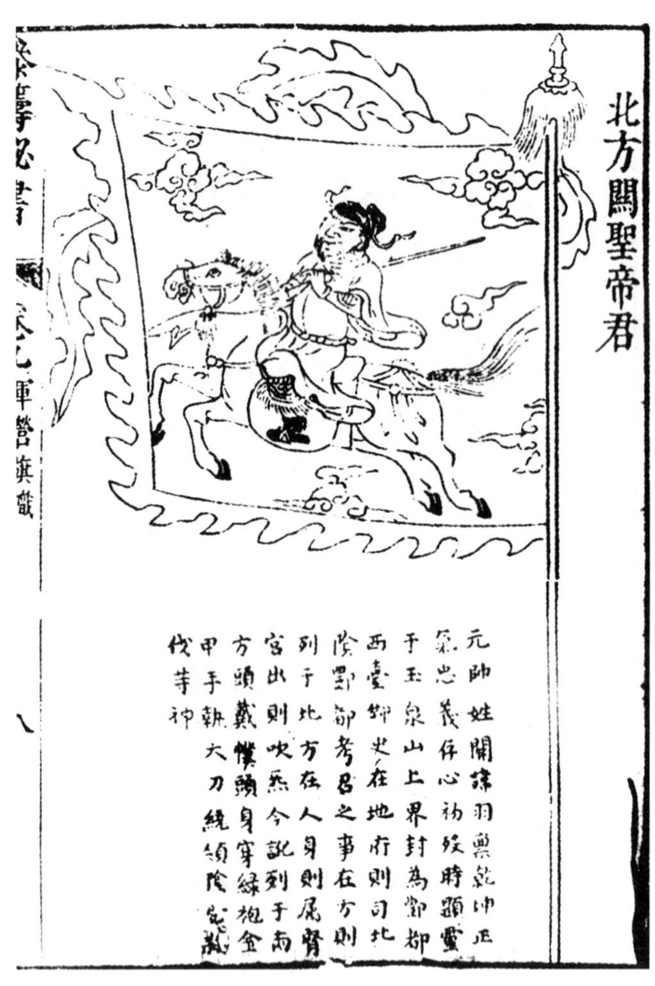

北方關聖帝君
軍營旗幟
元帥姓關諱羽興乾坤正
氣忠義仔心初殁時顯靈
于玉泉山上界封為酆都
西臺御史在地府則司北
陰酆都考君之事在方則
列于北方在人身則屬腎
宮出則吹炁令訛到于南
方頭戴幞頭身穿綠袍金
甲手執大刀統領陰兵
伐等神

参筹秘书·军营旗帜·北方关圣帝君

就是猪八戒的本相吗？

这些虽然是明末时人的意想产物，可是可以代表长期以来这些神话传说的具体形态。现在都用插图表现出来，是有可贵的参考价值的。

人像

中国版画最初的重要应用方面之一是人像。这是无可怀疑的事实。于是古版画里必然包括了大量的人物图像。有《先贤像赞》这样的书，有附在“宗谱”前面的插图……这都是以人像为主的图籍。至于附在专刊著作前面的图像，那就更多。就这一点而论，全世界的出版者的看法是相同的，总要在著作前面放上一张作者的像。读者也欢迎这样的办法。读完了一本书，总想了解一下作者的情况，他的外貌、风格……都是热心的读者衷心想望知道的。有时候读了作品，理想中的作者应该是个瘦长的，等到看了照片，却是个又矮又胖的。就大吃一惊，从而引起对作者更多的研究兴趣，这是常会遇到的事。总之，读者想了解作者容貌，从面貌以至历史，不但是人情之常，有时也是必要的。

想选一些有代表性的例子，说明中国版画里人像的全貌，实在并不简单。因为材料是相当丰富的。现在，想从宋代开始，宋元明清四朝，每朝选一个人，同时，也想从刻书时代的先后，雕版作风的差别上着眼，进行选择。看了以后，或者可能得到窥豹一斑的效果。

苏东坡

宋代的人物之中，有木刻图像传世的实在很不少。但这大底都见于明代刻书之中。宋刻本文集里附有插图的，至今似乎还不曾发现。这个现象也正好说明木刻技术大大发展以后，才给出版物添上了崭新的面貌。宋版书里的人物插图似乎大多是佛经中的神仙和佛祖，烈女传里的仕女而已。

不用说，到了明代才刻宋人的画像，自然只有根据流传绘本的一个方法，有时候就难免要用想象来补救。根据旧的记载，再参考了作者的作品，体会他的精神、风貌，加以想象、创作，这也应该承认是正确可行的方法。至于真像如何，那有时候是连考古家也无法加以鉴定的。

就拿明太祖来说，在明代宫廷里，就流传着两张绝不一样的画像。一张是大眼长脸，脸上有七十二颗痣，凶恶异常的像。另一张则俨然是个掌柜的白胡子老头儿，满脸慈祥，全无凶相。就连明朝人的笔记里也其说不一，至今也不知道到底哪一张是“真容”。

苏东坡，是大家所熟习的名作家。他有一个特点，就是有着一绺大胡子。在故事传说里，他的好朋友佛印和尚，他的朋友陈季常的太太都取笑过他的胡子，但是这里的一张就不是“髯苏”，虽然也有须，但只是京戏里的“黑三”而不是“黑满”了。

这是万历“燕石斋”刻、王世贞撰《苏长公外纪》里面的一张小像（图缺失——编者注）。历来的藏书家，就曾经指出过这可疑的一点，说只有这张东坡像是“微须”。

我觉得这张画像的作者，倒也有他独到的地方。至少，在表现人物的精神面貌上，使我们感到颇为亲切。画家是研究了苏东坡的作品的。把他那种乐观、幽默、飘洒的特点把握得很好。

这是一个典型的读书人的风貌。作者画他穿着儒生的常服，而非“苏玉局”或“苏学士”的礼服。他不是道貌岸然的儒者，而是风流潇洒的诗人。

这幅版画的刊刻地点是豫章，在江西。可以代表明中叶江西刻版的风气。

汪环谷

汪克宽字德辅。安徽祁门人。生在元朝，是一位道学家。据说从朱熹以后，一传、再传，三传，那道统就传到他的手里。是世袭儒家传统的学者。明初，朱元璋曾经把他请到南京来编辑《元史》。他有很多作品，大抵都是有关经学方面的。

这张画像附在他所著的《经礼补逸》前面。是弘治六年（一四九三）新安程敏政所刻的。

程敏政是汪克宽的同乡，刻过不少书，而且刻的都极精。徽州在明代成为重要的出版中心之一，程敏政有过不少贡献。这张画像也刻得极精。人物的精神面貌表现得异常突出。和苏东坡相比，这显然就是一位老学究，难怪程敏政说他“遗像凛然，百世起敬”了。

经礼补逸・环谷汪先生真像

这张画像是个半身。可以代表明代传统人物画的一般作风。安徽程氏刻了很多家谱，那中间的人物画像，就和这张的风格没有什么差别。

它的特点是极细致地勾勒了人物的面貌特征，是写实派的标准作风，一直到今天，我们依然可以从“留真”的艺人笔下看到这种风格的作品。

一个清癯、拘谨、严肃的老儒，活生生地坐在读者面前。这是新安派初期的作品。使用刻刀的技巧，已经相当纯熟了。同是白描，但线条却较粗。刀法是奔放的，和晚期徽派圆熟的作风有着很大的区别。

刻工的姓名就保留在第二叶的书口下方，是“仇以忠”。

张阳和

张元忭，字子荩，浙江山阴人。他是作《石匮书》《陶庵梦忆》《西湖梦寻》的张宗子（岱）的曾祖。这张像收在他的遗集《张阳和先生不二斋文选》里。是和墓志、行状等刻在一起的，是他的儿子汝霖、汝懋校刻的。可以断定是万历癸巳（一五九三）在绍兴刻的。

这幅作品给我们留下了极新鲜的印象。它不同于晚明作品那样细腻，但也和初明的作风不同。是用极大胆的线条把面貌特点勾勒出来的。

这张像也成功地表现了人物真实的面貌。在孙月峰（矿）给他作的一篇传记里，有这样的描写形容：

张阳和先生不二斋文选・阳和张公遗像

> 子荩少多疾，以好学益羸，时时苦脾弱。丙戌冬，脾患益甚。余往与别。坐床上，面色青黑，骨瘦如削。……

现在我们再来看这张像，虽然不是着色的，岂不明显可以看出这是一个骨瘦如柴、面色铁青的肠胃病患者吗？

张元忭是万历辛未科的状元。官修撰。图里的乌纱帽、圆领……是真实的明代官服。

邝露

拿邝湛若划到清代来，可能不大妥当。他是明末人。甲申以后，桂王拥立，他做了中书舍人。清兵打下广州，就抱了心爱的古琴殉难了。不过他的集子是清初刻本，可以算是清初雕版的代表作品。就姑且这样排列一下罢。

邝露，字湛若，南海人。生平有很多怪事，可以算是一个怪人。他考试的时候，用大小篆、八分、行书、草书写卷子，使考官大为吃惊。看见晚明天下混乱，就学骑马射箭。因为冲撞了官府，逃到广西少数民族地区去，给瑶族的女将云亸娘做过书记。回来以后写了一本有名的《赤雅》，详细记载了广西边疆的地理风物。他是阮胡子（大铖）的学生。阮大铖的诗集前面，就曾经有过他一篇序。后来因为阮大铖投入魏阉门下，不齿于清流，他就和阮断绝了关系。一直到结末的抱琴殉国，都可以说明这实在是一个怪人。同时也是讲究气节的读书人。

峤雅·邝露像

他的诗文集《峤雅》，清初海雪堂刻本。朱竹垞说是“手书开雕，极精楷”。全谢山也称赞说是“系其手书开雕，古香可掬”。实在是明清之际有名的刻本，前面有他一张小像。刻得也极精。那种衣饰，大概就是所谓“野人巾服”罢。

这也是一幅能传达出人物感情的优秀作品。疏放、狂傲的性格，从简单的线条里深刻地刻画出来，这是我国古典的白描画风不可几及的地方。木刻是表现白描画的最有力的工具，因此这两种技法的结合就产生了优秀的作品。

如果拿弘治刻的汪环谷像和这一张作比，就可以分明地看出很大的差异来。刻工的刀法更细腻了，表现画家的笔意更圆熟了。这中间的确有很大的进步。可是线条依旧是有力的，并不因为圆熟而丧失了力的感觉。这和一般清代木刻有明显的区别，邝露腰间垂拂着的带子，是用极细的线条表现的，然而却看得出丝织物的弹力来。

至于须眉的表现手法，在汪环谷像和邝湛若像上是基本一致的。这就又说明了它们是属于同一个“传统”的。

澳门纪略

二百年前的澳门

关于澳门，我国时代较早而较详备的历史记载是宝山印光任和宣城张汝霖所撰的《澳门纪略》二卷。书刻于两百年前的清乾隆十六年（一七五一）。每卷前面都附有精致的插图。上卷共十二图，从“海防属总图”开始，都是地理图。这些插图继承了明代地图的传统风格而又加以变化。现在就“侧面澳门图”来看，它不但表现了山、海、岛屿，而且连不同式样的房舍甚至海防炮都表现出来了。自然，这不是有精密比例的地图，然而却也有它的特点。首先，可以看出作者的细致。像“花王庙”“三吧大炮台”“东炮台”“西炮台”这些不同的建筑物，可以相信都还大体保留了当时真实的情况。在整个的风格上看，这样的地图很近于今天一般的建筑工程示意图，很容易帮助读者了解全面的情况。至于不重要的建筑物，就为绘制者略去了。

例如“税馆”，在图上只有三间房子，但是在本书“形势篇”里，就这样记载着，“其商侩、传译、买办诸杂色人，

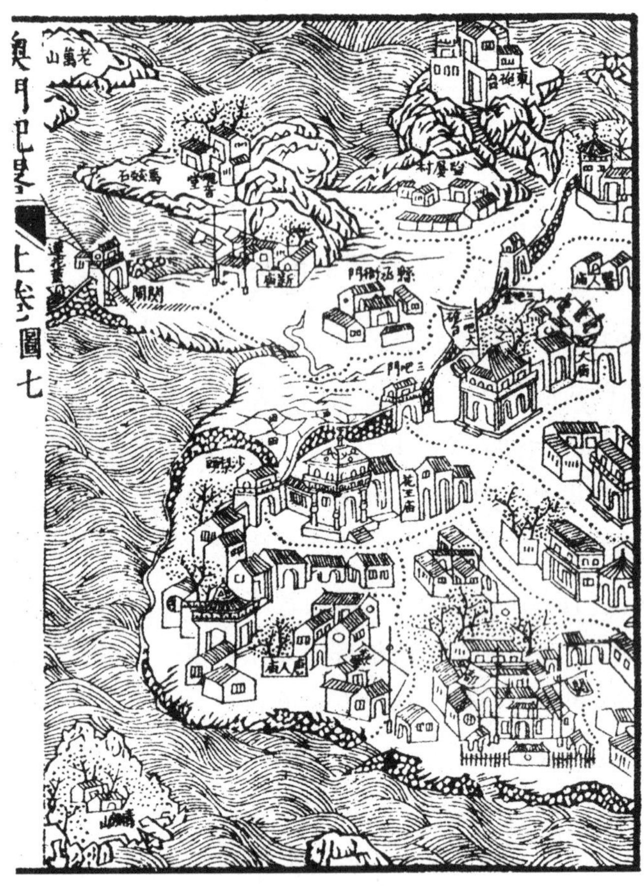
澳門記略 上卷 圖七
老萬山
馬蛟石
觀音堂
新廟
關閘
三巴門

澳门纪略·侧面澳门图

多闽产；若工匠，若贩夫、店户，则多粤人。赁夷屋以居，烟火簇簇成聚落。”由此可见，这里几乎已经成为一个市镇，但在图上表现的则极精简。

两百年前的澳门，清政府设置了“分防澳门县丞”，职责是“察理民夷”。到了乾隆八年，就又把肇庆府的同知，改设前山寨，称为“海防军民同知”。同时还增设了把总武官，管理海防。当时的澳门虽然有外国人居住，但是还未被外人侵占，是无可置辩的。至于外国人是怎样跑进澳门来的，“纪略”里也有详细的记载，是十分值得注意的史实。

葡萄牙（在明代的记载里称为“佛郎机”）是在正德十三年（一五一八）开始派了使臣到广东来“贡方物、请封”的，以后就流连了不肯走，一面天天进行剽掠，同时还走了太监的门路，打入当时正德皇帝（明武宗）的左右。皇帝也学两句外国话，当作好玩的事情。所以正德一朝“佛郎机”就得心应手地讨了不少便宜。一直等到这个荒淫的皇帝死后，才由于御史何鳌等先后进言，断绝了“佛郎机”的朝贡。它紧接着就在嘉靖二年（一五二三）到广东新会来入寇。结果被当地人民会同官军生擒了主将，夺获了商舶。硬来不行，只好还是走门路，买通了巡抚林富，向皇帝游说通商有四种好处，主要是“诸蕃朝贡外，原有抽分之法，稍取其余，足供御用”。这就首先打动了皇帝的心，于是答应它又可以做生意了。到了嘉靖十四年（一五三五）“都指挥黄庆纳贿请于上官，移舶口于濠镜，岁输课二万金。澳之有蕃市，自黄庆始”。到了嘉靖三十二年（一五五三），“蕃舶托言舟触风涛，愿借濠镜地暴诸水渍贡物。海道副使汪柏许之。初仅芰舍，商人牟奸利者，渐运瓴瓦榱桷为屋，佛郎机遂得混入，高栋飞甍，栉比相望。久之，遂专为所据。蕃人之入居澳自汪柏始”。

在今天回顾一下这些历史记载，是有好处的。可以知道四百年前的“佛郎机”是使用了怎样一套手法才插足在中国领土澳门上来的。

地图里右下角的“风信庙”，照下卷“澳蕃篇”里所记，是“蕃舶既出，室人日岐其归，祈风信于此”的，可能就是气象台之类的处所。关于北隅的“花王庙”，就是“凡蕃人男女相悦，诣神盟誓毕，僧为卜吉完聚”的地方，应该就是礼拜堂。“尼寺”是修道院，“蕃澳篇”里所记耶稣教的习惯，主教的权威，都是有极大的真实性。

地图上还有一所“唐人庙”。其实就是“天主堂”。是专以中国人民为传教对象而建立的。和自用的“花王庙”之类不同。天主教在澳门曾经做了一些什么事，在张汝霖的《请封唐人庙奏记》和蒋德璟的《破邪集》序里记载得是颇为详尽的。清末小说如《文明小史》里所描写的那些情况，都可以具体而微地看到，不过当时洋人还没有那么猖狂，而清朝政府也还有下令禁止的胆量而已。

番僧与洋舶

《澳门纪略》下卷前的插图里有四张番僧的图像，像后分别附有说明。第一张是“三巴寺僧”。是“削发、披青冠斗帽”的。看那图倒颇近于苏东坡的画像，一些都看不出番僧的气息来。第二张是“板樟庙僧”，“不冠，曳长衣，外元内白，复以白布覆其两肩”。第三张是“噶斯呾庙僧”，“服粗布衣，带索草屦，不冠不袜，出入持盖”。第四张是“龙松庙僧”，“削发蒙毡，内衣白而长，外覆以青”。

仅在澳门一地，即有如许不同的“番僧”，而且服饰、习惯也有很大的差异，这都是有参考价值的资料。那“龙松庙僧”的插图，表现的就正是一个天主教的神职人员，在今天也依然是常见的。

“洋舶图”则记录了当时“洋舶”的真实面貌。“澳蕃篇”记云：

> 视外洋夷舶差小。以铁力木厚二三寸者为之，锢以沥青石脑油，钉以独鹿木，束以藤，缝以椰索。其碇以铁力水杪，底二重，或二樯三樯，度可容数百人。行必以罗经。掌之者为一舶司命，每舶用罗经三，一置神楼，一舶后，一桅间。必三针相对而后行。

照这种情况看来，一切条件也还不能超过三百年前的三宝太监下西洋时所制的宝船。在我们伟大的祖国的明代永乐中（十五世纪初叶）就已经能制造长四十四丈四尺、阔十八丈的宝船了，而这样大的海船全部都是用木料制造的。这在全世界木船建造技术史上，实在是一种奇迹。十八世纪初叶的“洋舶”，基本上也仍然是木船，而且技术条件也并不曾超

澳门纪略・龙松庙僧图

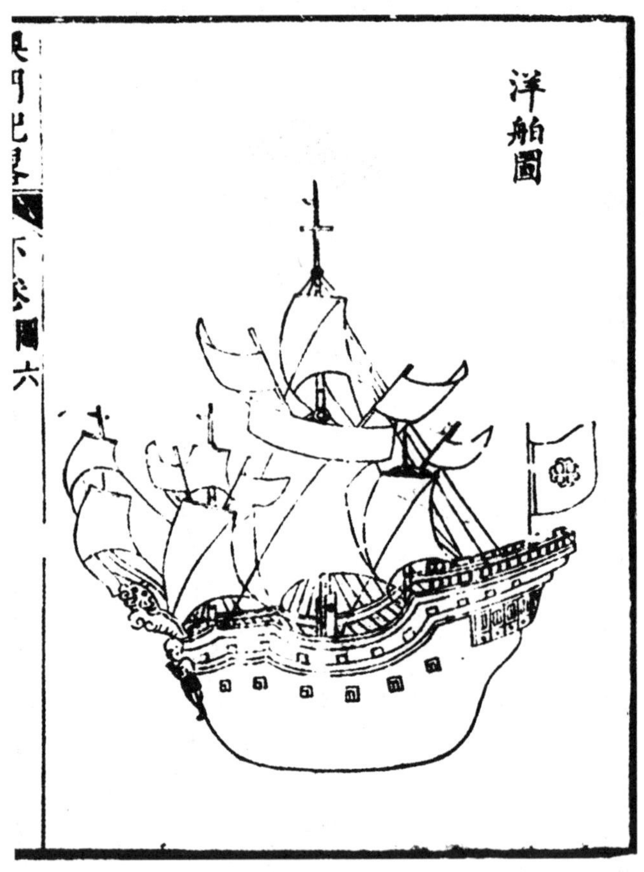

澳门纪略·洋船图

过三宝太监的宝船，拿“洋舶图”和“郑和下西洋宝船图”加以比较，大体上也看不出多大的差别来。

这些洋舶都编了号码，由中国海关监督发给执照，一共才不过二十五号。在本书作者之一张汝霖任上，就只剩下了十三号了。据说大半都是在海里飘没损失了的。管理这些“洋舶”的“粤海关监督”，是康熙二十四年（一六八五）设置的，后来就由巡抚或总督兼管。关于当时管理“洋舶”的方法，据印光任的条陈，主要的措置有这样几点：（一）引水的人，由清政府审查组织起来，凡引入洋舶，一定要同时报告海防衙门，不许私自引水。（二）洋人要在澳门修船，到内地采买钉铁木石各料，也必具详细报呈海防衙门审核，才准许采购、放行。

这些都是值得注意的历史事实。可以知道清朝政府在十八世纪初是怎样管理澳门和在澳门居住的夷人以及洋舶的。这些插图不但替历史事实增添了实证，同时也忠实地记录了两百年前的一些实物的形象，可以作为历史研究者参考的珍贵资料。

钓台集

严子陵

严光，字子陵。是东汉光武帝刘秀小时候的同学。刘秀做了皇帝以后，很想念他。费了很大的力气才把他找了来。亲自去看他，他却高卧不起，假装睡着了。后来刘秀问他，“你看我比从前如何?”他说：“多少好一些。”他终于不肯做官，回到富春江上，隐居去了。

这是他的小传。见于范晔所撰的《后汉书》。他从此就出了名，成了中国隐士的标准人物之一。他的富春江上山居，有他钓鱼的故址，在桐庐县。凡是到那里去过的人，总要写两首诗称赞他一番。历代文人作“论”“赞”谈论这个人物的，也很不少。

从明代弘治开始，一些做当地地方官的人，就把许多有关资料搜集起来，编成了一部《钓台集》。后来凡是做桐庐知县的人，总要刻上一次。或把前任留下来的旧版，加以修改，换上自己的名字。或二卷或四卷，是有名的名胜志。各家书目著录的很不少，我想大概可能有两三个不同的本子。

现在手边的一部是万历本，是钱遵王的藏书。卷前刊名的是杨束和曾振宣两位，都是做过桐庐知县的。还有一部同是一版，却又添上了刘嵩的名字。据我看，原版可能是嘉靖中刻的。还有一部是《选刻钓台集》五卷，则是清初顺治六年（一六四九）严州知府钱广居的刻本。

为什么大家都对严子陵发生如此浓厚的兴趣，这么佩服他？在旧中国，为什么隐士的地位这么高？这都是值得思索的问题。

以严光而论，虽然历代的论者也都发挥了独特的见解，我个人倒是比较赞成“不得已而隐”的说法的。在封建时代，除了少数喜欢谈谈黄老之学的人物以外，绝大多数的知识分子都是儒家者流，也就是说都想出来做官的。有些人在条件不利的时候，讲虚无，讲隐遁，只要环境一转变，也马上就积极起来。而且还会说出大套充分的理由。严子陵为什么这么淡于名利呢？我想，他和刘秀之间所存在的不可克服的矛盾应该是决定性的因素。

没有更多的历史记载，仅就《后汉书》的记录，就可以知道他是不大佩服刘秀的。此外还有一个故事，也值得说一说。

严光到了京师以后，他的老朋友、已经做了大官的侯霸派人带了信去看他。他蹲在床上看了来信，问来人说：“君房（侯霸的小字）一向糊涂，现在做了大官，该好些了吧？”那人回说：“现在官做得够大，人也一些都不糊涂了。”严光就问，侯霸有什么言语要你来说？等他听完以后，就加上按语道："你还说他好些了，难道这不是些糊涂话吗?"那人请他给侯霸写封回信，严光就嘴里随便念了几句，那人嫌少，请他多说些，严光眼睛一白，发话道："你这是买小菜么，还要我添上点!"

后来侯霸把这情况都汇报给刘秀，刘秀笑着说："这家伙还是这种老脾气!"

这个故事写得很好。它给我们提供了一些情况。严光不但看不起刘秀，也看不起其余的老朋友。而且这些人也都了解他的这种看法。他就是现在想改变作风，也来不及了。其次，他认为只有像侯霸那种糊里糊涂的家伙，才能在刘秀身边做大官，安然无事，否则就很危险。

对于这种矛盾的掌握，严光做得很准确。刘秀后来果然大杀老朋友，几乎杀光，京戏里就有《姚期》和《二十八宿上天台》……都是描写这个历史题材的。

严光留给中国人民好的影响倒是他的节概。不论他的动机如何，他给社会留下的客观效果则是"清风亮节"。南宋亡后，宋遗民谢翱就跑到钓台上去痛哭过。在《选刻钓台集》前面有一篇钱牧斋的序，在结尾时就坦白声述了自己的愧悔："尘容俗状，腼然挂名斯集，贻逸民遗民之羞，亦所不暇计也。"这时正是他投降清朝做了贰臣以后，想起逸民遗民这一同义语，不禁有些难为情了。

万历本《钓台集》有一幅严子陵的遗像，那刻法还保留了明代初期雕版古朴的风格。到了顺治本，虽然是同一张像的翻刻，可就细腻多了。

钓台集·严先生遗像

钓台

富春江的美丽是著名的。只要看它的名字就会引起人们一种遐想。

从桐庐上溯，江面狭了起来，像一条浅浅的衣带水。两岸夹着青山。静，安静得像没有人似的。船在这种锦屏风似的环境里摇着，看着那风格相同却会有多少种奇异变化的画面。真像身边摊开了两幅小李将军的青绿山水长卷。

离桐庐县城二十里，就是严子陵的钓台了。

在顺治本《选刻钓台集》的前面，有一幅“钓台图”，它不单表现了钓台，而且也多少表现了富春江水和夹岸的山色。这是一幅传统的中国山水画。刻工不能算是最上乘的。只不过表现了画家的轮廓而已。房舍的檐角，船只和人物，山石的皴法，都勾勒得草率。这是清初的作品，却已经和晚明的作品有着很大的差异了。全幅的细致的笔调依旧存在着“貌似”，可是小地方的工致与否，能否保留原作的笔触，就禁不起比勘。

万历本《钓台集》里也有一幅“钓台图”，却只表现了局部。两座钓台孤零零地矗立在那里。如果拿两幅“钓台图”对照了来看，可以看出一百年中这些建筑物并不曾有什么大的变化。我在前面曾经做过推测，说《钓台集》原刻可能成于嘉靖中。这在两幅插图里也是可以得到证实的。像这种素朴的表现方法，显然不是万历以后的作风。江水的画法更是突出。林木枝叶的表现也是非常原始的。这一切都还保

选刻钓台集·钓台图

选刻钓台集・钓台图

留了明初版画的面貌，唯一的差异是全部使用了细线条而已。

看了插图，不禁使人发生这样的疑问。严子陵当日坐在这样高的悬崖上，怎么能钓得到鱼呢？如果鱼是在富春江里的话，那钓丝起码得有若干丈长，而且还非有滑车辘轳的设备不可的。

在万历中新都汪廷讷编刻的《人镜阳秋》里也有一幅描绘严子陵故事的插图。那就比较合理得多。但这却是出于想象，并非真实的情况了。

《人镜阳秋》是一部极丰富的版画集，全书二十二卷，所收插图多至几百幅，而且是成于一人之手的。以刻工技巧而论，可以说已经达到晚明版画的烂熟阶段。

《人镜阳秋》的刻工，不但能运用细若游丝的线条，也能运用较粗的线条。但多使用在勾勒环境布置，山石、树木上。这样就更能衬托人物外形的细致。线条虽细，可是却都极有力，衣褶的张力，肌肉的弹性，甚至花草水纹的特性都能得到恰好的表现。没有高度的技巧，是不可能达到这样的要求的。

義部
三十四
環翠堂

人镜阳秋·插图

道元一气

在中国古代的社会思想史上，儒、释、道三家各占有一定的地位。除了儒家一贯由统治阶级尊奉为偶像，借来作为巩固政权的工具外，对于另两种思想流派的态度是并不稳定的。有时候佛家占了上风，有时候道教又扬眉吐气。这种消长的道理，往往是跟政治背景、社会矛盾分不开的。我觉得在文学作品里把这种现象表现得最生动而概括的应该是《西游记》上孙悟空帮助唐三藏（他们师徒自然是释家的代表）和道士斗法的一段故事。这种斗争，是延续了很长久的。

道家的学说很神秘，外行不容易看懂，不过有一点我觉得可以提出来。佛家是有西方净土的，要信徒去修来世，或到西方极乐世界里去享福。他们并不否认人生最后是死亡，就连佛也有“涅槃”的时候。但道士则不同，道士指出，人是可以长生不老的，可以活到几万岁的，只要掌握了道家的“金丹大道”就可以长生不死云云。

从这里看，道士似乎比和尚积极一些。他们追求的并不是什么虚无缥缈的来世，就是今生。

话虽如此，但道士长生目的就很难捉摸。他们只是争取长寿，为长寿而长寿，号召大家都来长寿。别的都不要管。这理由也很简单。在封建时代，道士跟和尚一样，也是地主阶级，原可坐吃而不必劳动。自然有条件从事种种努力追求长寿而不必考虑想要活下去就必须想到的更迫切的问题。

道士追求长寿的方法很多，其中最有名的就是“采补”。不过也并不光全如此。在有些道家书卷里，就批判了这样的学说，提倡运气、行功等等。应该承认，这些手段本身也自然有一些道理，对强健身体有一定的作用，但是经过道士“神秘化”以后，却很难摸清它的真义了。

曹士珩元白（号俞俞道人）撰《道元一气》五集，就是这样的一部作品。作者是明末人。原书极罕见。我所见的是崇祯刻本，汪季青古香楼藏书。白棉纸，大方册。前面有芝岳老人序；崇祯九年（一六三六）龙眼学仙童子燕胎道人郭士豪序；丙子（崇祯九年）惺惺道人张延誉序；崇祯七年弟子汪瀚序。

原书刻于金陵（今南京）。原书前面有作者隶书的告白一篇，蓝印。好似版权所有页的样子，又带有广告性质，是极有趣的文献：

> 是书也，独畅祖真秘旨，合阐性命微言。渐顿咸明，始终毕举。允为后学章程，远作丹经印正。年来自撰圜中，申戌行携白下。偶为诸宰官鉴阅，遂命精梓流通，用开后觉，以求外护。俾读是篇者，发欢喜心，破贪悭想。独助三千，同登八百。倘有无知利徒，射影翻刻，

誓必闻之当道，借彼公案，了我因缘云。（下有“曹珩之印”“和光道人”二印。）

四六文章作得十分漂亮。不但吹嘘了这本书的怎样了不起，也说明了当时南京的官僚们对这书是非常欣赏的。最后的几句更妙，不但“翻印必究”，送官问罪。还要“了我因缘”。道家的道理之难解，我想这也是一个例子吧。

说精刻，也正是事实。作者本人是画家，书里就附有极为精致的插图，底稿是作者自作的。书虽刻于南京，但因作者和校订者（后学衲隐鲍山在斋，门人瀛朋子汪瀚，门人如赤子方明良）都是新安一带的人，所以可以断定刻工一定是新安的著名雕版工人，可惜的是不曾留下姓名来。

全书通共有四十几张插图，有单幅的，也有双幅合为一张的。现在选取单双幅的各一张以为例。每幅都有作者曹珩的题属，下面的印记是原印钤上去的，并非木刻。

第一幅是“导师图”。他所谓导师，不知是谁。从原书里也找不出证据来。但从题诗“腰悬古木降魔剑”看来，这大概是吕纯阳了。吕岩是为道家尊奉为祖师的。他还有诗文集流传。我曾经看到过八千卷楼旧藏的明初刻本，可惜没有仔细读。不知从什么时候开始，这个人物就神化了。几乎成了庄周的化身，而且更为神秘，如“三戏白牡丹”之类，在民间传说里是指不胜屈的。

吕纯阳在传说里还有一个特点。他从来不以真面目见人。平时总是化妆（旧称变化）了的。遇到了人就要点化，最后

道元一气・导师图

才化阵清风而去，或跳到云端里现出本相来。至于本相到底是怎样的，自然没有人见过。曹珩的题诗里说“早感当时隐姓名”，就是这个意思了。

吕纯阳坐在班荆上面，赤了足。这都表示他并非凡人，能吃苦。穿着破衲。这点就和律宗和尚当中的“行脚僧”有些相近了。

另外一张是“三家图”，作于辛未（崇祯四年，一六三一）。

这一张的主题是“玄宗一派共千古”。他在这里把释道“二氏”调和了起来。老子拿了太极图，释迦牟尼手里拿着竹杖默默地坐在那里。龙女凌云而至，她手里捧着发光的珠。她的衣襟和头发，都给风吹着飘举起来。衬托了汹涌的波涛，姿态是异常生动的。那两个“静观”“默语”的人物，也都各自表现了他们不同的姿态。

曹珩的画是很成功的。雕版者传达作者的笔意也达到了高度的成就。这无疑是新安派刻工的作品。同时也可以断定是新安派刻工后期技巧烂熟时代的作品。但是，和一般晚明徽派的版画（特别是见于小说戏曲插图里的）相比较，却又有风格上的差异。我觉得应该是画家作品的风格所起的决定性作用。

古代传统的插图，都是刻者一人，画者又是一人。但在版画手工业发达的地区，大抵产生了一批专为图籍绘制插图的作者，他们熟习业务，更因为和刻工合作得久了，积累了丰富的经验。他们知道怎样的笔法是适合于刻刀的。对于插图的制作，画者和刻者也有着相同的认识。这样，就造成了一种鲜明的插图风格。

道元一气·三家图

《道元一气》插图里的风格，显然和一般作品不同。粗看很容易有作风粗犷的感觉。然而仔细审视，结果却正好相反，像人物眉目之间的神情，水波的断续，衣褶的飘动，山石的皴法，树木枝叶的表现，都各各传出了画家的笔意，是需要高度的技巧的，特别是在白描的地方，刀法的圆浑有力，是使线条有力的重要条件，这些都不是幼稚的刻工能够达到的成就。

《道元一气》，内篇分“乾、元、亨”三集，外篇分“利、贞”二集，另名“保生秘要”。前有崇祯壬申自序。已经是医书的形式了。开头是“南北规中”，用道家的学说说明人身的解剖情况，阐释运气行功的一些法则。其次的一部分是“治症分科”，是具体的临床治法。非常明确地开列了症状、疗法。

“贞集”则包括了道家的符诀、辟谷（也就是不吃粮食）的药方，各种长生酒的名色、制法、功效。（这些酒在今天的药店里还都是买得到的。如五加皮酒、当归酒、枸杞酒……但制法是否相同，则不清楚。）

内篇，“金液还丹次第”，有八张插图。现在选刊“无上真鼎”和“泽山感应”两图。关于这两图，前面的“鼎器图说”里是提到的。关于前者，是：

> 首发无上真鼎，白玉连环两图，绵绵勿断，有意其间。

道元一气·无上真鼎

應感山澤

道元一气・泽山感应

关于后者，

> 次图泽山感应，兑为泽居上，艮为山居下。少男少女合为泽山咸。盖咸者感也，同类感应以自通也。

这些道家的荒谬（或云神秘）的话，是不易了解的，在这里也不想做什么研究。但作为木刻来看，这两张的确是有很高成就的作品。

“无上真鼎”一图，照书口的题名，又作“圣母图”。不管作者的主观企图怎样，表现在画面上的却是一个善良、优美的女性。那一绺飘拂的头发，飘动的衣衫襟带，眉、目、口部，线条都是简单但却明确有力的。这样的白描技法是传统木刻中间主要的组成部分。人物的体态、动向，都要通过简劲的线条传达出来。特别是那眼睛，虽然只是两抹，但却孕储着神采，使人物生动起来了。

“泽山感应”图的表现方法是带着浓郁的图案风格的。少男少女的飞舞姿态非常优美，使人想到古代壁画里常见的“飞天”，构成整幅圆形图案的是云气和花朵。莲花、藕和带有图案规律性的枝叶，混合在氤氲的云影里，交错组成了一幅非常优美的图案。

晚明的插图里有很多是圆形的。更有很多圆形的装饰画。这种作风一直流传到清初还盛行着。但是像这样结构谨严、带有浓郁的图案画风的作品却极少。特别是那些花草枝叶，云气丝缕并不是完全对称的。但作者却能安排得恰好，产生了图案的效果。实在是上乘的版画。

吃茶

喝茶是中国人民很久以来就有了的普遍习惯。据学者的考证，大概在前汉，那就是说一千七八百年以前，人们就已经有了这种习惯了。

不过像现代人这种吃龙井或红茶花茶的方式，却也并不甚早，大概到明代才盛行。最早是把茶做成饼嚼了来吃，唐朝人吃茶则要加姜加盐，这种吃法现在的人一定觉得不习惯，就是复古家恐怕也要摇头的。

我们的国家是奖励土特产的生产的，几年以来，全国各地的名茶产量都增加了，品质也比以前更加提高。成为世界市场上极受欢迎的品种。在杭州，著名古老的龙井茶农已经走入了社会主义社会，组织了生产合作社。每年春天，采茶的女孩子穿了新衣服，在茶山上工作，这样的照片往往是编辑人员最喜欢拿来放在封面上的。国际友人到杭州来游览参观，往往极有兴趣地向招待人员探问关于茶的历史。我想这种常识是应该好好整理一下的。因为这是中国人民生活中间的一件大事，实在值得好好地整理，研究。

关于茶的文献在古书里是并不缺乏的。唐朝的陆羽做了三卷《茶经》，是著名的作品。共分十章，涉及了茶之源、具、造、器、煮、饮、事、出、略、图。大概从源流到制法、吃法，以及吃茶的工具、故事都说到了。到了清代康熙中，陆廷灿撰《续茶经》三卷，也分了同样的十个章节，凡陆羽不曾讲到的，或发生在陆羽以后的有关茶事的种种，都补了进去。其他的著作还有不少，但是这两部作品则比较最重要些。

其实，陆廷灿搜集资料的范围还是太狭窄了些。因为茶叶是全国人民都普遍需要的日用品，所以在很久以前，贩茶的商人就已经在全国范围内活跃着了。我们所熟习的白居易的《琵琶行》，就描写了一个经常和丈夫离别的商妇的哀怨。她的丈夫就是“前月浮梁买茶去”的。在中世纪资本主义萌芽、市民阶层兴起的历史阶段里，茶也起着重大的作用。

日本人民也喜欢吃茶，今天在日本仍旧流行的茶道，就是在唐代从中国流传过去的。这样在交通贸易、文化交流的历史上，茶也占着十分重要的地位。

今天，如果要研究茶的历史，这些内容就必须涉及。至于关于茶叶的科学分析，品种研究……自然也是重要的方面。

古代关于茶的著作，虽然没有涉及这些方面，可是有些记载的科学精确性也是值得佩服的。陆羽在《茶经》的“器”的一章里就十分详细地介绍了风炉、筥、炭檛、火筴、交床等二十五种茶具的形制、性能。这样，陆羽就不单纯是个欣赏家，实在够得上风俗史家的资格。到了南宋咸淳己巳（一二六九），有一位富安老人就又做了《茶具图赞》。同样是谈到茶器，但是那种态度就已经从科学的记录走上清玩的道路了。

明万历戊子（一五八八）新都孙大绶秋水斋重刻《茶经》，就又给《茶具图赞》补了十二张图，称为“十二先生”。这本书刊刻极精，是新安刻工的精心作品，刊工姓名有黄国忠、黄德时、黄国卿三人。可以证明也是新安诸黄早期的作品。是研究徽派版画的人未曾言及的。

所谓茶具十二先生的姓名字号，在前面还刻了一张表格，现在试举一例：

> 韦鸿胪　文鼎　景旸　四窗闲叟

这是什么东西呢？原来就是装茶的篓子。因为是用苇草编的，所以就要它姓韦，还给它一个鸿胪的官名。下面依次是名、字、别号。真编造得活灵活现，是明朝人最擅长的把戏。

关于这十二先生，现在只把它们的官衔姓氏抄录下来，别号等等就略去了。剩下的十一位是：

> 木待制，金法曹，石转运，胡员外，罗枢密，宗从事，漆雕秘阁，陶宝文，汤提点，竺副师，司职方。

秋水斋本《茶经》把这十二位先生的图像都刻了出来，正面是图，背面是赞词。最后还有野航道人长洲朱存理的题跋。

这些插图的作风和正德刻《欣赏编》里的附图完全一致。再往上推，则是《考古图》。从宋元以来就有了的。讲究的是线条的精确，虽然往往是极简单的构图，却是极好的白描雕法。刻工的工力就在这种一丝不苟的刀法里表现了出来。陆廷灿在《续茶经》里照样摹刻了这十二张图，加以比较，就可以看出清初的刻工已经大大地退步。线条完整圆浑的要求已经相差得很远了。

万历刻《茶经》有茶具图十二张。雍正乙卯（一七三五）刻《续茶经》，在十二图之外，又添上了“竹炉并分封茶具六事”九图，一共二十一图。

现在从万历本选出以下数图：

（一）金法曹。背后的赞文是：

柔亦不茹，刚亦不吐。圆机运用，一皆有法。使强梗者不得殊轨乱辙，岂不韪与之。

看样子是碾茶成末的器具。是用金属做的。

（二）汤提点。背后赞云：

养浩然之气，发沸腾之声。以执中之能，辅成汤之德。斟酌宾主间，功迈仲叔圉，然未免外烁之忧，复有内热之患。奈何！

茶经·金法曹

这很明显，是一把水壶。

（三）司职方。背后赞云：

> 互乡童子，圣人犹与其进。况端方质素，经纬有理，终身涅而不缁者，此孔子所以与洁也。

我看这大概是一块抹布吧。

在陆廷灿的《续茶经》里，也选水曹一图，那说明是：“茶之真味，蕴诸旗枪之中。必浣之以水而后发也。凡器物，用事之余，未免残沥微垢，皆赖水沃盥，因名其器曰水曹。”

加以比较，虽然同是简单线条的构图，雍正时刻工的作品，到底远远不及万历了。

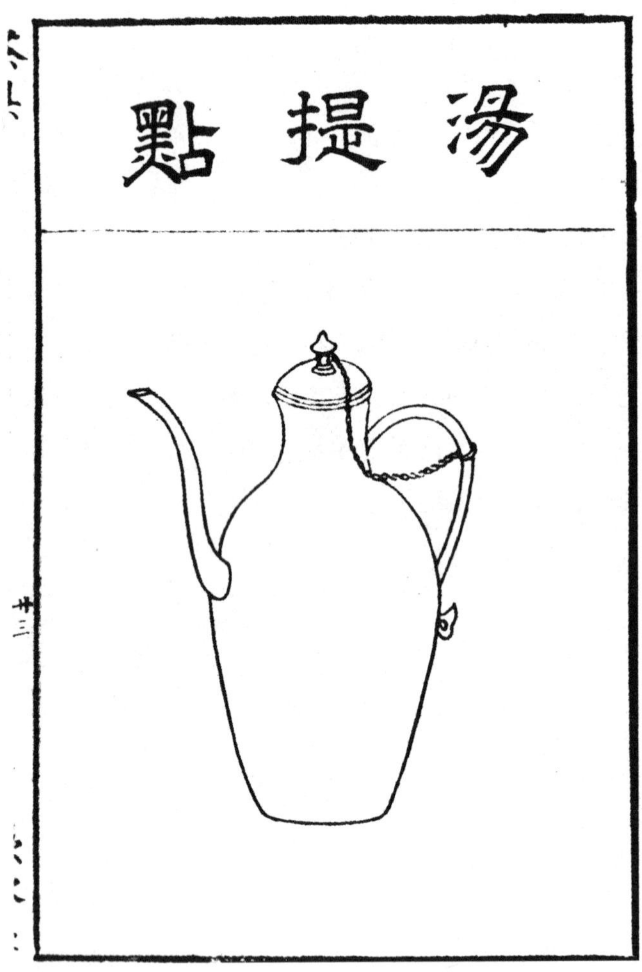

茶经·汤提点

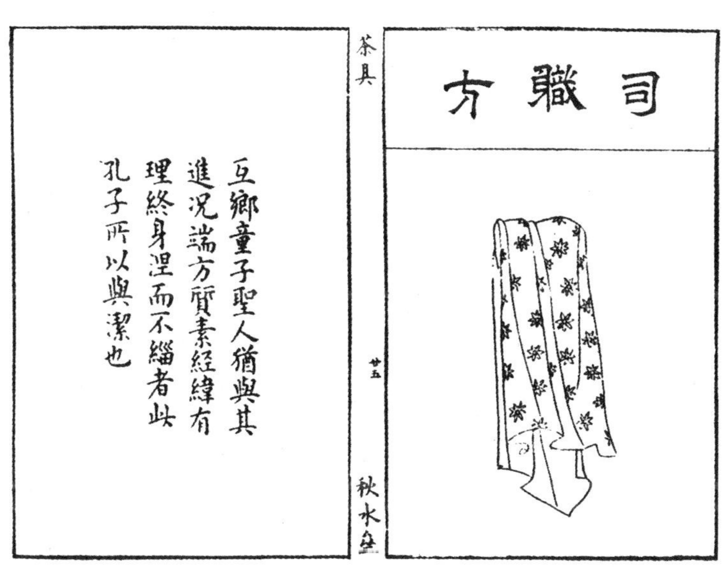

司職方

互鄉童子聖人猶與其
進況端方質素經緯有
理終身涅而不緇者此
孔子所以與潔也

茶具 廿五 秋水齋

司职方

醉乡从事

三百十几年以前，明朝覆亡了。全国人民对新入关的异族统治者展开了普遍的抗拒和斗争。这些斗争后来都被残酷地镇压下去了。但是火虽已被扑灭，火种是不会绝的。埋藏在人民心里的愤懑，就始终不曾消除，在清代两百多年中间，就曾经不止一次或大或小地爆发过。

从知识分子的著作中间，多少可以体会出人民群众这样的思想感情。知识分子的性格有积极，也有消极的方面。这种复杂心理的表现，必须加以仔细的分析，才能获得正确的结论。任何粗枝大叶的推论，都必然会引导到片面。因为这到底不是单纯到黑白分明的表面现象，能够一眼看穿的。

譬如对于李后主的评价，就是个比较复杂的问题。

把李煜的生活分了期，零碎肢解地观察他的一些个别行动、词句，就很难获得全面的结论。比方说，在李后主“归朝”以后，做了俘虏那一阶段的作品，一般都承认是较好的，但是他也有像“醉乡路稳宜频到，此外不堪行”的句子。这岂不是太消极了吗？这岂不正是坦率地说出了作者逃避现实、麻醉自己的心情了吗！哪里说得上是健康的感情！

但是，一个思念故国、做着恢复好梦的人，不可能一直唱着慷慨激昂的调子，有时候也会消极、动摇的。这样才合乎历史人物的真实——特别是封建时代的知识分子的性格。同时，即使是这些表面上看来是消极的话语，其中恰恰也正包含了浓厚的抗拒情结。如果能够更深刻地看问题，是不难发现此中消息的。

我觉得在明清易代之际，不少知识分子（特别是遗民）的作品中间，同样的情况也是存在的。

叶奕苞（九来）的《经组堂杂著》里就正好也有一篇“醉乡约法”和一篇“醉乡从事”。他不但提到了“醉乡”，而且还做了详细的论述与研究。看起来这一定是个醉鬼了。但其实又不是。一个知识分子，不去用功做八股文章，考取新朝的功名，倒花了很大的力气来搞这些小玩意。自然也应该说晚明玩物丧志的风气给了他很大的影响，但同时也不能不估计到作者另外的用意。显然明朝不能恢复了，那就在自己的头脑里另外建立一个理想的“醉乡”，聊以自慰。这样的心情是可以理解的。

这册书刻于康熙中，估计大约在明亡以后十年到二十年的时候。流传得很少。书目里很少有著录的。这里的一册有“稽瑞楼”和“旧山楼”的藏印，可见一向就被看作是珍本。书的刻法还有晚明的风气，特别是所附的插图，那作风和万历刻的《茶经》十分相近。不但接受了影响，而且成就也相去不远。是很成熟的版画。在“醉乡从事”十二图之外，还有十张“半茧园十叟图”。一共有二十二张图。

“醉乡从事”前有作者小序云：

予录醉乡约法竟，有客以从事姓名字号来告者曰：“是皆有劳于醉乡，藉子以闻于世。”予观宋季审安老人图赞茶具十二先生，而不及此。其未游于醉乡耶？弗欲重违客意，姑刊数语于左。孔子曰：“为之犹贤乎已。”其敢附于文之滑稽也乎？二泉居士书于半茧园之独醒室。

这篇小序告诉我们两个情况。其一，作者是分明受了“茶具图”的影响的；其二是，他大谈醉乡，自己的书斋，却偏叫作“独醒室”，那心情，岂不已经是跃然纸上了吗？

从事者，工作人员之意也。这十二位也各有名号，现在只把他们的姓氏官衔抄下来：

卢长官、江都统、木参政、竹水利、陶验封、手运判、胡提举、金主事、姚进运、畴知事、龙固山、颜招讨。

在每图之后，还附有作者的小赞。不但文章写得好，也充分发挥了上面谈到的遗民思想。指桑骂槐地说了许多愤激之言。如果说这就是三百年前的杂文，应当也是恰当的。譬如“竹水利”一幅的赞语是：

水利之不讲久矣。江流力弱，不足以敌海潮。恃有器

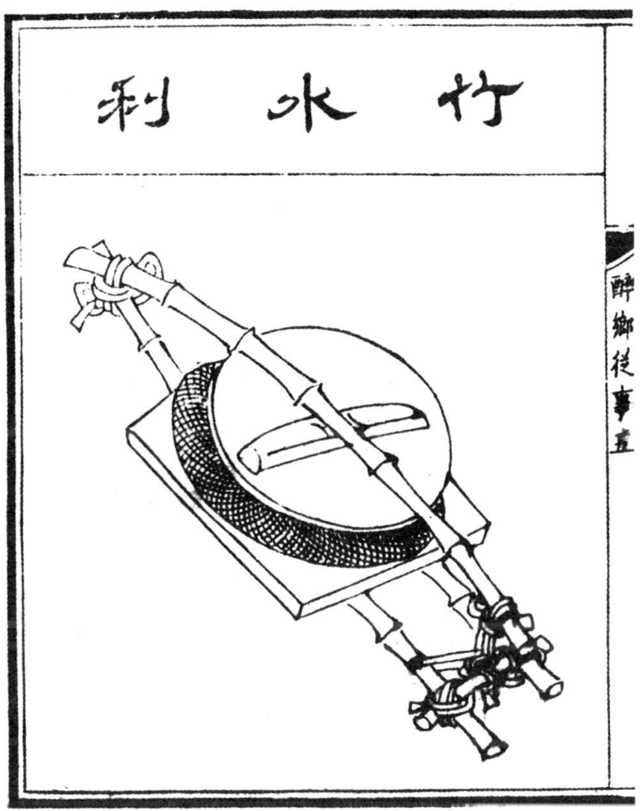

醉乡从事·竹水利

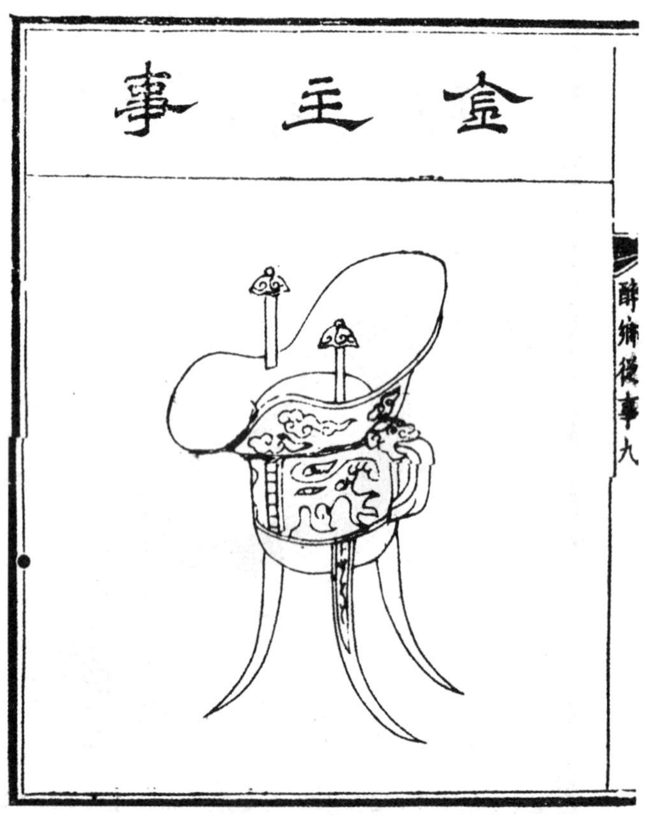

醉乡从事·金主事

以涤之。糟池不治，为害滋大，孤竹看克称厥职，勋实烂焉。然恐铺啜既久，则沈湎是诮。尚其慎哉！

“竹水利”是榨酒的工具。然而作者却在这里发了一通题外的议论。

另外两幅，“金主事”是“酒尊”；“颜招讨”是酒店外面挂的帘子。

这几幅插图的格式、作风，可以说和万历秋水斋刻的《茶经》里的“茶具图”是完全一致的。就是刻工的成就也并不较差，还更秀挺一些。叶九来是昆山人，是叶盛的后人。菉竹堂所刻的书在明代是有名的。那大抵是嘉靖隆庆之间的出版物。《经组堂杂著》应该也是在昆山、苏州一带刻行的。

吴骚合编

《吴骚合编》算不上什么罕见书，我就前后在书坊中见到过两三部，但不是残缺就是后印，版画线条断裂，模糊不清，不忍卒睹。大约书版刻于崇祯中，至清初犹存，辗转模印，遂至如此。一九五〇年我在上海温知书店案上，得见此本，初印明丽，夺人目睛，遂携归藏之，迄今五十五年矣。书出杭州九峰旧庐王氏，又有抱经堂朱遂翔印。王授珊杭人，以业盐起家，巨富，不知书而好聚书，由抱经堂朱氏为之经理，选书论价皆听之。朱氏亦因而致富。王氏身后，所藏精本，多归朱遂翔，藏于小楼上，秘不示人。后转营钢笔业，颇得利。孙助廉说之，请去书增资于新业，书遂渐出。余于温知案上同时见有宋杭州猫儿桥书籍铺刻《文选》残卷，乃取《合编》而弃宋本，盖当时爱赏目光如是也。

《吴骚合编》后由商务印书馆印入《四部丛刊三编》，印亦不恶。唯于插图违碍处模糊处理之，不无遗憾。后商务代印《古本戏曲丛刊》，亦有此种情况，不得已也。

《吴骚合编》四卷，极初印。蓝印扉叶犹存。朱钤双龙圆印及版权朱记皆在。前有丁丑仲春许当世序，手书上版。又崇祯丁丑骚隐居士楚叔父小序。是刊于崇祯十年（一六三七）也。后有丁丑花朝旭初氏跋，《吴骚初集》序（万历甲寅）、“二集”序，“三集”序。骚隐居士“衡曲麈谭”，凡例十二则，其一云，

> 清曲中图像，自吴骚始，非悦俗也。古云，诗中画，画中诗，开卷适情，自饶逸趣。是刻计出相若干幅，奇巧极工，较原本各自创画，以见心思之异。

次魏良辅曲律，总目，目次。卷首大题下属“虎林骚隐居士选辑，半岭道人删订”。

全书共收图像二十四幅，镌者署名有洪国良、项南州（武林）、项仲华（武林）、汪成甫（古歙）。可见明代末期，新安刻手多已移居出版中心的杭州，而当地的刻手也逐渐成长，项甫州尤出色，作品多多。曾见他所刻《本草》插图，多至数十百幅，亦署名，时已在清初。他是一位跨时代的艺人，曾亲历版画作风转变的实践者。全书所附诸图，刻工极工致能事，人物眉眼颦笑，神态毕现；衣袂飘举，宛若当风；楼台花树，点缀与情景谐和，宛然苏州庭园景色，可为晚明时代园林留一真相。因知“例言”所言，非夸饰也。回顾万历中富春堂曲插图之粗犷古拙，数十年中，进步何许。更观《人镜阳秋》、王李合评《琵琶》等，人物长身玉立，布景富丽繁缛，而千人一面，虽极工细，亦不耐观。以较《合编》其进境又何限。惜作图者不知谁何，每幅各取曲中断句，以

吴骚合集·鸳鸯两两，飞来暖傍晴沙

北黄鍾卷四
七十九

吴骚合集·等闲长就连枝树

画笔写之，无不情境谐和，画意诗情，展于尺幅，真堪叹赏。于新安诸黄后，推为晚明版画代表作，可无疑也。

我于此书曾作跋尾数通。其一则云：

> 获此书后五日，偶过市肆，遇为九峰旧店管理藏书之顾某，谈及王氏后人窘迫之状，令人扼腕。其家共九房，有田万亩，今乃不可更问。房地产售尽，全家大小六十人，赖以为活者，故书两屋耳。尚余地方志两千八百余种，最为巨观。其余宋刊尚有《秦淮海集》《百灵先生集》等，急迫无受主，仅赖售卖家俱举火。藏家下场如此，可慨也。此书出徽郡山中，至沪上后，欲得之者颇不乏人，终为王氏以三百六十元之高值攫去，其底册犹在。余之获此，亦耗米十许石，然以视王授珊之以盐起家者，其难易乃不可以道里计矣。书福可傲同人，书痴加人一等。辄书卷耑，以存此一段掌故焉。十月十六夜漫书。

王氏书后陆续散出，沪上诸肆，皆得染指。约三四年始尽。以温知、传薪所得最多。最后徐绍樵收拾余烬，并其家藏书柜及藏书底目俱捆载而来。其藏书底册共三册，后以之赠余。盖得书藏书底目也。详记书名、版本、册数、进价。瞿氏铁琴铜剑楼所售之宋版书诸种赫然俱在。此三册红格底目，实为近代藏书史中重要文献。“文革”中抄去，迄今未遵国家功令发还，渺无踪影。查当时造反派所制抄家书籍细目，后经顾廷龙亲笔签收移交上海图书馆者，此九峰旧店藏书底目，两次载于目中。文证俱在，无可推诿。此又一事也。

千秋绝艳

（代跋）

五十年前写过几篇“插图的故事”，陆续在报纸上发表。后来辑成小册，交出版社出版。编校甫定，而一九五七年的罡风忽起，将我连同我的写作、发表权一起卷去。出版社只好将原稿见还。从此压在箱底，迄今四十九年矣。

我的对晚明版画发生兴趣，是在看到董康以“忏绮生集珍”名目印成的两册《千秋绝艳图》之后。这是他搜集明刻《西厢记》插图七种，用珂罗版精印的图册。记得开明书店初印《旧戏新谈》时，叶圣陶先生和我商量封面设计，我就将这两本“绝艳图”送去，叶先生选用了王李合评本《西厢记》图中“酬简”一幅作封面。这是我的著作与明刻版画结缘之始。

当时见书不多，凡有所得都当作宝贝，加以著录。少后目光少广，收书渐多，于是写了“晚明的版画”，论列较详。所采用者，多出自藏，其不完不备可知。即以西厢图而论，其藏于德国科隆东方艺术博物馆的崇祯十三年刻的闵齐伋本彩色插图就是未之前见的精品。现已有上海古籍出版社并谢

千秋绝艳·酬简

光甫旧藏何璧本重印。两书附图皆前未经见，可补“千秋绝艳”者。董康又曾影印崇祯壬午本《苏门啸》十二卷，前有洪国良等刻圆图十二幅，精妙绝伦，孤本仅存。此外明刻套印本《董解元西厢》图亦为董刻所未收；万历顾曲斋刻本《古杂剧》插绘亦为绝世名作，爰各取数幅，缀为此篇，可少补前文之荒窘，增读者之兴致，当此旧作复活重生之日，聊做补缀，以示欣慰。读者鉴之。

二〇〇六年五月十二日

闵齐伋绘刻西厢记·第十三图

何璧校刻西厢记·听琴

千秋绝艳・省简

影印崇祯壬午本苏门啸·洪国良刻图

影印崇祯壬午本苏门啸·洪国良刻图

顾曲斋刻本古杂剧·秋夜梧桐雨

顾曲斋刻本古杂剧·对玉梳

图书在版编目（CIP）数据

梦雨斋读书记；惊鸿集；插图的故事：汇编本/黄裳著.--济南：山东人民出版社，2022.2
（黄裳集.古籍研究卷.Ⅵ）
ISBN 978-7-209-13330-2

Ⅰ.①梦… Ⅱ.①黄… Ⅲ.①散文集—中国—当代 Ⅳ.①I267

中国版本图书馆CIP数据核字(2021)第116308号

梦雨斋读书记　惊鸿集　插图的故事
MENGYUZHAIDUSHUJI　JINGHONGJI　CHATUDEGUSHI
黄裳　著

主管单位　山东出版传媒股份有限公司
出版发行　山东人民出版社
出 版 人　胡长青
社　　址　济南市市中区舜耕路517号
邮　　编　250003
电　　话　总编室（0531）82098914
　　　　　市场部（0531）82098027
网　　址　http：//www.sd-book.com.cn
印　　装　天津图文方嘉印刷有限公司
经　　销　新华书店

规　　格　16开（160mm×230mm）
印　　张　30.75
字　　数　300千字
版　　次　2022年2月第1版
印　　次　2022年2月第1次
ISBN 978-7-209-13330-2
定　　价　92.00元